唐三
7卷 前世轮回
重宝出世
心殇蝎子◎著

图书在版编目（CIP）数据

重宝出世/心殇蝎子著. --成都：成都时代出版社，2013.10
（前世轮回唐三；7）
ISBN 978-7-5464-0979-5

Ⅰ.①重… Ⅱ.①心… Ⅲ.①长篇小说-中国-当代
Ⅳ.①I247.5

中国版本图书馆 CIP 数据核字（2013）第 236683 号

前世轮回唐三——重宝出世
QIANSHI LUNHUI TANGSAN——ZHONGBAO CHUSHI
心殇蝎子 著

出品人 段后雷
策划组稿 杨 波 罗 晓
责任编辑 张 巧
责任校对 郭小娟
装帧设计 杨 波 夜狂澜
封面绘图 夜狂澜
内文插图 夜狂澜
责任印制 干燕飞
出版发行 成都时代出版社
电 话 （028）86621237（编辑部）
（028）86615250（发行部）
网 址 www.chengdusd.com
印 刷 山东鸿杰印务集团有限公司
规 格 165mm×235mm 1/16
印 张 16
字 数 230 千
版 次 2013 年 10 月第 1 版
印 次 2013 年 10 月第 1 次印刷
书 号 ISBN 978-7-5464-0979-5
定 价 22.00 元

Contents 目录

第八十七章 重逢·阿凡提的毛驴

“看来，唐门的人也不全是狼心狗肺嘛！”

唐三这次没有搭腔，因为连他自己都深觉唐门高层在处理很多事情时十分不人道，至少在唐红袖这件事情上是这样。

“你要见唐红袖？为什么？”

东方落雪突然停下脚步，转过头来，望着唐三惊讶地问道。

“我去阻止她嫁给马奎。”

“噢？给我一个理由。”

“唐红袖是打小与我一起长大的伙伴，我不会看着她掉入火坑中而袖手旁观。”

“你真是这样想的？”

“是。”

“看来，唐门的人也不全是狼心狗肺嘛！”

唐三这次没有搭腔，因为连他自己都深觉唐门高层在处理很多事情时十分不人道，至少在唐红袖这件事情上是这样。

“你的这个要求我会考虑。”

东方落雪说着，迈开步子，带着众人继续前行。

唐三无语，默默跟上。

绕过数条宽阔的街道后，他们就听到前方传来了呐喊声和鼓掌声。

很快，他们就看到了那个官方指定的“大洗牌”之地。

那里本是一个宽大的露天斗兽场，中间是一块空地，四周层层圆形梯台高筑，容得下一万多观众。

现在，斗兽场中正在进行一场激烈比斗，圆形梯台上人头攒动，挤得满满当当的，其中还有不少马匹等坐骑，因为那些坐骑是被观战者当成战友、伙伴看待的。

甚至，在场外周围的酒楼上和民房屋顶等高处，也都挤满了观战的人。

只看这观战者之多，就知道这次“大洗牌”有多引人注目了。

在东方落雪一行人还没有抵达楼兰城的时候，各路探马便早已得到了消息；在他们一行人进入楼兰城后，各路探马更是密切关注。

现在东方落雪正带人往斗兽场这边过来，这一消息，立即就被斗兽场中的各路人马的首领得知。

东方落雪一行人距离斗兽场还有近百丈距离的时候，斗兽场入口处便已剑戟森严地开出一条人行走道来。

从人行走道中走出两队人马来迎接东方落雪一行。一队，是以圣盟更天部大堂主关海宏为首的圣盟人马；另一队，是马奎麾下的人马，以马奎的大儿子马占刚为首。

“东方统领，马占刚有礼了。”

马占刚趋步向前，向东方落雪行礼。

“这位是马奎的大公子，名叫马占刚，江湖人称‘一马平沙’。”

关海宏与东方落雪见过礼后，向东方落雪介绍道。

“嗯。马占刚是吗？你父亲呢？你父亲怎么不出来迎接本统领？莫非他打算与唐门联姻后，就与我圣盟翻脸不成？”

东方落雪的话可谓单刀直入，毫不留情面。

“这个，这个……呃，父亲他老人家身体抱恙，不能前来迎接东方统领，还请东方统领莫要见怪。东方统领，我在里面为你预留了上宾席位，请。”

对于马奎与唐门联姻之事，马占刚避而不谈，他侧身弯腰伸手，请东方落雪入内。

东方落雪不假辞色，拂了拂袖子，便牵着逸影举步向前，身后之人亦纷纷跟上，一行人气势昂扬地进了斗兽场。

本来呐喊声、掌声沸腾的斗兽场，因为东方落雪一行人的来到，变得安静下来。

中土的人看到圣盟人马出去迎接，就知道肯定是圣盟统领东方落雪到了，全都向斗兽场入口这边看来，想一睹圣盟统领东方落雪的风采。

塞外之人纵然不识圣盟，但看到马占刚这位楼兰城大公子亲自出去迎接，便知道这次来的肯定是十分了不得的大人物，也都把目光看向入口处。

就连在擂台上比斗的双方，在发觉场里突然安静下来，看台上所有观战者都没看他们比斗而是看向入口方向后，也停止了比斗，盯向入口处。

所有看到东方落雪的人，都不禁被她的绝代风华所倾倒。

无论是姿色还是气度，她都当之无愧为花中魁首；更何况在她身边两侧还跟着两位俊美青年。

这两位俊美青年，一位是风流倜傥的温凉玉，另一位是唐三。

也不知道是否东方落雪故意安排的，竟让唐三走在她身边，以至于所有人在关注到东方落雪时，都不自觉地关注到了唐三。

看到唐三走在东方落雪身边，看台上至少有两路人马的脸色变得有些异样起来。

一路，乃是以孙文超为首的临时联盟人马。

临时联盟的人对唐三可不陌生，当日在蜀地救援朱先生那一战中，就是唐三以剑挟持胡娜娜，才使临时联盟得以脱险，在他们心中，唐三是临时联盟的恩人。

而且现在白沐羽、莫小卡、马小英、冷清竹、宁纤纤、唐白馨这六位与唐三关系极好的人就在临时联盟的阵营中。

白沐羽等人早在刚刚得知唐三被胡娜娜掳至圣盟时，就怒不可遏地想去圣盟总坛搭救唐三，和唐三生死与共。不过，他们的冲动被朱先生阻止了，毕竟，以他们目前还微弱的实力，只怕还未踏足洛阳城，便已被圣盟干掉了。

但他们六人心里始终十分挂念唐三，后来得知唐三也随东方落雪往楼兰城来了，他们不知道有多兴奋。现在看到唐三，他们都激动、高兴不已。

“小三!”

白沐羽毫无顾忌地就大声叫喊起来。

唐三循声看去，看到了白沐羽、马小英等人，心头一喜，高兴地挥手向他们打招呼：“白老大、四弟、五妹、六妹、馨妹，你们还好吗?”

“哈哈，我们都好！三哥，你可担心死我们了!”

马小英摇着纸扇，哈哈大笑道。

“二哥呢？二哥没来吗?”

唐三没看到莫小卡，心中一紧，心想二哥不会是出什么事了吧，急忙问道。

“三弟，我在这儿呢!“

莫小卡的声音从斗兽场的最中央传来。

唐三转头看去，在场中比斗的两个人中有一个正是莫小卡!

“哈哈，三弟你来得正好，正好可以看看二哥我是怎么抖威风的!”

也不知是否与白沐羽、马小英这两个不羁的家伙混久了，连素来本分老实、性情温和的莫小卡也变得有些张扬起来。

几个月前，他还只是一个腼腆的、只会烧菜做饭的小厨子，但经过蜀地那一战，他得北斗星君相助得到了圣盟艮山护法厉震的武功，后来又在朱先生的指点下飞速成长，现在俨然已是一副武林高手的模样了。

“去，小子，大言不惭，等下看老子不把你打得满地找牙!”

与莫小卡比斗的，是一位碧眼金发的外邦人，他用生硬的汉语骂了这么一句。

很显然，莫小卡刚才那句话刺激到他了。

“三哥，你还好吗?”

唐白馨本就多愁善感，现在看到唐三，眼泪情不自禁就夺眶而出。

“三哥，过来我们这边!”

宁纤纤也高兴地叫了起来。

“对对对，小三，到我们这边来!”

白沐羽大喊。

“好!呃，我过会儿再去找你们吧，眼下还不太方便。”

唐三激动之余，马上就想到自己现在还是圣盟的阶下囚，哪里是他想去哪儿就去哪儿的。

“有什么不方便的?快来快来!”

白沐羽急吼吼地喊道。

冷清竹一直没说话，但她的目光却一直没有离开过东方落雪一行人，听唐三那样说，她哪能不清楚个中原由?

她拉了拉白沐羽的衣袖：“沐羽，三哥现在是圣盟的俘虏，哪是他想过来就过来的?你没看到三哥步伐轻浮吗?只怕已被圣盟那些人渣封印了功力。”

“锵!”

白沐羽立时就拔出了背上的宝剑，遥指东方落雪等一众圣盟之人。

在白沐羽拔剑的时候，马小英、莫小卡、冷清竹、宁纤纤、唐白馨，都拔出了负在背上的宝剑。

除了宝剑，他们本来都还有自己的独门兵器，比如马小英的扇子、宁纤纤的飞针等，不过，在这一刻，他们却是同时拔出宝剑。

在他们六人拔剑的时候，另一个人也拔剑了。

那个人，一脸彪悍，同样年轻，乃是当日深入唐门地牢营救朱先生的阿豹。

七人，七剑，同样的动作和气势，这让人在看到他们拔剑的刹那不禁会想，他们若是同时出手，一定会结成一个剑阵，一个威力不小的剑阵。

一看这架势，谁都能看得出，这七个年轻人打算出手向圣盟夺人了。他们的热血与冲劲，在这一刻显露无余。

“东方落雪，把唐三放过来，不然，就别怪我们不客气了!”

白沐羽冷声大喝。

这几个月里，在朱先生的指点和着力培养下，白沐羽的武功已经晋升到“练气还神”的巅峰境界，只差半步就可以踏入“练神还虚”的境界，这在众多武林后起之秀中已算是殊为难得的了。

不过，以这样的境界，竟敢向东方落雪这种高手叫板，就未免有些自不量力了。

但白沐羽在向东方落雪叫板的时候，气势却一点儿都不弱，好像他真的有实力和东方落雪大战一场似的，一点儿都不胆怯。

和他一起拔剑的另外六个人也是一样的气势，眼中战志熊熊。

真想不通，以他们比东方落雪不知道低了几阶的境界，怎么还能有这样的胆量？

场中之人，无论武功高低，在看到这七人的气势后，都不禁暗暗咂舌，在心里为他们竖起了大拇指。

整个斗兽场内在这个时候静得落针可闻。

圣盟人马素来纪律严明，东方落雪不发话，他们都不敢擅自出头。

马占刚那边，不知是否乐意看到临时联盟和圣盟起争端，也没有说一句话。

“孙文超，你也不管教一下自己的手下吗？信不信，我举手间，便可让他们七人全都变成尸体。”

东方落雪轻蔑地看了白沐羽等七人一眼，然后就目注着正襟危坐的孙文超，冷声说道。

“东方落雪，我知道你厉害。不过，你在说这话的时候，最好还是先问问唐阿酒，看他会不会袖手旁观。”孙文超淡然笑道，将目光望向邻席坐着的唐阿酒，“唐阿酒，唐三是你们唐门的人，你就打算看着他受圣盟所制而坐视不理吗？”

谁都听得出来，孙文超这话是祸水东引，将唐门也拉入到争端中来。只是，唐阿酒又不能不接这茬，毕竟唐三是唐门的人。

果然，唐阿酒说话了——

“我自然不会看着唐门弟子落入敌人之手而坐视不理。东方落雪，放人吧！不然，就别怪我翻脸无情了。”

他在说这话的时候，将嘴中叼着的草秆吐在地上，霍然站了起来。

圣盟的人一看这情况，霎时间全都提运起真气，准备应战。

其实，不只是圣盟人马准备应战，唐门和临时联盟的人，以及附庸在这三派之下的武林人士，全在这一刻做好了出手的准备。

大战，一触即发。

一切均为了唐三。

唐三的处境，俨然成了这场对峙的直接诱因。

东方落雪的脸色一下子沉了下去，双眼冰冷如霜，身上散发出一股凌厉的杀气。她也做好了应战的准备。

气氛在这一刻显得无比沉重，周围那些闲杂人等都不禁觉得呼吸困难起来，心里竟生出要逃离这里的念头。

“唐阿酒，欺我圣盟无人吗？你信不信，在你将唐三救出去之前，我可以杀他一百次。”

突然，在这压抑的气氛中，响起了一个平静的声音。

与平静的声音一起响起的，还有竹杖敲地的声音。

然后，一个黑布蒙眼、手执竹杖的绿衣人从东方落雪身后的圣盟人马中走了出来。

不是别人，正是绿竹。

看到这个盲人似的家伙，唐阿酒和孙文超均不禁瞳孔收缩，脸上出现了凝重之色。因为，他们看不透这家伙的深浅。

“黑布蒙眼……你眼睛瞎了吗？眼睛瞎了，就在家里好好待着，没事上这儿凑什么热闹？”

唐阿酒故意翻了翻怪眼，鼻孔朝天懒散地说道。

“哼，唐阿酒，你不记得七年前中秋的那个晚上了吗？——在唐门后山的鹰愁崖上，有一个人用奔雷指碎了你印堂内的上丹田，导致你从那以后武功便停留在‘道二’境界再难寸进……其实，以你的天赋，若非这件事，武功早该突破当前境界了，对不对？”

绿竹淡幽幽地说道，脸上一片淡淡的笑意。

唐阿酒霍然变了脸色，眼中骤然暴射出犀利的精光。

他仔细打量着绿竹，半晌之后声音无比冷沉地问道：“你是什么人？你怎么知道这事的？”

“你忘了，那个人粉碎你上丹田时，也被你挖掉了双眼吗？”

“是你！原来竟是你！”

唐阿酒指着绿竹，话从牙缝中挤出。

敢情，他和这个绿竹竟是老相识了，而且彼此还有过一场不共戴天的仇怨。

“可不就是我吗?”

绿竹的笑意也不见了，似乎记起了当年被对方挖掉双眼的情景，脸色变得有些残酷起来。

“很好，很好。我一直没查出你的真实姓名，现在你能否告诉我你到底叫什么?”

“我现在叫绿竹。”

“很好，很好，又是一个假名字。”

唐阿酒坐了下来，伸出手从桌上的果盘子中拈出一根牙签含在嘴里，然后脸上又恢复了以往的散漫之态，似乎什么事情都没有发生过一般。

他只是淡淡地说了这么一句话——“孙文超，要打你打吧，我唐阿酒好久没有看戏了，也乐得看你表演一下。”

“哈哈哈，你不会是怕了吧?”

孙文超开怀大笑。

“阿嚏!”

唐阿酒鼻孔嘲天打了个喷嚏，竟身子斜倚在长椅上，还跷起了二郎腿。他那二郎腿颤颤地抖动着，好像置身于一个十分享受的环境里，丝毫不将当前的紧张气氛当回事。

“你们唐门都不操心，我一个外人有什么好操心的?沐羽，清竹，你们都把剑收起来。此事，过后再议。”

孙文超冷声说道。

白沐羽等七人这才悻悻地将手中宝剑插回剑鞘。

他们虽然不怕事，不过，绿竹刚才那句话确实让他们心里有些发憷了。

他们心里明白，绿竹一点都没吹牛，他大可在他们接近唐三前将唐三杀上一百次。妄动刀兵，只怕非但救不了唐三，反而极可能会害死唐三。

从临时联盟大本营出发时，朱先生再三叮嘱他们，一切行动听孙文超指挥，所以，他们顺从地收了兵刃，但望向东方落雪的眼神还十分不甘。

那眼神，明确地传达给圣盟人马一个信号，那就是，一旦唐三有什么三长两短，他们将誓死找圣盟寻仇。

当然，东方落雪是不会把这当回事的，因为，对她来说，白沐羽这些人武功太低，还不足以引起她的重视。

“算你们识趣。”

东方落雪冷然说了一句，然后便在关海宏的引领下，坐到了上宾席上。

这才一坐定，就听见对面席上响起了清脆的掌声，有人用韵味独特的声音说道——

“咯咯咯，本以为能看到一场好戏的，谁曾想，好戏才开锣，就收场了，真叫人失望！唉！他们这些中土之人，做事就是雷声大雨点小，真是没劲。”

这话一出，立时就把所有中土的人得罪了。

中土这边的人，包括唐阿酒、孙文超、东方落雪等高手在内，全都刷的一下将目光望向说这话之人。

说这话的，是一位女子，一位华衣贵服、明艳逼人的年轻女子。

这个女子，碧眼金发，肤白若脂，虽非中土之人，但就算中土最挑剔的人，在看到这个女子时，也不禁要大赞其长得当真十分美艳。

这个女子，除了姿色出众外，身上还佩戴着许多玛瑙饰物。

那些玛瑙饰物晶莹剔透，佩戴在她身上，与她的明艳姿色、华贵气质相得益彰，亮得叫人睁不开眼。

这个女子，塞外之人没有不认识她的，因为她乃是塞外天山国的公主，人称“玛瑙公主”。

玛瑙公主在塞外的地位，比起东方落雪在中土武林中的地位，有过之而无不及，难怪她在这种时候敢说出这样的话来。

“她就是玛瑙公主？”

东方落雪眼里不由得现出一抹怒色，因为对方这话刺激到她的民族尊严了。

她当即启动“洞彻之瞳”，眼里现出一抹红芒，正准备释放出红色同心圆来，要好好给对方一点教训。

不过，这个时候，绿竹却在她耳边低声说了这么一些话——

“东方统领，请少安勿躁。这个玛瑙公主或许不难解决，不过她身边骑着毛驴的那位叫阿凡提，乃是天山国供奉，人称‘塞外智师’；穿戴高冠红袍的那位叫鸠摩鱼，乃是天山国国师，都是很棘手的人物，咱们还是静观其变的好。”

“嗯。”

东方落雪应了一声，这才收起了眼里的那抹红芒，打量起玛瑙公主身边的那两个人来。

那两个人，长相确实非凡。

阿凡提一身白衣，头上缠着大白巾，腰间别了一个酒葫芦，眼窝深陷，高鼻梁，皮肤紫褐色，耷拉着眼皮，着衣有些不修边幅，看起来就像是酒馆里常常烂醉如泥的汉子。

他的坐骑黑毛驴也耷拉着脑袋，好像酒醉了一般，一副没精打采的样子。

如此人物、如此毛驴搭配在一起，令人叫绝。

鸠摩鱼是一位番僧，长得牛高马大，但神气内敛，额头上隆起一颗肉球，显然道行高深，非常人能够比肩。

他盘膝坐在席上，双手结水瓶印置于两膝上，俨然一尊泥菩萨般闭目不动，令人觉得高深莫测。

“这两个家伙，看起来确实不简单。”

东方落雪心中暗忖，最终没有发一语。

不过，东方落雪不说话，并不代表中土这边就没有人站出来说话了。

“喂，你个西域的小娘们，长得倒是挺标致，可怎么一开口就好大一股口臭呢？该不是吃你们西域的大蒜吃多了吧？”

一个戏谑的声音响起。

说话之人白衣飘飘，不是马小英又是谁？

他这话说得，让中土这边的人都不禁为之失笑。

“你……你……你算什么东西，竟敢说本公主口臭？我看你是不想活了！”

玛瑙公主什么时候被人这样说过，气得柳眉倒竖，美丽的双眼睁得老大瞪着马小英，像是能喷出火来。

“本公子是活腻了，不过也不想被你的口臭给熏死。所以，麻烦你，求求你，尊贵的玛瑙公主，请你说话的时候千万不要正对着我，好不好？”

马小英一脸“请手下留情”的样子，不过，他的话却尖酸得叫中土这边的人心头大快。

“你你你……你个混账东西，竟敢调戏本公主，看我不打死你！呃，我玛瑙公主什么身份，出手打你这种下三烂，都嫌脏了我的手！阿毛，去，给我踢烂那小子的尿泡！”

玛瑙公主说着，伸脚就踢了阿凡提胯下那头毛驴一脚。

那头毛驴似乎听得懂人话般，它霍地睁眼，看了玛瑙公主一眼，然后又耷拉下眼皮，一副不爱理睬的样子，气得玛瑙公主直跺脚。

玛瑙公主拉了拉仍耷拉着眼皮浑似什么都没听到的阿凡提，娇声道：“阿凡提老师，这个阿毛又不听我的话了，你还不赶紧管教管教它！”

阿凡提这才睁开眼，在毛驴的头上拍了一记，骂道：“你个臭驴，没听到公主使唤吗？竟敢违令不遵，看我回去后不罚你拉磨十天十夜。”

那头毛驴霍地再次睁开眼睛，突然人立而起，发出一声震耳欲聋的嘶鸣，然后闪电一般腾空跳起蹿了出去，扑向马小英这边，害得原本坐在它背上的阿凡提一跤摔在了地上。

阿凡提从地上坐起身来，火冒三丈，指着已飞蹿出去的毛驴“叽里咕噜”骂了一串脏话。

“丫的，叫一头驴来踢我？奶奶的，我马小英一世英名，和一头毛驴动武，也太掉身价了。六妹，快叫你的小贝替四哥我挡一阵。”

马小英见毛驴向他扑来，竟无耻地躲到了宁纤纤身后。

宁纤纤一笑，娇声喝道：“小贝，上！”

“扑哧哧”一阵扇翅声，一只白色仙鹤飞了出来，在空中发出一声尖唳，迎上了正飞扑过来的毛驴。

小贝到底是长翅膀的飞禽，要论在空中的能力，可比那头靠弹跳力逞能的毛驴强多了。

说时迟，那时快，小贝扑腾着双翅，再次尖唳一声，双爪一抓，尖喙啄拉，大力扔甩。

也怪那头毛驴一时大意，空中又借不了力，被小贝一抓拉、一扔甩，身子失去平衡，“砰”的一声被甩出去七八丈，落在斗兽场角斗圈子里摔了一个跟头，摔得浑身是泥。

“嗯昂——”

毛驴发出一声痛叫，一骨碌从地上爬起来，竟人立而起，两只前蹄向着半空中飞翔的小贝不断比划，嘴里发出怪异的叫声，那样子，好像在叫嚣着这么一句话——“丫的，你个臭鸟，飞在半空算什么本事？有种的就到地上来，老子不打得你满地找牙……不对，你们臭鸟是没有牙的……老子不打得你满地找毛不算好汉！奶奶的！”

或许，禽兽也有它们独特的交流方式，本来第一回合便得胜的小贝正得意洋洋地在半空中飞舞着炫耀自己胜利的荣光，这时看到下面的黑毛驴竟敢向它叫嚣，不由得怒了，尖唳一声俯冲而下，想要再次教训教训这头黑毛驴。

不过，黑毛驴这家伙显然在某些地方和马小英颇有相似之处，别看它之前叫嚣得挺凶，可当小贝俯冲下来时，它却立马前蹄着地，然后竟一哧溜在角斗圈子里飞跑起来。

四周的人看到这头毛驴竟如此不要脸，有大笑的，也有大为不齿的。

“阿凡提先生啊！你看阿毛，好不争气，真是气死我了！”

玛瑙公主看到黑毛驴这个衰样，不禁来气了，向阿凡提先生要起公主脾气来。

阿凡提先生却好整以暇地说道：“公主，你切莫着急，凡事不能光看过程，得看结果，结果永远都比过程重要。你往下瞧吧，我家的阿毛可是很聪明的。”

玛瑙公主听了阿凡提这话，半信半疑，心里暗骂阿毛给西域武林丢脸。只是，不曾想，当她再次抬眼望向角斗圈子时，却突然转怒为喜，高兴得双手鼓掌，大叫了起来。

她究竟看到了什么，竟会突然之间如此惊喜？

其实，不只是玛瑙公主惊喜，所有西域的武林人士也突然间转怒为喜，高兴得大叫起来，掌声如雷。

反而是中土武林人士这边惊咦声一片，情绪霎时低落了下来。

原来，那头毛驴正亡命奔逃呢，突然，它竟在奔到速度最快的时候四蹄一跳，蹬上角斗圈边沿的高墙，一个后空翻就把正自低空飞行对它穷追不舍的仙鹤小贝扑到了地上。

驴扑鹤，这种事情，只怕翻遍古今中外所有历史典籍都找不着一例，现在居然就在众人的眼皮底下发生了，能不叫人情绪大起大落吗？

也怪小贝一时大意，它在刚才得胜后，有些轻视这头黑毛驴了，后来，这头黑毛驴一味逃跑，不敢应战，更让它打心眼里小看这头毛驴。所以，它一时存了骄傲之心，疏于防备。

谁曾想，这头看起来样子很衰的黑毛驴，竟是一个扮猪吃老虎的家伙，它之前种种令人不齿的表现，居然是伪装出来的。

谁能想到，一头毛驴，居然会耍心计！

说时迟，那时快，黑毛驴一将仙鹤小贝扑在身下，立时嘶叫着四蹄踩踏，要趁仙鹤小贝落在下风时多占些便宜。

“小贝，快反击！”

宁纤纤在看台上看到小贝遇险，不由得揪心地大叫起来。

仙鹤小贝也反应够快，它立时尖唳着奋舞双翅，拍打着正在它身上踩踏着的黑毛驴，同时将修长灵活的脖子转过来，尖尖长喙如一把尖枪，不断追刺黑毛驴的双眼。

鹤与驴的战斗，十分激烈。

很快，一番激战之后，仙鹤小贝拼着落了不少羽毛，最终将黑毛驴从身上逼开，然后扑腾双翅，就要往空中飞去。

只有飞在空中，居高临下，它才能再次占据主动，能够更好地打击毛驴。

可是，一件让人意想不到，也让仙鹤小贝意想不到的事情，发生了。

被逼退的毛驴突然嘶叫一声跳了起来，四蹄翻飞，竟像一个人手脚并施一般迅速出击，在仙鹤小贝胸口上留下几道蹄印。

还不止如此，它每一次落地后，又再次奋起，竟是连环出击！

而且，出击时的攻势竟与一位武林高手没什么区别！

这已经不是禽兽应有的本能了，而是武功！

是真正的连环踢！

这竟是一头会武功的毛驴！真叫人惊奇。

仙鹤小贝一时之间防备不及，连中十数蹄被踢飞出去，撞在角斗圈边沿的石墙上，落地时痛得弓起身子，尖喙里发出哀鸣，还流出了一丝鲜血。

此外，它身上原本华美、丰满的羽毛又掉了不少，看起来很是狼狈。

一看这情况，有人急了。

"小贝！"

看到小贝受伤，宁纤纤揪心得喊出声来，就要越众而出，到角斗圈子里去察看小贝的伤势。

不过，她才要动身，却有一只手搭在她肩上，阻止了她。

阻止她的人，是白沐羽。

"放心吧六妹，有老二在那里，小贝不会有事的。让阿虎去收拾那头毛驴，它会为小贝报仇的。"

白沐羽刚说完，一只白色大老虎就从白沐羽身后腾空跃蹿了出来，跨越八九丈距离，落入到角斗圈中，发出一声震天动地的咆哮。

猛虎出击，威势无匹。

看到白沐羽的坐骑阿虎出击，宁纤纤心头为之稍安。

第八十八章 兽战·卷轴·贱驴

不过，这头黑毛驴的“手舞足蹈”和“得意忘形”只维持了不过片刻，便又赶忙撒开四蹄，“哧溜”一下飞跑到角斗圈远远的墙角处，因为白沐羽的坐骑阿虎已虎啸着跳入了角斗圈中。

黑毛驴阿毛在以连环踢将仙鹤小贝踢飞后，并没有继续进击，而是得意洋洋，居然扭脖摆胯、四蹄乱舞，嘴里发出一长串令人发指的“长笑”声。

真是难以想象，一头毛驴，其一举一动竟那么人性化，那么酷似人类。

不过，这头黑毛驴的“手舞足蹈”和“得意忘形”只维持了不过片刻，便又赶忙撒开四蹄，“哧溜”一下飞跑到角斗圈远远的墙角处，因为白沐羽的坐骑阿虎已虎啸着跳入了角斗圈中。

见黑毛驴被自己的虎威吓得逃窜，阿虎并没有追击，它踩着沉稳的步伐，走到了仙鹤小贝的身边。

前一刻还凶光毕露的阿虎，在走到仙鹤小贝身边的时候，眼神变得无比温柔，它低叫着，伸出舌头，舔了舔仙鹤小贝身上的伤口。小贝伸长脖子，发出令人揪心的长鸣，然后用头在阿虎身上摩挲着。

在场的人看到一虎一鹤如此亲昵，都啧啧称奇不已。

只有临时联盟的人对此一点都不觉得好奇，因为从江南来的这一路，他们没少见阿虎与小贝还有马小英的那匹汗血宝马大红在一起嬉闹撒欢，关系好着呢。

这不，看到虎、鹤低吼长鸣，马小英身边的汗血宝马大红也引颈向天，发出了一阵高亢入云的嘶鸣。

要知道，这么多武林人士来到楼兰城，主要的坐骑就是马，现在在斗兽场中和斗兽场四周，至少有数万匹马。大红乃马中神骏，它这一引颈嘶鸣，立时引得斗兽场四周的马匹都纷纷跟着嘶鸣起来，一时间，万马齐鸣，气势奔腾，震荡天穹。

“哈哈，不愧是大红，真给哥长脸。”

马小英看到大红这么威武，不禁满是喜爱之色地摸了摸大红的脖子。

在场的武林人士望向大红，眼里无不流露出艳羡或贪婪之色来。因为他们一看就知道，大红乃是宝马中的宝马。

“阿凡提先生，那匹大红马好威武噢，比阿毛威武一百倍。我想要它!”

玛瑙公主望着大红，眼神变得炽热起来。

“公主，那确实是一匹好马，但人家主人肯定舍不得把它转让给你。”

阿凡提淡然说道。

“哼，他不肯转让，我们就不能抢吗?”

“呃……你是公主，可不是盗贼沙匪噢。”

“盗贼沙匪就盗贼沙匪，为了那匹宝马，我们就做一回盗贼沙匪又何妨?”

玛瑙公主又要起了公主脾气，蛮横地说道。

阿凡提叹息着摇头：“我的公主啊，这可不是在咱天山国内……”

“哼！一句话，你帮不帮我抢?”

玛瑙公主气得直跺脚。

“这个……公主，我……”

阿凡提直摇头。

“哼，你不帮我，我就找鸠摩鱼国师帮……”

玛瑙公主这句话还没说完呢，突然，斗兽场中响起了一声比大红的嘶鸣还要响亮得多的马鸣。

这声马鸣一出，立时盖过了数万匹马的群嘶，使那数万匹马似受到了威慑一般纷纷哑口。

众人循声望去，便看见一匹雪白如霜的神骏正站在东方落雪身边引颈嘶鸣，正是东方落雪的坐骑——逸影。

又是一匹宝马中的宝马！所有武林人士眼里再次泛起艳羡和贪婪之色。

“好马！”

马小英在看到逸影时，也不禁为其神骏风采所倾倒，大声赞道。

大红见逸影竟抢它风头，心里本来就不快，现在又听马小英这么一赞，立马朝着逸影再次引颈嘶鸣，鸣声中带着强烈的挑衅意味。

逸影不甘示弱，也引颈嘶鸣。

一时间，两匹宝马竞相互较起劲来，嘶鸣一声高过一声。

四周的数万匹马全都不再出声。

经过一阵嘶鸣的较劲，难分高下，大红和逸影沉默了下来，它们对望着，眼里全是炽热的战意。

突然，它们又嘶鸣一声，同时腾空跨越十数丈距离，落身于角斗圈中。

谁才是马中王者？

一场马王之战眼看就要上演，场内场外都沸腾了起来。

人和人之间的比拼这些日子天天得见，但马与马之间的比斗却难得一见，何况还是两匹稀世宝马，观战的人群能不沸腾吗？

这样沸腾的场面，这样难得一见的比拼，当然少不了一样东西，那就是赌。

赌，是人的天性，尤其是刀尖舔血的武林人士，更是好赌。

在这好赌的武林人士聚集的地方，自然，就一定会有设赌之人。

“你押哪匹马赢？押白马十赔九，抽水一成；押红马十赔十一，抽水也是一成。”

“一百两银子一注，押得越多，赚得就越多。”

“这可是难得的发财机会，机不可失，失不再来，押吧。”

“你押红马是吧？押多少？五百两？好嘞！红马一看就够威风，你眼光真好。”

“押白马一千两？好嘞！你看得太准了，那可是圣盟统领的坐骑。”

“你要押红马五千两？嘿嘿，一看你就是识货的，那可是匹汗血宝马。”

“押红马一万两？好嘞！天山国的勇士就是天山国的勇士，出手就是不凡。”

“你押白马两万两？好好，到底是中土来的高手，够豪爽！”

……

至少有五百名设赌之人穿梭在人群中，引诱着观战的人下注参赌，做着几乎稳赚不赔的“买卖”。

之所以说他们设的这个赌是稳赚不赔的，是因为他们等于在拿押白马的钱与押红马的钱赌，不管谁输谁赢，他们都会抽取一成的“水”——也就是一成的抽头。

这样稳赚不赔的买卖，自然不是谁都能做的。事实上，这五百多设赌的人全都是“佣兵之王”马奎的人。他们在第一时间里便掌握了赛场中的情况，并根据这些情况迅速开出盘口，其速度之快，效率之高，令人咂舌。

而人们之所以愿意在他们手里下注，是因为安全，他们赔付的信誉不用质疑，只要你赢了，一定赔给你你赢得的钱，一成的“水”对于赢了钱的人来说，又算得了什么呢？

殊不知，他们赚的就是这一成的“水”，一成稳稳当当的“水”。一百两银子的一成不算什么，一千两呢？一万两呢？十万两呢？百万两呢？千万两呢？

这里有一两万观战的人，绝大部分是来自中土和西域的各路武林人士，一场赌局下注几百两上千银子再平常不过，甚至上万两也不少见，一场赌局总共下注几千万两银子乃是常事，一成的“水”，那可就是一笔不小的财富了。

这，就是为什么马奎要让“大洗牌”官方化——把“大洗牌”搞成擂台赛形式，是他的生财之道。

角斗圈中，原本是莫小卡和一个碧眼金发人在进行“大洗牌”之赛的，东方落雪到来时他们暂停了比斗，本正准备接着比斗的，没想到小贝和黑毛驴进入了角斗圈打斗了起来，他们就罢战了。毕竟人如果和禽兽混在一起战斗，实在不像话。

现在的角斗圈中，是禽兽的天下。

黑毛驴和仙鹤小贝、阿虎的战斗正进行得如火如荼，现在，大红和逸影也进入角斗圈开始了马王之战，

“好好好，那只仙鹤和白虎围追堵截，前后夹击，将那头黑毛驴逼进死角，黑毛驴用不了多久就要败了。”

“呃，有变化，黑毛驴竟转身放了个屁，熏得那只白虎和仙鹤远远避开！真是狡猾啊……”

“啊，那两匹宝马竟都人立起来，像人一样打架！”

“不好，白马被红马在肚子踹了一腿。”

“那白马的速度也太快了，我都看不清它的身影。看，它绕到了红马身后，一脚踢在了红马的屁股上。”

“哈哈，它们头顶头比起力气来了。还是红马的力气大，顶得那匹白马步步后退。红马加油，快点打败它，哥我就有大把的进账了。”

“白马顶住，不要与它斗力，咱的优势是速度，快点闪到它身后踢它屁股，让它连站都站不起来！姐我可押了你五千两银子呢。”

……

一番争斗下来，逸影被大红逼到了墙角，黑毛驴阿毛也被阿虎和小贝逼到了墙根儿处。

眼看黑毛驴阿毛退无可退，就要被阿虎和小贝狠凑一顿，它的眼里骤闪出狐狸一样狡猾的光芒。它嘶叫一声，作势要冲向左边，引得阿虎和小贝都向左边扑去，但它却突然人立而起，后蹄用力一蹬，竟从阿虎的头上跃了过去，使阿虎和小贝都扑了个空。

这家伙，居然玩的是假动作，当真狡猾得很。

它不只狡猾，还很有心计，其奸似鬼。

面对阿虎和小贝的合击，它自知难敌，一突出合围，便瞥眼看了看大红和逸影的战局，眼睛骨碌碌转了两下，直奔大红而去。

大红正用头和扬起的前蹄将逸影顶到墙角，想一举制胜呢，谁曾

想，黑毛驴阿毛冷不防冲到大红身后，奋起双蹄，在大红的屁股上结结实实地踢了两蹄，直痛得大红嘶鸣连声，撒腿就跑到阿虎和小贝那边去了。

逸影本来被大红困住，正苦于无法挣脱之际，突然来了救星将它解救，它自是感激不已，一脱困便跑到黑毛驴阿毛跟前，引颈长鸣，好似在感谢对方的救援。

黑毛驴阿毛也“嗯昂嗯昂”地叫个不停，然后，它们两个竟交颈碰了一下，就像两个人达成某种协议后互相握个手一般。

再然后，它们两个并肩走到一起，一齐看向阿虎、小贝和大红。

一看这情形，大红与阿虎、小贝对视一眼，然后一起迅速奔上前去，将黑毛驴阿毛和逸影围在中间。

以三围二。

但是，它们并没有立马出击，而是迈着步子，围着逸影和黑毛驴阿毛打转，寻求合适的进攻角度。

而身在包围中的黑毛驴阿毛和逸影也在不断移动着蹄子，警惕万分，不给对方任何可以占便宜的机会。

组合战还未正式打起来，观众的热情再攀高峰，设赌的人更忙碌了。

这次设的赌，赌的是组合的胜负。当然，大红与阿虎、小贝这一组合的赔率很低，毕竟它们是三打二嘛。

很快，角斗圈中的战斗再次打了起来。组合对组合，各种战术纷纷上演，进行得十分激烈。别看它们不是人类，但它们都受过十分严格的训练，战斗起来智勇双全，绝非寻常禽兽可比。

观众们一辈子也难得观看到这么精彩的兽斗，都大声尖叫着，显得无比疯狂。

只有见过大场面又自重身份的人，才没有参与到这种疯狂中。

东方落雪就显得十分冷静。

在角斗圈中战斗的，虽有她的坐骑逸影，但她却好像不关心它的胜负一般，只是专心地听着手下对整个“大洗牌”情况的汇报。

给东方落雪作汇报的，是一双姐妹花。姐姐名叫林霜，长得肤白若雪，金发碧眼，是一个美人，绰号“白如意”；妹妹名叫林黛，皮肤偏黑，身材高挑苗条，一脸精干，也是美人一个，绰号“黑珍珠”。

林霜、林黛都不是中土人，她们之所以姓林，是因为很小的时候就被林空收养的缘故。林空收养她们，教她们武功，所以，虽然她们年纪轻轻，修为却都不错，都达到了“练虚合道”境界的巅峰。

唐三站在东方落雪旁边，自然也耳闻了这对姐妹花所作的汇报，才知道这次“大洗牌”之赛已经进行到了尾声。

原来，“大洗牌”之赛是针对想参加夺宝的大道境界之下的武林人士发起的，比赛以十人为一组进行，最后能晋级、有资格参与夺宝的，只有五组。

从一开始一两千组淘汰到现在，已只剩下六个组。

这六个组，西域武林有三个，中土武林有三个，正好成为了对峙之局。

西域第一个组，由哈雷带队，还剩九人，另一人在大混战时已阵亡。哈雷乃是蒙古人，身体十分高大肥胖，肩上扛着一根足有两百斤重的大锥子，站在那里就如一座铁塔。

西域第二个组，由湿奴魔带领，人数还全，十人整。湿奴魔乃是一个金发碧眼的年轻人，二十多岁，长得十分邪气，在他的左肩头上顶着一颗碗口般大的水晶球，水晶球在他肩头上滴溜溜地旋转不休，内里光芒似放还收，如绚还素，显得十分妖异。据悉，这个湿奴魔乃是天山国国师鸠摩鱼座下高徒。

西域第三个组，由“漠上双鹰”步落沙和凌飞雨夫妇领队，还剩七人，其他三人已在大混战时阵亡。与莫小卡对峙的那个碧眼金发人就是这个组的。

中土第一个组隶属圣盟麾下，由林霜、林黛领队，还剩九人，有一人已阵亡。

中土第二个组隶属唐门麾下，由唐章为领队，人数还全，十人整。这唐章长得瘦不拉几，一副病容，常常咳嗽，到哪里都带着一把藤椅，活似一个痨病鬼。据闻，在“大洗牌”混战时，他于混战中用手指就地画了一个两丈直径的圆圈，然后在圆圈里摆上藤椅，他就躺在藤椅上上睡大觉，凡是想冲进这个圆圈来杀他的人，全都在距这个圆圈还有半丈距离时莫名其妙地死了，死时全身肿胀，皮肤发黑，状甚可怖，于是后来便再没有人敢来“打搅他睡觉”了。

在唐章带队的这个组中，有三个唐三熟悉的人，他们是唐飞扬、唐思，还有戴着面具的唐真。这三人由于在“大洗牌”时表现十分突出，现在已有人送他们绰号——“唐门小三杰”。

中土第三个组隶属临时联盟麾下，由空袖带队，十人整，也未阵亡一人。空袖，是一个青年人，一个看起来让人觉得十分可惜的青年人。因为长得那么俊的他竟没有双臂，两只空空的袖子在他身体两侧随风摆荡着，让人看了不得不叹息。

不过，他的存在显然十分励志，因为他不仅出任领队，而且还能带着本组成员从两万多组人马大混战中脱颖而出，令人除了佩服还是佩服。

除了空袖，这个组中的另外九人唐三都不陌生，他们是白沐羽、莫小卡、马小英、冷清竹、宁纤纤、唐白馨、阿豹、梁阿南和何小兰。这九位中，有六位与唐三有金兰之谊，另外三位唐三在临时联盟总部时也见过。

据悉，“大洗牌”之赛通过大混战决出最后十组人马后，便通过抽签的方式进行两两对决，至于两组人马是要进行群架式的打斗还是一个个上场分高下，全由对决双方自己决定，反正只要分出胜负即可，输掉的被淘汰，胜利的就有资格参与夺宝了。

现在，由哈雷、湿奴魔、林氏姐妹花、唐章带队的四组人马已分别将各自抽到的对手打败，最后一组取得夺宝资格的人马将在空袖组和“漠上双鹰”组中产生，之前莫小卡和那个碧眼金发人在角斗圈中比斗，就是这两组之间在作对决。

在林氏姐妹花向东方落雪汇报完这些情况时，角斗圈里的战斗已进行得有一段时间了。

刚开始的时候，黑毛驴阿毛的狡猾与逸影的飞速简直就是绝配，直逼得大红、小贝、阿虎顾此失彼，十分被动，整个过程险象环生。不过，大红、小贝、阿虎也不是傻子，在打斗一番后，很快就调整了战术。

本来，它们三个都实打实地不要花招，可是，在对手层出不穷的花招逼迫下，它们也动起脑筋来。经过简单的兽语商量，它们便由开始的一起猛攻、合力出击转变为了分而治之、各个击破。

那么，它们是怎么分而治之、各个击破的呢？

小贝在空中居高临下，阿虎在地上虎视眈眈，只对逸影进行纠缠和堵截，既不逼得太紧，又不放过，只要不让逸影靠近黑毛驴阿毛就行。这样一来，逸影的速度优势就发挥不出来了，直急得逸影不停地发出焦灼的嘶吼。

大红呢？

大红正发力狂追黑毛驴阿毛。

黑毛驴阿毛可就惨了。要知道，大红长得十分高大，一步迈出去，比黑毛驴阿毛跑三步还要远，况且马的奔跑速度本来就比驴快，黑毛驴阿毛直被追得屁滚尿流。

阿毛之前靠假动作、耍花招、与逸影默契配合，还能与对手周旋一番，现在逸影被对手围困，无法脱身，它空有满腹点子，奈何势单力薄，实力不济，根本就无法发挥它的长处。

黑毛驴阿毛没了合作伙伴，在大红的狂追之下，它真的黔驴技穷了，只能拼命逃跑，把吃奶的力气都使上了，恨自己没能多生出几条腿来。

它一边满头大汗铆足了劲地逃，一边口喷白气，歪着脑袋向阿凡提这边发出十分急促、焦灼的“嗯昂嗯昂”鸣叫。

它这是在向主人阿凡提求救呢！

众观战者，无论是西域武林人士，还是中土武林人士，看到黑毛驴阿毛竟如此没脸没皮、没羞没臊地公然向其主人求救，都不由得大为不齿，怒骂起来。

“阿凡提先生，你看看，阿毛那个衰样，真是把我们西域人的脸都丢尽了！”

玛瑙公主气得直跺脚，她地位尊贵，是在场西域武林人士的领头代表，看到黑毛驴阿毛这样子，能不生气吗？

事实上，整个斗兽场内外，人群熙熙攘攘，看似十分纷乱，但大致可以分为三个阵营。

第一个阵营，是以马占刚为首的本土势力，他们或站或坐，多集中于斗兽场的北面。

第二个阵营，是以圣盟东方落雪、唐门唐阿酒、临时联盟孙文超三人为首的中土势力，他们或站或坐，多集中于斗兽场的东面。

第三个阵营，是以玛瑙公主、阿凡提、鸠摩鱼三人为首的大部分西域势力，他们或站或坐，多集中于斗兽场的西面。

至于斗兽场南面，那是进出口和决斗者的备战之所。

现在这三个阵营中，本土势力保持中立，中土势力和西域势力呈对峙之势。

中土势力和西域势力的这种对峙，早在“大洗牌”大混战一开始时就表现得十分明显了，中土武林人士专找西域武林人士下手，西域武林人士也专找中土武林人士下手。

西域人性格剽悍，崇拜强者，大多宁折不弯。然而，黑毛驴阿毛却恰恰相反，一打不过就逃跑，逃跑还罢了，居然还向主人求援，这在西域人的眼里简直就是没骨气的表现，给西域人丢脸！若不是因为惧于阿凡提的威名，只怕早就有西域人拿起弓箭将这头给西域人丢脸的毛驴射杀掉了。

观战者或在愤怒咆哮，或在耻笑连连，对这些，黑毛驴阿毛全然不理，它只在乎它的小命。在大红的狂追下，它感到生命受到了威胁，只得向主人求援。

“可怜的阿毛，谁叫你平时不好好学习，现在技不如人，后悔了吧？不但敌人会追杀你，连你身边的人都看不起你！唉，你这头毛驴做得也真够失败的。算了，看你那可怜样，我姑且再发一次慈悲，救你一命，但愿今后你能汲取教训，奋发图强，下次别再喊救命丢丑了。”

阿凡提嘟囔着，伸手入怀，取出了一个古黄色的卷轴，然后信手一抖，一头抓在他手中，一头向角斗圈中抛落，十数丈长的黄皮纸来末端正好落在黑毛驴阿毛的前方。

在那黄皮纸上，密密麻麻写满了古老的文字，那种文字颇似梵文，但似乎又比梵文古老许多，在场的人除了阿凡提外，只怕没有人认识。

但当那种古老文字显露人前时，与阿凡提只隔着玛瑙公主一席之遥的鸠摩鱼却浑身轻轻一震，眼里闪现出异样的光芒。只是，他眼里的细微变化一闪即逝，很快便就恢复了当初的沉静，还似泥菩萨一般坐着，恍如什么事情都没有发生一般。

然而，鸠摩鱼没有想到的是，他的那丝眼神变化却落入了阿凡提眼中。

阿凡提明明是面对着角斗圈，可是，在那一刻，他眼尾的余光竟有意无意地向鸠摩鱼这边瞥了一下，这一余光闪动隐藏在睫毛下，无人发觉。

黑毛驴阿毛轻车熟路地踏上这道黄皮纸，欢叫一声，一路飞奔上来。

阿毛一边飞奔，黄皮纸一边卷收，当大红追过来时，黄皮纸已卷收到了半空中。大红望着在黄皮纸上奔跑的黑毛驴阿毛，眼里流露出惊奇之色。

何止是大红这匹马感到惊奇，在场的众多观战者看到一头毛驴竟能在飘在空中的黄皮纸上奔跑，全都睁大了眼睛，眼里尽是惊奇和难以置信之色。

这情景，太不真实了。

不过，无论你感觉它多么不真实，它现在都正真真切切地发生着。

“那个卷轴真的是黄皮纸吗？黄皮纸怎么能够承受得住一头奔跑的毛驴？太神奇了！”

“呃，那头毛驴竟腾云驾雾一般在卷轴上奔跑，浑不着力的样子，它不会已经成妖了，可以凌虚蹈空吧？”

“这太叫人惊奇了，我现在对阿凡提先生除了佩服，就只有膜拜了。”

……

观战者议论纷纷，而东方落雪、唐阿酒、孙文超等一众高手看到阿凡提竟有如此神奇的手段，心里震惊之余，不禁对阿凡提的实力重新作了一次评估。

说时迟，那时快，转眼之间，黑毛驴阿毛落足在阿凡提身边，阿凡提手中的卷轴也全部卷回。他将卷轴塞回衣襟里，然后又斜躺身子，在席上打起盹来。

其散漫姿态，竟和唐阿酒颇为相似。

黑毛驴阿毛得救后，扭着脑袋看了看四周，然后又看了看角斗圈里的情况，看到之前把它追得满头大汗的大红正惊奇地遥望着它，不由得心中一阵得意，竟做出了一个令所有人为之目瞪口呆的动作——它突然转过身来，将屁股对向角斗圈里的大红，扭姿摆胯，来回摆荡，尾巴直竖起来摇摆不休。

这动作，分明就是在羞辱大红，好像大红追不着它乃是一件多么丢脸的事情，而它能够将大红甩脱又是一件脸上多么有光的事情一般。

所有人，除了阿凡提外，都被阿毛这无耻的动作逗得哭笑不得。

驴至贱，则无敌，诚之谓也。真不知阿凡提是从哪个旮旯里寻得这么一个“奇葩”。

“阿毛，你这贱种，还有脸在这里显摆自己的贱样儿呢！真是把我们西域武林的脸给丢尽了！”

玛瑙公主气冲冲地一脚就踹在了黑毛驴阿毛的大屁股上。

黑毛驴阿毛本来在角斗圈中就累得够戗，现在冷不防挨了玛瑙公主一脚，身子趔趄，摔倒在地。

不过，它立时又爬了起来，还大睁双眼对着玛瑙公主“嗯昂”地叫了一声，一副生气的样子。

“哼，做了那衰事，还敢这样看着本公主？看本公主不打你个满地找牙！”

玛瑙公主又气冲冲地想多踢几脚，阿毛见势不妙，立时收了脾气，“哧溜”一下就躲到阿凡提的身后。玛瑙公主去追，它竟围着阿凡提奔跑起来，仿佛在和玛瑙公主玩老鹰捉小鸡一般，直让玛瑙公主跺脚叫骂不已。

而此时，身在角斗圈中的大红则以胜利者的姿态引颈向天，发出高亢入云的长鸣声。那模样，神威抖擞，当真令人爱煞。

“看到没有？哈哈，我的大红就是那么威武，比你的阿虎一点儿都不逊色吧。”

马小英高兴地拍着白沐羽的肩膀，大笑起来。

只是，接下来的事情，却让他的高兴一扫而光……

第八十九章 试手·救人·空袖

只眨眼间，他便蹿至角斗圈上空，手中一扬，“唰”的一声打开了纸扇。

纸扇，那可是他的兵器。

“唰，唰，唰……”

纸扇翻飞，马小英瞬息间就将“披风扇法”施展到极致，快得令人眼花缭乱，在鸠摩鱼那长得令人目瞪口呆的手臂上斩切了九九八十一下。

“国师，你去将那匹大红马给我抢过来，好不好?”

玛瑙公主天性好强，既纯真又顽劣，她看那大红马精神抖擞地抖威风，心头爱煞，但阿凡提不肯出手，她便向鸠摩鱼恳求。

她早就注意到，那匹大红马是属于孙文超那个阵营的，她如果想得到，最终必须得过孙文超那一关，而孙文超那样的高手，绝不是她这个“道一”境界可以对付的。

“好的，本国师现在就将那匹大红马给公主抢来。”

也不知那鸠摩鱼究竟真对玛瑙公主有求必应还是想试探一下中土这边几个主事者的武功深浅，他居然一口就答应了玛瑙公主。

而且一答应完就立即出手。

他一伸手，手臂便瞬间疯长，从两尺长到一丈，从一丈长到三丈，从三丈长到九丈，最后从九丈长到了二十七丈。

而且他伸出去的那只手不只长长了，还越来越大，当伸到大红面前时，其每根手指都粗长得如柱子一般，只要一握，就能将大红攥在手心里。

如此手段，当真骇人听闻。

“丫的，他要做什么?”

马小英看到鸠摩鱼惊世骇俗的手段，大为震惊，同时更为心爱的坐骑大红担心。几乎在看到鸠摩鱼出手的刹那，马小英“蹭”地一下挺身而出。

现在已是“练气还神”境界巅峰的马小英武功境界虽不高，但他的轻功却不低，只眨眼间，他便蹿至角斗圈上空，手中一扬，“刷”的一声打开了纸扇。

纸扇，那可是他的兵器。

“刷，刷，刷……”

纸扇翻飞，马小英瞬息间就将“披风扇法”施展到极致，快得令人眼花缭乱，在鸠摩鱼那长得令人目瞪口呆的手臂上斩切了九九八十一下。

他那纸扇灌注了真气后，扇面坚逾精钢，扇沿利能断玉切金，绝对非凡，就算一根铁棍被它一切，都要变成两截，何况是人的手臂。

然而，马小英一连斩切了九九八十一下，却没有伤到鸠摩鱼那手臂分毫。

甚至那手臂上的襟子都没有半点破损。

那只手臂，有鸠摩鱼的一层真罡防护，任马小英纸扇斩切的劲道多么足，都无法划破半分。

“哼！蚍蜉撼树，自不量力!”

鸠摩鱼冷哼一声，无视马小英的任何攻击，巨掌继续一抓而下。

“蚍蜉撼树自不量力又如何？我先叫你流几滴血再说!”

马小英狂喝着，脸上闪过一抹狠色，他手腕上一震，一股强劲真气发出，“啵”的一声爆响，整个扇面被真气激成了碎末，露出二十四根白光闪闪的扇骨，然后马小英双掌一交一握，据成拳状，将二十四根扇骨以三根为一组夹在八道指缝间。

扇骨在手，马小英整个人似乎都变得十分犀利。他出手如电，冲着鸠摩鱼手臂上的一个点连连出击。

“嘣，嘣，嘣……”

一连串断折之声响过，马小英指缝间那些坚逾精钢的扇骨纷纷折断，竟齐指缝连断了二十三根，连他的两个拳头上都淌下了缕缕鲜血。

不过，还有一根扇骨没有断。这一根没断的扇骨从那个点刺破了鸠摩鱼的真罡防护，竟一下子将鸠摩鱼那长得不可思议的手臂给刺了个对穿。

“这是什么武功？竟能突破大道境界高手的真罡防护，很不简单啊。”

看到马小英最终竟能伤到鸠摩鱼，东方落雪的眼睛不禁亮了起来。

“好像是已经在江湖中绝迹了十几年的绝技——‘盖氏穿凿技’。”

林空眯着眼睛，语气颇为讶异地说道。

“没错，那的确是‘盖氏穿凿技’。这门武功，本应在十几年前随着江南盖家被灭门而绝迹江湖才对，怎么现在居然重现在这个后生手上？据我所知，江南盖家最后那个人死之前曾经见过朱先生一面，莫非是朱先生得到了盖家的武功秘籍？”

绿竹皱了皱眉，若有所思地说道。

事实上，不只是东方圣盟这边的人感到惊奇，很多看到马小英这一手绝技的人都为之惊艳不止，就连阿凡提、唐阿酒这两位平时一贯散漫不羁的人，也在马小英伤到鸠摩鱼的那一刹睁大了眼睛，流露出难以置信的惊讶之色来。

“混蛋！”

鸠摩鱼暴怒。

他事先根本没把马小英的攻击当回事，毕竟他乃是“道二”境界的巅峰高手，而马小英只不过是“练气还神”境界的后生而已，两人的实力相差实在太大了。然而，谁能想到，马小英竟使出绝技破了他的真罡防护甚至伤到他的手臂！虽然那点伤对于他来说实在不算什么，不过，他堂堂天山国国师，又是“道二”境界巅峰的高手，在众目睽睽之下居然被一个蝼蚁一般的小人物所伤，真是丢脸丢大了。

“敢伤我，去死吧!”

鸠摩鱼怒喝一声，将本来向大红抓去的那只手向上一翻，拇指指向马小英。霎时，那根拇指骤然变长，如一根棍子般向马小英的太阳穴撞过来。

速度之快，令人来不及躲闪。

马小英才发觉危机降临，鸠摩鱼那根拇指便已摁到了他的脑袋旁，只差两寸距离就会摁在他的太阳穴上。

只要被这一指摁中，不言而喻，马小英便要命丧黄泉了。

“老四!”

“英哥!”

“四哥!”

“马师弟!”

看到马小英遇险，白沐羽、唐三、莫小卡、唐白馨、冷清竹、宁纤纤、阿豹他们七人几乎同时焦急地大喊，并冲了出去。

他们要冲过去与马小英并肩作战，或者，为马小英报仇!

白沐羽、莫小卡、唐白馨、冷清竹、宁纤纤、阿豹六人都冲天而起，唯唐三一人因为功力尚受禁制，腾身飞跃的时候没有真气支持，身体当即失去平衡，摔落地面，沿着石阶骨碌碌一阵翻滚，从看台上摔落到了斗兽圈中。

看着唐三腾身飞跃出去并最终翻滚着摔落角斗圈中，东方落雪竟没有半点动作。

其实，她大可在唐三刚一腾身的时候就出手阻止唐三的，可她并没有那么做。她只是冷眼旁观，任随这一切发生，不过，她的眼中却闪过一道狡黠之色。

而在唐三摔落角斗圈中的时候，有三位高手动了。

一位，是温凉玉。

温凉玉这一路行来，早已和唐三建立了友谊，他见唐三落入角斗圈中，一时担心，来不及管东方落雪是怎么想的，大喊一声“唐三”，直接就冲了出去，飞身跳入角斗圈中。

另一位，是孙文超。

孙文超不仅是临时联盟这次来楼兰夺宝的领头人，而且白沐羽、马小英他们在不久之前刚刚拜入朱先生门下，从辈分上来讲，孙文超还是他们的师兄呢，师兄看着师弟遇险，怎能不管？

说时迟，那时快，眼看马小英就要死在鸠摩鱼的大拇指之下，突然斜刺里伸出一只手。

这不是一只真的手，而是一道真气凝成的虚影。

这只手一伸出来，便横在马小英太阳穴旁边，握住了那根大拇指，然后马小英便听到孙文超的声音响起——“鸠摩鱼，你想杀我临时联盟的弟子，也不称称自己有多少斤两。”

“我有多少斤两，你不妨来称称看。”

鸠摩鱼操着生硬的汉语说道，说这话的时候，他那只如柱子一般粗大的手臂骤然缩短缩小。

他不得不将手臂缩短缩小，因为孙文超一个反手，手影就顺着他的拇指滑过他的虎口，并迅速向他的脉门滑去——脉门一旦被制，全身都会麻痹，形如瘫痪一般，后果不堪设想。

鸠摩鱼缩短缩小手臂避过了孙文超手影试图对其脉门的扣拿，立即化爪为指，一指就向那道手影戳了过去。

“阴冥指！”

他轻喝一声，指尖射出一道雾气。

雾气一遇着那道手影，立时“咔嚓咔嚓”结出一大团冰碴儿来，竟要将那道手影冻结。

“想冻结我？那就让你尝尝我的‘炎阳拳’！”

孙文超喝道，张开的手影立时握成拳状，指缝四周立时透出岩浆一样炽热的光芒来。

光芒越来越亮，越来越热，温度瞬间上升到足以熔铁灼金的程度，就好像他的拳心里握着一个小太阳一般，那些裹在拳影外的冰碴儿全都化为了滚滚蒸汽。

与此同时，“呼”的一声响过，“阴冥指”顶不住“炎阳拳”的反击，鸠摩鱼的指尖被烤得燃起一团火焰来，并沿着手指一路向手臂烧过去。

“哇啊啊——”

鸠摩鱼痛得怪叫起来，斥喝出声：“龙波水袖！”

随着这声斥喝起，其袖子便如水之波纹一般滚滚荡荡起来，从袖子中蹿出两条气状的蛟龙，绕着他的手臂一路向下直达指尖，所过之处，燃烧的火焰全部熄灭。

“有点斤两。那就再接我一招，‘破风斩’！”

“去病印！”

“牵毫扳跌擒拿手！”

“逆身反擒拿！”

“动劫掌！”

“天魔立定式！”

……

孙文超与鸠摩鱼这两大高手单手对单手，以快打快，出的尽是奇招、怪招、绝招、杀招，眨眼间就过了一百七十三招。

鸠摩鱼心思歹毒，为了令孙文超无法专心与他对打，他在出手时还时不时将狠招往马小英这边招呼，迫使孙文超不得不出手救援马小英。

而这个时候，白沐羽、莫小卡、冷清竹、宁纤纤、唐白馨、阿豹他们六人已提剑赶到马小英身边。这七人一聚合在一起，便立时组成了一个防护阵式，将大红、小贝、阿虎保护在中间。

原来，刚才大红遇险的时候，可不只马小英赶了过来，小贝和阿虎也都赶了过来，要与大红并肩应敌。

他们七人组成的这个阵式，其实是一个剑阵，名叫“七星连横剑阵”，乃朱先生和沈丹舟亲自传授，威力非同一般，不仅将孙文超、鸠摩鱼这两大高手过招拼招时产生的强烈震波气浪全都阻挡下来，还能抵挡下鸠摩鱼偶尔偷袭过来的阴招。不然的话，仅凭他们七人各自的能力，离孙文超和鸠摩鱼的战局这么近，只怕早就被其拼斗时产生的震波气浪重伤了。

这，就是阵式的威力。

面对如此局势，鸠摩鱼的脸色变得难看起来。他没有想到孙文超这么强，要决出雌雄，只怕不是一时片刻能见分晓的；他更没有想到那七个年轻人组成的剑阵居然也那么强，他这个“道二”境界的巅峰高手一招两式间竟也无法击破。

他一边与孙文超过招，拼斗时产生的震波气浪光芒等搅得半个角斗圈里飞沙走石，使白沐羽、马小英他们都看不到两丈之外的东西；同时一双颇具魔性的眼珠子一边骨碌碌乱转，像是一条满腹坏水、诡计多端的巨鳄一般，不知在酝酿什么害人的主意。

第三位出手的高手，是唐阿酒。

就在孙文超、鸠摩鱼斗得不分高低时，他眼睛一睁，骤然一袖拂出，卷起一道飓风龙卷降临角斗圈中，立时将唐三卷在其中，向他这边拉过来。

原来，他是想趁着这个机会将唐三救过去。

只是，他能够这么轻易地就将唐三救回去吗？

几乎就在唐阿酒一袖拂出的时候，东方落雪也动了。东方落雪奋起一脚，便将身前的石案踢得向唐阿酒砸了过去。

唐阿酒冷哼一声，一掌拍出，那张砸过来的石案瞬间爆成碎末，飞灰满天。

说时迟，那时快，众人还没有从石案的爆碎声中回过神来呢，又闻一阵利刃破空声。那声音在唐阿酒身边回响，然后眼尖的人便看到在唐阿酒的四周正有一道电光石火一般飞射的银白剑光围绕，忽快忽慢，似乎在寻找着攻击的角度，但每每因为找不着敌人的破绽而激射到其他位置，重新寻找破绽。

看到那道灵如活物的剑光，唐阿酒眼中神光暴射，一下子就站了起来。

然而，他才站起，便立时觉得浑身一紧，身体竟被捆缚住。

捆缚住他身体的，乃是一根细得肉眼都难以看清的玉蚕丝。那玉蚕丝，其细甚于蛛丝，但其坚韧，更甚于用来制作宝甲的天蚕丝，而且它还十分锋利。

据说，玉蚕乃是上古异种，其筑巢于美玉之中，以美玉为食，所吐之丝能够刺穿玉石，让质密结实的玉石瞬间变成千疮百孔。

那根玉蚕丝就系在那道剑光的后面，但因为其过细，又近乎无色，极具隐蔽性，所以之前没有人留意到。

而这根玉蚕丝的另一头，现在就握在东方落雪的手中。

“唐阿酒，被我的玉蚕丝剑缠缚，你的死期到了!”

东方落雪冷笑间手指剧动一下，那道剑光再次激射而出，速度、力度比之前更快、更强，直射唐阿酒的头而去。

只要被剑光击中，唐阿酒的头铁定会一分为二。

如果唐阿酒这么轻易就被干掉，那他还是唐阿酒吗?

“是吗?”

唐阿酒嘴里还叼着那根牙签，脸上半点慌张、惊异也无。他只是瞳孔一收缩，然后大吼了一声。

吼声一起，一道金色光圈从他体内绽出，那道金色光圈一绽放出来，立时便将坚韧无比的玉蚕丝绞成了千截万段。

“‘归墟剑洞’! 唐阿酒，你的‘归墟剑洞’终于大成了……”

绿竹浑身轻轻一颤。

没错，从唐阿酒身体里绽放出来的那道金色光圈，正是唐阿酒的独门绝技——“归墟剑洞”。

“归墟剑洞”一绽现，不但将玉蚕丝绞成千截万段，而且还将那道激射过来的剑光吸入其中，“锵锵锵”一阵声响，那道剑光便被绞得粉碎，消弭于无形。

本来控制着天蚕丝剑的东方落雪不禁闷哼一声，脸色煞地变得苍白，身体不稳，后退了一步。

玉足落地，便将足底的石梯踩成碎末一片，东方落雪的整只脚直至足踝都陷入了碎石屑中。而且，如果不是绿竹及时在她后背托了一掌，只怕她还要多退几步，甚至摔倒在石梯上。

那一托，让她清楚地感觉到，从“归墟剑洞”传到她身上的杀气被引到了托在她背后的那一掌上，所以她才没有受到重伤。

她不由得转视绿竹，发现绿竹还一脸淡然地站在那里，其脚下的石梯也没有半丝崩碎的痕迹，似乎什么事都没有发生一般。不过，她的直觉又让她感到有什么不妥，但到底什么地方不妥，她又说不上来，她的眼里不由得流露出一丝担心。

不过，黑布蒙眼的绿竹却在这个时候回给东方落雪一个笑容。

他蒙着眼睛，但却似乎能洞察周边的一切情况，哪怕是东方落雪眼里流露出的一丝担心，也被他捕捉到了。

他的那个笑容，让东方落雪心中一安。

“绿竹，多年不见，也让我看看你到底有什么长进!”

唐阿酒说着，一弹指，“归墟剑洞”便倏地向绿竹压了过来。与此同时，“归墟剑洞”发出了恐怖的吸力，竟有将圣盟那面的人全部吸到其中剿杀殆尽之势。

“唐阿酒，你的‘归墟剑洞’也不过如此嘛!”

绿竹的声音响遍全场。

他的声音，不是从圣盟阵营里发出来的，而是从“归墟剑洞”里发出来的!

他不知何时竟置身于“归墟剑洞”中了!

那个“归墟剑洞”可是能绞碎一切，并将之化为虚无的，可现在绿竹在那里面却处之泰然，好像什么事都没有一般，当真令人目瞪口呆。

“没想到你竟修成了‘不破真罡体’，难怪可以身处我‘归墟剑洞’中还能保持真我如一。不过，如果你以为我‘归墟剑洞’的威力仅限于此，那你就错了！大错特错!”

唐阿酒这话，前半句是从唐门阵营中发出来的，后半句却是从那“归墟剑洞”中发出来的。

不知何时，他竟也进到了“归墟剑洞”中。

而且，诡异的是，出现在“归墟剑洞”中的唐阿酒不是一个，而是四个!

四个唐阿酒同时向绿竹发起了攻击。

绿竹立时反击。

初时，五人在那金色光圈中招来招往，还勉强能看得清楚，但是很快，他们的身影交织在一起，再也无法看清楚了，只见那金色光圈忽大忽小，里面不断爆出雷鸣一样的爆炸声，并伴随着闪电一样夺目的光芒，可以想见，其中的战斗有多么激烈。

而之前唐阿酒挥袖发出的那道飓风龙卷，因为得不到唐阿酒真气的继续加持，在兜兜转转一阵子后，最终停止、消失，本来被飓风龙卷起、正准备凌空挪移的唐三便摔向了地面。

正好赶到的温凉玉轻喝一声，伸出双手，准备接住从空中掉下来的唐三。

"空袖，你去把唐三救过来。"

与鸠摩鱼正斗得不可开交的孙文超突然转头对身处临时联盟阵营中的空袖说道。

"是!"

空袖应声便蹿了下去。

他的速度快得不可思议，他的残影还留在原地，他的人便已飞射入了角斗圈中。

刚要接住唐三的温凉玉倏地面色大变，因为他蓦然感到劲风扑面，来不及看清楚向自己扑过来的究竟是什么人，他只能本能地向后速退。

饶是他退得快，而且双手交叉于胸前，及时做出了防护姿态，但在那一瞬间里，他还是遭受了三次重击。

第一次重击，在肩头；第二次重击，在心口；第三次重击，在腹部。

前两次重击，温凉玉都及时用双手挡住了，他在挡的时候，也看清了攻击他的乃是一双快如闪电的腿。到第三次重击时，温凉玉实在来不及挡了，因为实在太快了。

第三次击过来的，不是腿，而是膝。

撞过来的膝盖如攻城战中用于破坏城门的撞木般，"砰"地击中温凉玉腹部，将温凉玉整个人像断线风筝一样撞飞出去。

这个用膝盖将温凉玉撞飞的人不是别人，正是空袖——两袖空空，没有双臂的空袖！

他速度之快，令人目瞪口呆，连林空这种“道二”境界的高手在看到空袖的速度后，都不由得暗赞了一声——“好快！”

空袖的速度，正应了一句武功哲言：天下武功，唯快不破。

他虽然只是“练虚合道”境界的高手，但占着速度之快，还是一举得手，将已踏足大道境界、武功比他强许多的温凉玉给撞飞了。

空袖在前段时间听朱先生、白沐羽等人讲起过唐三，知道唐三于朱先生和临时联盟有援手之恩，而且是个武学天才，所以，今日见到唐三时，他就格外留意唐三。

见唐三被圣盟所制，他就有了要将唐三救出的念头，只是一直没有机会；难得现在有这么一个机会，他自然是全力以赴。

他可不知道温凉玉和唐三的关系，所以出腿不留情。

现在，撞飞了温凉玉，他身子静立，左足撑地，右足贴着身体伸向空中，竟用右足面接住唐三下坠的身体，然后右足一收，改伸为屈，降低高度，把唐三轻轻放下。

唐三一落身在空袖右足面上，只感觉自己被一股柔和的真气托着，一落地，就看到空袖素净皙白、稍为瘦削却显得十分坚毅的脸庞。

“你是空袖？”

“是的。”

空袖脸上绽出灿烂的微笑。

“我们走！”

空袖说着，便要带唐三离开。可是，身后却传了来了温凉玉的声音——

“打了人就想走，天下哪有这么便宜的事？”

温凉玉被撞飞出去后，身子撞在角斗圈边沿的高墙上，滑落地面时本来耷拉着脑袋，好像休克了般一动不动。可就在空袖眼神忽略他的短暂时间里，他竟诡异地出现在了空袖身后，这让空袖不禁为之一惊。

温凉玉明明在他前方，怎么倏忽间却出现在他身后？这是怎么回事？

温凉玉之所以会从空袖的前方突然出现在空袖背后，是因为他使了“土遁之术”。

几乎所有看到温凉玉施展这门“土遁之术”的人都睁大了眼睛，对如此奇术啧啧称奇不已。

大惊之余，空袖本能地立时出腿，一招“黑龙摆尾”向身后扫了过去。

温凉玉一仰身，避过了空袖的“黑龙摆尾”，可他这一避，立时失了先机，因为空袖的腿法一腿接一腿，腿腿连环。

而且，腿腿都追魂夺魄，有取人性命的威力，令人唯恐避之不及。

“狂风乱絮腿！”

空袖狂喝出声，身子飞了起来，腿法如狂花乱影，迫得温凉玉步步后退。

“哧”的一下，温凉玉在又连挨了两踢后，不再迟疑，袖子一震，一支翠杆玉笔落在手中，笔舞龙蛇，迅速在身前点抹勾画，眨眼间便绘出了一朵富贵逼人的牡丹花。

温凉玉师从多门，精晓的武功绝技不可谓不多。但是，面对速度比他快了好几倍的空袖，他以前所学的那些武功绝技几乎都没有发挥的余地，因为空袖逼得他只能招架，根本来不及作出有效反击。

无可奈何，他只好开启领域——只要领域一开启，对方速度再快也没有用，因为领域中的一切规则都由他控制。

在温凉玉绘出这朵牡丹花时，正在看台上与鸠摩鱼斗着的孙文超瞥眼向角斗圈看过来，眉头一皱——“竟是一个已创建出领域的高手，空袖不是他对手。”

本来一味进攻的空袖倏地收腿退到了数丈之外，凝定地护在唐三身前，两只眼睛盯着温凉玉绘出的那朵牡丹花，眼里全是警惕之色，脸色也变得凝重起来。

——空袖感觉到了那朵牡丹花的可怕。

“唐三，看来我们要从这个角斗圈中逃出去有些难了。这样，这个人我来对付，你逃到白沐羽、马小英他们那边去，只要进到他们剑阵里，你就可以暂时无虞了。”

空袖轻声对身后的唐三说道。

他说这话的时候已经有些微喘。虽然他刚才凭着速度优势对温凉玉连番出击，占尽先机，但却也累得够戗，毕竟温凉玉比他高一个境界。

“空袖，谢谢你。不过，你的命在我眼中比我的命更珍贵，我不允许你用你的性命来保护我。”

唐三伸手搭在空袖的肩上，认真地说道。

唐三当然看得出来，空袖绝不是开启了领域的温凉玉的对手，而且他还看出空袖自己也明白这一点，知道空袖这是要拿命来保护他。

听到唐三这句话，空袖身子轻轻一震。

确实，在看到那朵富贵逼人的牡丹花时，空袖已意识到，自己接下来，只怕性命不保，但他还是毫不犹豫地作出了抉择——哪怕付出自己的生命，也要救出唐三。

记得小的时候，他家遭遇仇家灭门，那时他还不到十岁，就被仇家斩断了双臂。那些仇家本来想让他因失血过多慢慢死亡，但天可怜见，朱先生救了他，而且抚养他长大，他才得以在长大后将仇家一一尽数击杀，报了血仇。从那个时候起，他就视朱先生如同再生父母。

韦仙芸、沈丹舟、王经纬等人发动“凤凰计划”，去蜀地唐门救朱先生时，他并不知道，如果他知道的话，当时肯定会第一个赶去参加那次大战。

他是在事后知道了那次大战的消息，才赶去苏浙地区寻找朱先生，然后这才有了这次楼兰之行。

他一直觉得自己没有机会报答朱先生，而今天，就是一个机会。

虽然他与唐三只是初见，但是，唐三曾力助朱先生脱困，只凭这一点，他空袖就愿意用自己的命去救唐三。以这样的方式来报答朱先生的大恩，他自觉死得其所。

“唐三，对我来说，你的命也比我的命珍贵。”

空袖很认真地说道。

“为什么？我们只是初见。”

唐三眼里情难自抑地闪过一丝感动。

空袖张张嘴，却并没有说出话来。因为在这一刻，他心里有了另外一种想法。

在这之前，他是为报朱先生之恩而救唐三性命的。可是现在，他突然发现，就算不因为朱先生，他也愿意用自己的性命来救唐三。或许，这一切只因为唐三刚才说的那句话——“你的命在我眼中比我的命更珍贵，我不允许你用你的性命来保护我。”

空袖沉默了一下，才说道：“因为，我对你一见如故了。”

“我也是！”

唐三除了感动之外，脸上还露出了得交知心朋友的灿烂笑容……

第九十章

抢人·救人·异象

温凉玉并没有急着攻击，他只是静静地伫立在那里，看着空袖和唐三二人，那朵牡丹花在其身前缓缓转动。

空袖在与唐三说话的时候，眼睛可半秒都没有离开过温凉玉。他必须打起十二分精神，全力以赴，才有可能保护得了唐三。

温凉玉并没有急着攻击，他只是静静地伫立在那里，看着空袖和唐三二人，那朵牡丹花在其身前缓缓转动。

“温凉玉，把你的牡丹花收了吧，我不会逃的。”

唐三从空袖身后走出来，出声说道。

“如此便好。”

温凉玉说着，深一吸气，那朵牡丹花便化成点点光屑，被他吸入鼻中。

牡丹花一消失，空袖顿感那股庞大的压力也跟着消失，心中不由得暗松了口气，额上一滴冷汗滚过眼角，滑下脸庞。

“唐三，你担心我救不了你吗?”

空袖眼神落寞地问道。

“不，兄弟，我相信你能救我。只是你不知道，这位其实也是我的朋友，无论你们谁倒下，都是我不希望看到的。”

唐三转过身来，给了空袖一个熊抱。

在抱空袖的时候，唐三碰触到空袖那空荡荡的袖子，心内不禁掠过一阵伤感。

空袖没有双手，不然他现在一定会还唐三一个熊抱。他站在那里，眼眶有些润湿，任唐三这样抱着他。

半晌之后，唐三才松开怀抱，把着空袖的双肩，对视间，彼此已将对方视为兄弟。

“你，叫什么名字？”

空袖最终将眼神移向温凉玉，问道。

“我叫温凉玉。”

“你和唐三是朋友？”

“是的。”

“哼！你还好意思说是？既是他的朋友，你不救他也就罢了，居然力阻我救他出苦海，你这算是哪门子的朋友？像你这种朋友，有还不如无呢！你说是不是？”

空袖这话，说得尖酸刻薄，一点都不客气。

对于空袖的责难，温凉玉沉默以对。

“空袖，不要责怪他，他到底立场不同。”

唐三说着，笑了笑，转身走向温凉玉，“温凉玉，我们回去吧。”

“对不起唐三，刚才空袖将我撞飞出去的时候，我本打算装晕让他将你救走，只是落雪师姐密语传音警告我，说我如果还装晕，她就会派其他人来将你抓回去。你知道的，圣盟里武功比我高强的大有人在，所以，没奈何，我只好……”

温凉玉满怀歉意地在唐三耳边说道。

“温凉玉，不必致歉，我们立场不同，你抓我是应该的，这个我理解，我依然视你为朋友。”

“谢谢。”

温凉玉眼里流露出感激之情，然后一把拦腰抱住唐三，纵身跳出角斗圈，电射向圣盟阵营。

“唐三，我空袖发誓，一定会想方设法将你从圣盟手中救出来的!”

望着唐三被温凉玉带走，空袖脸色一黯，眼中随即暴射出坚毅无比的光芒。他这话说得掷地有声，莫名地产生一种令人相信他一定能说到做到的信服力。

听到空袖这话，唐三心中备感温暖。他知道，空袖一定会为此努力的，但他却不希望空袖这样做，因为这事实在太危险，圣盟这边的高手太多了。

就在温凉玉将唐三带回去的时候，正与孙文超斗得不可开交的鸠摩鱼突然右手往袖子里一掏，掏出一枚晶莹剔透的玛瑙。在这枚玛瑙内，凝固着一只红色的蜘蛛，鸠摩鱼屈指一弹，玛瑙便似电火流光般，劲射向角斗圈中还没有离去的逸影。

逸影虽是当世八大名驹之一，速度之快，足可在马中称王，可是，如何能避得过鸠摩鱼这号人物的出手?

“卑鄙!”

林空不由得叫骂出声。确实，谁也不会想到，堂堂天山国国师，居然会卑鄙到对一匹马使阴招。

这个时候，要飞身入角斗圈中解救逸影脱险已来不及，只见林空抬起左脚，然后就地一蹬，虎吼一声:“起!”

霎时间，只听地下传来“轰隆隆”一阵响动，仿佛地震了一般，紧接着，“轰隆”一声，角斗圈中心的地面骤然隆起一面土墙来，挡在了逸影面前。

“好一招‘土行术’!”

身在“归墟剑洞”中与绿竹打得不可开交的唐阿酒看到这一幕，不由得赞了一声。

不错，那面土墙，确实是林空施展“土行术”，以真气催发土元素凝变出来的。

不过，虽说它是土墙，却只怕比石墙还要坚硬许多。

“砰!”

那枚玛瑙打在土墙上，墙面和玛瑙都为之龟裂，但玛瑙中那只红色的蜘蛛却如坚硬的弹丸般穿过厚厚的土墙，落在了逸影的脖子上。本来神威抖擞的逸影突然间惊嘶暴跳，围着角斗圈狂奔起来，竟似疯了一般。

“混账鸠摩鱼，竟敢对我圣盟统领的坐骑下如此毒手，我看你是活腻了！”

空中传来绿竹的骂声，然后“哧”的一下，绿竹从“归墟剑洞”中飞了出来，手中竹杖向前方一指，本来半丈来长的竹杖竟瞬间延伸到十丈开外，杖端直向鸠摩鱼击去。

竹杖这一击，非同小可，四周空间都为之扭曲。

鸠摩鱼只是对付孙文超便已难分高下，现在再来一个绿竹，他哪里对付得了？

他一见绿竹攻过来，立时抽身飞退，速度之快令人咂舌。而且，他在身退时也不知施展了什么厉害绝技，身子竟瞬间缩小，仿佛躲到空间缝隙中去了一般，眨眼间便消失得无影无踪。

“以为用了‘障眼术’就能安然逃走吗？做梦！”

绿竹说话间，一杖向鸠摩鱼消失的地方点了过去。

这个时候，原本站在鸠摩鱼身边的其高徒湿奴魔突然“叽里咕噜”地念了一句咒语，他肩头上那颗滴溜溜旋转的水晶球便骤然炸射出十分炫目的光来。在那光的照射下，人们都产生了一种错觉，本来看起来直的东西，在这一刻看起来竟都是歪的。

那颗水晶球射出的光居然可以扭曲人的视线！

“砰！”

竹杖穿过水晶球放射出的奇光，击向鸠摩鱼身体消失的方向。那里本应没有人了才是，可是，在竹杖攻进去的时候，那里却发出了一声怪叫，溅起一朵血花来。

那是鸠摩鱼的怪叫声，声音由近而远，最初响起的时候还在斗兽场内，到尾音时，已在斗兽场之外，敢情鸠摩鱼那家伙受伤后已隐身逃出了斗兽场。

“小子，都怪你用邪术影响了我的感应让我打偏了，没能一杖击中要害取了他性命。他没死，那你就代他去死吧！”

绿竹这话是对湿奴魔说的。

诚然，刚才若非湿奴魔从中作梗，影响了绿竹的感应和判断，鸠摩鱼岂能只是受伤那么简单？被一个小角色坏了事，绿竹岂能不恼？

说话间，绿竹竹杖向后一抽，带起一股巨大的回收之力，笼罩住了湿奴魔。

湿奴魔只感到心脏好像就要被人一下子从胸膛里剜出去一般，胸口一阵窒息，不由“哇”的一声喷出一口鲜血，身子一阵虚脱，被那股巨大的回收之力拉了出去，向绿竹那边飞落。

绿竹竟然只凭竹杖回收时的力量就重伤湿奴魔，并要将之俘获，如此手段，当真厉害非常。

“兄台，年轻人莽撞，还请高抬贵手。”

这时，本来斜躺着身子在席上打盹的阿凡提霍然坐起，挥掌一切，再一伸手，便将已经飞出去的湿奴魔给拉了回来。

这湿奴魔不仅是鸠摩鱼的徒弟，同时还是天山国首辅大臣的独生子，阿凡提身为天山国供奉，不能坐视其遇险而不救，更何况鸠摩鱼败逃已让西域武林大失面子，如果现在湿奴魔再被对方俘获，西域武林可就真的丢脸丢到家了。

“哼，你要我高抬贵手，我偏要取他性命，看你有什么手段护得了他!”

绿竹冷哼着说道，他在说这话的时候，手中竹杖立时对着湿奴魔的胸口戮了过去。

其实，绿竹倒并非是一心想置湿奴魔于死地，而是想趁此机会一探阿凡提的深浅。

“兄台，何必赶尽杀绝呢?”

阿凡提说话间，再次自怀中掏出之前接引黑毛驴阿毛的那个卷轴，将其抛上半空，然后眼帘低垂，双掌合十，口中念念有词。

霎时，半空中卷轴倏地打开，卷轴上古老的文字蠕动变化起来，竟传出了群僧梵唱之声。卷轴同时绽放出千万道佛光，加持到湿奴魔身上，令湿奴魔浑身熠熠生辉，就好像一个得道高僧般。

绿竹一杖戳过来，被佛光一照，杖身竟开出朵朵莲花来。

竹杖上竟能开出莲花来！这种玄之又玄的事情，令所有看到这一幕的人都为之称奇不已。

绿竹却面色大变，他猛然虎吼一声，收杖飞退，一个筋斗腾空，落在了圣盟阵营里。

几朵莲花竟能令绿竹这样的大高手匆忙飞退？怎么可能？

原来，在竹杖被佛光一照开绽莲花时，绿竹突然感到一股浩浩荡荡的伟力从竹杖上传来，侵入他身体，令他顿生出要皈依于阿凡提座下的念头。

这是他出道以来从未遇到过的怪事。绿竹当下急忙抽身飞退，以强大的意志打消掉心中那个荒唐的念头。

落身到圣盟阵营中后，绿竹双眼紧紧地盯着阿凡提，眼中已没有了战意，有的只是深深的忌惮。

阿凡提对于绿竹的飞退似有所觉，他睁开了眼睛，报以淡淡一笑，然后伸手一招，空中那个卷轴合起，落回他手中。

而湿奴魔被拉回来时落身在玛瑙公主旁边，摔了个四脚朝天，肩头上那颗滴溜溜旋转的水晶球掉到地上，顺着石阶向旁边滚去，正好滚到黑毛驴阿毛的跟前。

黑毛驴本来趴在地上闭目恢复体力，突然听到水晶球滚过来的声音，霍地睁开了眼睛，看到滚过来一颗颜色十分可爱的水晶球，立时精神大振，赶紧伸出两只前蹄将水晶球划拉过来，拢在胸前如获至宝，伏下脖子将其掩住。

湿奴魔摔得身子疼痛，眼冒金星，好半晌才恢复神志从地上爬起来。他一爬起来就放眼四顾，寻找他的水晶球，可哪还找得到？他做梦也想不到他的水晶球正被黑毛驴阿毛压在身子下面呢！

且说绿竹这一从“归墟剑洞”中飞身出来，有一个人不乐意了。

不，不是不乐意，而是怒了，大怒。

这个人，当然就是唐阿酒。

“归墟剑洞”乃是唐阿酒的厉害绝技，绿竹如此这般进出随意，对他唐阿酒来说，简直就是侮辱。

“绿竹，你当我的‘归墟剑洞’是想来就来想去就去的地方吗？还敢在与我打斗时去打别人，分明就是对我唐阿酒不敬！敢对我不敬者，死!”

唐阿酒暴喝一声，飞身一闪也出了“归墟剑洞”，他伸手一招，“归墟剑洞”霎时变成一柄金光闪闪的长剑。唐阿酒手执长剑，一剑就向绿竹斩了下去。

这是什么剑？这可是“归墟剑洞”凝变成的“归墟之剑”，威力比呈圈状时大了十倍都不止。不过，这一剑并未能斩在绿竹身上，因为林空出手了。

——正因为林空出手，绿竹才得以击退鸠摩鱼、重伤湿奴魔，还和阿凡提过了一招。

只闻林空狂喝一声“地壳突刺”，之前在角斗圈中破土而出的那面泥墙霎时变形，形成尖锋状，“哧”地就向半空中的唐阿酒刺了过去。

唐阿酒被迫将斩向绿竹的一剑斩向了从下面刺上来的“地壳突刺”。

那“地壳突刺”，其实就是从地上骤然凸起一个尖顶状的土丘，只是这个尖顶土丘绝对有将三尺厚的钢板顶穿的威力，着实不容小觑。不过，唐阿酒到底是唐阿酒，他一剑斩下，偌大一座尖顶山丘在众目睽睽之下竟化为了虚无。

身在看台上的林空身体为之一震，张口呕出了一口血来，看来受伤不轻。

好在，这个时候绿竹已飞退回圣盟阵营，落身在林空身边。不然，如果唐阿酒冲过来的话，只怕圣盟阵营中还真没人能挡得住。

那么，东方落雪呢？她这个时候在做什么呢？

东方落雪是逸影的主人，按理说，逸影遭遇鸠摩鱼攻击，她应当第一个赶过去救援才是。然而，她却没有那么做，这倒不是东方落雪对逸影不挂心，而是她突然发现斗兽场内的圣盟阵营正处于一个极大的危险中。

这个大危险，不是来自唐阿酒，不是来自孙文超，不是来自阿凡提，不是来自马占刚，更不是来自已经败逃的鸠摩鱼，而是来自一个之前并没有引起她注意的唐门弟子。

这个唐门弟子是谁？

这个唐门弟子，就是唐门外门玄冰阁弟子——唐飞扬。

唐飞扬的武功现在虽然达到了“练神还虚”的境界，在武林后起之秀已算相当出色，但比起东方落雪、林空、绿竹等这些已经踏足大道境界的人物来说，可就差得远了，他怎么能够威胁到圣盟整个阵营呢？

因为这个时候的唐飞扬在诸位大高手没有留意他的情况下施展轻功，占据了圣盟阵营西北角最高一级石梯，居高临下。最重要的是，他双手拢在袖子中，袖子里隆起一个管筒状的东西，虽然那个东西没有露出来，但东方落雪知道，那是一件暗器。

至于那是什么暗器，东方落雪并不知道，但凭着过人的灵觉，她觉得那一定是一件非常可怕的暗器。更甚者，如果那是一件用于大范围攻击的暗器的话，一旦施放，后果将十分严重。

她侧着身子，眼睛盯着唐飞扬，不敢稍有移开。这个时候的她已经气运全身，一旦唐飞扬稍有异动，她将全力出手，争取一击必杀，把危险系数降到最低。

唐飞扬呢？

唐飞扬也一动不动地盯着东方落雪。因为他已经感觉到自己被对方锁定了，一旦自己稍有异动，对方必不顾一切杀过来。

唐飞扬知道自己手中的暗器有多厉害，一旦施放，圣盟阵营中八成以上的人要被击杀。但他也知道，东方落雪现在已经锁定他了，如果他施放暗器的话，也绝对逃不过东方落雪的袭杀。

剑拔弩张，将发未发，气氛紧张到了极点。

彼此都在观望，都没有出手，因为一旦出手，必定两败俱伤。

事实上，在唐飞扬施展轻功占据那个施放暗器的最佳位置时，除了东方落雪注意到他，“白如意”林霜、“黑珍珠”林黛这对姐妹花也注意到了。

这对姐妹花当即便朝唐飞扬左右包抄而去。不过，她们最终没有能够对唐飞扬形成合围之势，因为她们被两个人截住了去路。

截住她们去路的人，乃是与唐飞扬一起被誉为“唐门小三杰”的唐思和唐真。

唐思和唐真的武功都是“练气还神”境界，比起林氏姐妹要低两阶，可他们却能截住这两姐妹，令这两姐妹不敢妄作寸进，这一切只因他们是唐门弟子。

唐门的可怕之处，不在于其武功，而在于其令人防不胜防的暗器和毒，林氏姐妹不得不十二分小心。

“逸影，你怎么了？”

这个时候，刚将唐三带回圣盟阵营中的温凉玉看到逸影狂嘶暴跳不已，心内关切，又立即飞落角斗圈中。

可他才落身角斗圈，正欲朝逸影奔去，便听得一阵剑气破空声，四周落下七道人影来。

这七道人影，动作整齐划一，不是别人，正是白沐羽、马小英、莫小卡、冷清竹、宁纤纤、唐白馨、阿豹七人。

他们七人，在刚才鸠摩鱼和孙文超打斗时，就看到唐三被温凉玉“押”了回去，当时心中十分着急，奈何却无法从震波气浪中脱身出来。

现在鸠摩鱼被绿竹击退，震波气浪止息，他们正懊恼没救得了唐三，就看到温凉玉重新飞入角斗圈中，七人互相对视一眼，当即纵身过来，再次结成“七星连横剑阵”，将温凉玉围在中间。

他们早就看出这个温凉玉身份不简单，不然也不能和东方落雪走得那么近。

“你叫温凉玉是吧？我们无意为难你，我们只想拿你换回小三。乖乖束手就擒吧，免得吃苦头。”

白沐羽冷声说道。

“想用我换唐三？那就要看你们有没有那个本事了！”

温凉玉冷笑起来。

“温凉玉，我们知道你武功境界比我们高，但我们七人联手施展剑阵，你打不过的，何必找苦头吃？”

莫小卡不无善意地提醒道。

“哈哈哈……一群未踏足大道境界的阿猫阿狗，也敢口出狂言要我束手就擒?！好，我温凉玉今天就让你们知道知道什么叫做‘自不量力’！”

温凉玉狂笑罢，眼神一狠，沉下脸来，身上气势节节攀升，霎时间衣袂猎猎，无风自动。

“二哥，与这种不知好歹的敌人不必和他枉费唇舌，咱们先拿下他再说!”

冷清竹说着，真气灌注剑身，手中剑一阵震颤。

“对头!”

马小英附和道。

“结阵!”

白沐羽立马大喝出声。

霎时，七人手中的剑均在震颤中发出“嗡嗡”的剑鸣声，刚开始的时候还各有音色，能够区分出哪一种剑鸣声是哪一把剑发出的，可半瞬之后，七种剑鸣声便契合成了一声，再难分彼此。

七声合为一声，剑的震动当即休止，身在剑阵包围中的温凉玉顿时觉得自己四面八方全被封锁，竟有种无路可逃的感觉。他心头一凛，知道这剑阵相当不简单，施展寻常武功只怕很难应付。

他当即袖子一抖，翠杆玉笔落在手中，点划勾横抹，在身前绘出一朵贵气逼人的牡丹花。

可就在温凉玉绘出牡丹花要施展领域时，看台上的东方落雪说话了。

“那个剑阵不简单，温师弟只怕应付不下，公孙卫，你带四个人去助温师弟一臂之力。”

她的目光还盯着唐飞扬，并没有扭头看角斗圈中一眼，但她凭耳力对角斗圈中的情况作出了判断。

公孙卫对潘尘雨、李慎强等四位“道一”境界高手一挥手，立时率先飞身入角斗圈中，要助温凉玉一臂之力。

圣盟这边一动，临时联盟那边也动了。

“道一”境界的公孙卫才落足角斗圈，还没有站稳呢，就觉劲风扑面，一道黑影就向他撞了过来。

他急忙招架，可是，那道黑影倏忽变化，速度快得不可思议。他防护上盘，那道黑影就已抢进他中盘；他刚防护中盘，那道人影已攻击他下盘；他才防护下盘，上盘便遭到了那道黑影的连番重击。

跟不上敌人速度，就只有挨揍的份儿。公孙卫一下子连遭了七记重击，“哇”地口喷鲜血，身子如断线风筝一般摔飞出去七八丈，摔在地上时还滑出去三四丈。直到这时他才看清楚，将他击飞的黑影乃是一个袖子空空、两侧摆荡的年轻人，这不是空袖又是谁?

空袖连番出击，将武功境界比他高一阶的公孙卫踢飞，自己也累得够戗，站在那里喘息不已。

潘尘雨、李慎强等四位“道一”境界高手见空袖居然将公孙卫击飞，不由得大怒，齐齐冲向空袖。

眼看四位“道一”境界高手就要对空袖形成合围之势，空袖危在旦夕，倏忽两道人影后发先至，出现在了空袖身边，赫然是韦仙芸和王经纬。

韦仙芸和王经纬都是“道二”境界初期的高手，虽然远远比不上孙文超、唐阿酒，但也绝对不是潘尘雨、李慎强等四位能够应付得了的。

“莫北堂，你带六个人去助战。”

东方落雪再次下令。

立时，圣盟阵营中又飞出了七位大道境界的高手。

这七位中，除了莫北堂是“道二”境界初期高手外，另六位都是“道一”境界高手，加上公孙卫、潘尘雨、李慎强等五位以及温凉玉，共十三位大道境界的高手对付韦仙芸、空袖、王经纬、白沐羽、马小英等十个人，绝对是绰绰有余了。

看到东方落雪一下子出动那么多高手，孙文超心头一凛，刚要有所行动，便闻得一个无情的声音。

“孙文超，你最好不要分心他处，不然我保证你们临时联盟阵营立时人仰马翻，你信不信?”

随着这无情的声音响起，一道红影从圣盟阵营中射了出来，迅速欺近临时联盟阵营，在临时联盟阵营附近停了下来。

竟是一个老妪!

一个身体四周燃烧着红色火焰的老妪!

她佝偻着身躯，拄一根龙头拐杖，脸上满是褶子，被熊熊吐着火舌的火焰拢在中间，显得十分诡异。

“卫菇彤!”

孙文超一眼就认出了这位老妪。

没错，她正是圣盟的离火护法卫菇彤，十几年前就是“道二”境界的高手，其威名在孙文超还没出道时便已天下皆知、谈之色变了，有她盯着，孙文超确实不敢分心他顾。

然而，就在孙文超与离火护法卫菇彤对上的时候，唐门阵营里本来躺在藤椅上闭目养神似乎睡着了一般的唐章突然睁开了眼睛，看向圣盟阵营这边，对唐阿酒说了这么了一句话——“她愚蠢地将身边大部分高手都遣开了，现在正是我们一举擒获她的最好机会。怎么样，唐阿酒，机不可失，你作决定吧。”

唐章口中的这个“她”，无疑指的是东方落雪。他说这话时口气显得十分强势，竟直呼唐阿酒的名字，没有一丝下属对上司应有的尊敬。

但就在唐章说出那句话时，东方落雪伸手一拉，将唐三拉到了身边。

唐阿酒在击伤林空后就回到了唐门阵营，此时正站在唐章的身边，看到东方落雪这个举动后，脸上不由得露出一丝苦笑：“不，她这不是愚蠢，她将身边大部分的高手都遣开，是为了保存圣盟阵营的力量。看来，她已经意识到唐飞扬手中的那件暗器会对圣盟阵营造成大范围伤害了。她现在又将唐三拉在身边，我们如果动手，必定引发全局大混战，就算最终能擒获她，唐三和唐飞扬只怕也性命不保……”

“为了两个外门弟子的性命，就放弃这么好的机会？唐阿酒，你这是贻误战机知道吗?”

唐章毫不客气地说道，语气中竟满含责备之意。

本来对唐章的不敬并不生气的唐阿酒一听唐章这话，脸上怒意顿现：“哼，外门弟子就不是唐门弟子了吗？老子当年就是外门的！我告诉你唐章，在我眼中，不管是外门弟子还是内门弟子，都是我唐门弟子，我是不会让他们两人白白牺牲的。”

“你……”

唐章腾地站起身来。可他才站起身来，正瞪眼想与唐阿酒争辩几句时，骤然“轰隆”一连声响，如雷霆在地下滚动，由远而近，然后，整个斗兽场、整个楼兰城、整个楼兰城所处的这片广阔地域都激烈地震动起来，不少房屋瞬间倒塌，地面也裂开了一些长长的沟壑。

地震了？

原本坐在石梯看台上的阿凡提忽然站起身来，若有所觉地向东北方向望去，然后操着生硬的汉语高声喊道：“大家都不要打了！重宝即将出世的异象再次出现了！快看那里！”

几乎所有人在听到阿凡提喊声时都向阿凡提所指的方向看去。

那么，重宝即将出世的异象是什么样的呢？

第九十一章 争夺宝物·逸影中毒

那天空，本来晴空如洗，万里无云，可不知从何时起竟层云密布，凝聚成了一个浩瀚国度的模样，从那云朵的形状中，你可以清楚地区分出哪里是城墙、哪里是宫殿、哪里是街衢，还有一座高高耸起的宝塔极为显眼。

众人朝着阿凡提所指的方向望去，只见远处天空果然异象纷呈。

那天空，本来晴空如洗，万里无云，可不知从何时起竟层云密布，凝聚成了一个浩瀚国度的模样，从那云朵的形状中，你可以清楚地区分出哪里是城墙、哪里是宫殿、哪里是街衢，还有一座高高耸起的宝塔极为显眼。

这是海市蜃楼吗？

不知道，因为它比我们平时所见到的海市蜃楼更为真实。

海市蜃楼只是影像，可是他们现在看到的，乃是由真正的云朵凝聚成的。

那是一个由云朵凝聚而成的国度，它悬浮在空中，既真实又虚幻，尤显诡秘。

“轰隆隆……”

刚刚静止的地面又剧烈震动起来。这一次，随着“咔嚓咔嚓”一阵巨响，斗兽场从中间裂开了一道足有半丈宽的裂缝，个别人因一时不慎跌入其中，发出绵长的惨叫声，最终湮没无声。

在地面发生震动的时候，天空中那云之国度也发生了异变。

数道雷霆响起，闪电划破天穹，从那云之国度深处传出了“呜呜呜”的声音。

那声音——

像是巨兽醒来时的怒吼；

像是古战场上回响的冲锋号角；

像是万人坑中无数死难冤魂悲凄的哭号。

当这声音传出的时候，那云之国度也自里向外在膨胀，好像有什么恐怖的力量要从里面冲出来似的。

“当——”

那高耸的宝塔中传出了洪亮的钟声。

钟声一起，那云之国度中佛光闪烁，出现了上百根金色巨柱。

巨柱上无一例外都黏着刀、枪、剑、戟、斧、钺、戈、叉等诸般神兵利器；还有些不是兵器的东西，诸如法杖、铙、琵琶、伞、车、卷轴、宝珠、印章等等。

这些东西成百上千，宝气冲天、神光湛然，一看就知道不是凡品。

“好多宝物啊！”

“真叫人眼馋啊！”

“这么多的宝物，抵得上一个超级大国的藏宝库了。”

“妈的，为了这些宝物，拼了！”

……

大批本来因为地面震动而惊惶走避的武林人士，看到云之国度中宝物万千的情景，全都傻眼了。

傻眼的同时，贪婪的念头不可遏制地疯涌上来。

他们这些人，大多数因为没有参加“大洗牌”或已在“大洗牌”中被淘汰，本来已没有了夺宝的资格，而且他们在见识了“大洗牌”的残酷以及大道境界高手的厉害后，自知技不如人，心里本已放弃了参与夺宝的打算。可是现在，看到空中那些光景异象，看到异象中的那么多宝物，他们很多人都改变主意了。

“宝物无主，见者有份！这么多宝物，凭什么我不能分到一件？能得到其中一件，我以后就算不能在江湖中扬名立万，也可以富甲一方了。这是改变人生的大机会，不能错过！说什么也不能错过！拼了！管他妈什么规矩不规矩，谁敢挡我，我就杀谁！”

——这是那些没有夺宝资格的武林人士改变心意后共同的想法。

何谓鸟为食亡，人为财死？

现在他们这种心态就是了。

为了宝物，很多人都已做好了拼命的准备。

看到天空如此异象，还能保持冷静的，可没有几个。不过，东方落雪绝对是少数几个能保持冷静的人之一。

“虽然看到情报里多次汇报过这种天空异象，不过，亲眼目睹，还是很叫人震撼。”

东方落雪感慨道。

“是啊。记得我上次到这里看到天空异象，动静可没有这一次大。上次，天上的异象远没有这次这么清晰，而且地面震动也远没有这次这么剧烈。”

绿竹也感慨道。

“地之所动，应兆于天。你们看，在异象的影响下，罗布泊已经开始滚沸了。”

林空到底长年身处楼兰城，对附近情况的观察要远比他人仔细得多。

听他这么一说，东方落雪、绿竹、温凉玉、唐三等这才注意到，原来那片异象峥嵘的天空下面，正是烟波浩渺的罗布泊。

罗布泊，在没有风暴来袭时理应波平浪静才是，可是现在，罗布泊的水面上却正出奇地动荡着，无数气泡涌上水面，整个水面就如被煮沸了一般滚动不休，白气腾腾。

“难道，宝藏在罗布泊里？”

东方落雪不禁皱起了眉头。

林空则点点头道：“理应在湖里。否则，如果在陆上的话，早就有人去挖了。”

温凉玉听了，也大觉有理地点点头："看来，说有重宝出世的消息并非无中生有。只我们现在看到的，就有成千上万件宝物了。据说，宝物都是有灵性的，如果其中没有王者至尊的话，它们是不会聚在一起相互之间还能和平相处的。唐三，你说是不是……"

他说这话的时候望向唐三，却发现唐三一脸古怪之色，叫人有些看不透。

"唐三，你怎么了？"

"呃，我没事……"

唐三笑了笑。

其实，唐三此时心里无比奋跃。因为，当天空中那声洪亮的钟声响起时，他左手中指上那枚隐形的"命运之戒"忽然微微发热起来。

唐三有所感，遂将神识探入"命运之戒"内，这才发现，原来是里面那张吠陀符有了动静。

那张吠陀符，唐三一直以来都不知道它究竟是什么来头，究竟有什么作用。

它本来包裹在金色的元气团中，安安静静在"命运之戒"的空间中漂浮着，可是现在，它却像受到什么触发了一般，竟绽放出耀眼夺目的佛光来，蠢蠢欲动，似乎与那云之国度深处的某样东西隐隐有着神秘的联系。

"怎么回事？那云之国度深处究竟有什么东西？竟刺激这张吠陀符有了动静！"

唐三心头疑惑着，不禁暗自猜测起来——

"或许，那重宝就是一口钟吧，吠陀符就是在钟声响起的时候才开始有了不寻常反应的。"

"你真的没什么事？"温凉玉一脸狐疑地问道。

"真的。"

虽然唐三与温凉玉可称得上朋友，但温凉玉到底是圣盟的人，二人立场不同，他有些秘密不可能对温凉玉实话实说；如果换了是白沐羽、莫小卡等当日曾在雁荡山上结拜的兄弟姐妹，他或许会据实回答。

"轰隆隆……"

又一阵震动，人马惊惶，天空中的异象再生变化，云之国度深处传出了千军万马混战的声响，仿佛无数天军在其中激烈厮杀一般。

“当——”

又一声洪亮钟响自高塔中传出，那上百根金色巨柱周围竟响起了一阵群僧梵唱、敲打木鱼的声音。然后更为神奇的一幕发生了，那些粘在金色巨柱上的万千宝物竟纷纷飞离金柱，环绕在柱子周围，汇成一条条宝气金龙。

上百条宝气金龙张牙舞爪，发出了狂吼声，然后纷纷冲向云之国度深处。

云之国度深处传出的厮杀声更激烈了。

“轰——”

“轰隆——”

“轰隆隆——轰隆隆——轰隆隆——”

轰隆隆的雷霆一声紧接一声，一声响过一声，在天地之间鸣响，如沙场上一旦敲动便会生灵涂炭、血流漂杵的战鼓。

这声音，令大地震颤，令天穹阴霾密布，晴好的天空迅速暗了下来，充斥着一种末日的意味，令每个人心里都似压了重铅一般。

“当——”

“当——当——”

“当——当——当——”

高塔中的钟声也越来越密，转眼之间便天昏地暗，狂风大作，大雨倾盆，远处的罗布泊浪涛奔涌。

“噼啪！”

一声炸雷似要劈裂天地，比之前所有的雷霆声加起来都要大。

随着这一声巨响，偌大的罗布泊掀起了滔天巨浪。

“有东西飞出来了！”

“快看，好多金光，那是宝物吗？”

“是宝物！”

“还等什么？抢啊！”

……

人群一下子沸腾起来，众人的眼神都变得炽热如火，因为自那滔天巨浪中飞出了道道金光，向楼兰城这边激射而来。

眼尖的人一下子看清了，那些是刀、枪、剑、戟、元宝等，不一而足，都闪烁着宝气神光，绝对不是凡品，而且数量之多，数都数不过来。

宝物无主，谁能抢到就归谁，很多人向着那些宝物冲了过去。

“宝物出世了！不知道预想中的重宝会不会也在今天出世。林管家，带你的人去抢宝物吧！能抢多少就抢多少！公孙卫、李慎强……你们也过去帮忙，尽量多抢！”

东方落雪当即命令道。

“是！”

林空等人应了一声，纷纷纵身出去。

在林空带人出去抢宝的时候，唐门、临时联盟、玛瑙公主这边的人，除了那些首领和个别高手外，其余人都受命纷纷冲出去，加入了夺宝大战。

马占刚看着这众多高手争夺宝物的场景，心头又气又急。

他气的是，这些宝物，明明是在楼兰城附近出现的，本应为楼兰城所有，但现在却被众人疯抢。

他急的是，这么多宝物就在眼前，可是自己就这点儿人马，只怕连百分之一都抢不到。

“快，快去请城主调全部人马过来！快！”

马占刚一把抓过身边的一名侍卫大声命令道，然后拔出宝剑，飞身上马，对着身边众侍卫大喝道——

“其他人随我一起去抢宝物！”

一两万人争夺宝物，那场景，诚可谓壮观激烈到了极点。

很快，夺宝大战便演变成了强者纵横的屠戮之所。

其中最为显眼的，还是圣盟、唐门、临时联盟和玛瑙公主这几股势力。

圣盟派出去抢宝的人以林空为首，他们大杀四方，所到之处几乎无人能挡。

林空更是一马当先，出手奇绝——

天空中激射过来了上百件宝物，不少武林人士纷纷跃起，想将之截住，他却猛喝一声，踏足顿地。霎时，激射过来的宝物便像受了魔法指挥般，全都停了下来，改变方向，由横射变成竖射，将那些跳起来想截留它们的武林人击杀，随后没入土中消失不见，令其他武林人士想抢都没门儿。

东方落雪远远看到这一幕，嘴角掀起一丝笑意："那些宝物没入土中，就等于是落入林管家的口袋里了，呵呵，有林管家出手，我们圣盟这次必定能满载而归。"

唐门派出去抢宝的人，以唐章为首。

唐章和出去抢宝的唐门弟子全都穿戴了特制的皮衣、皮帽、皮手套等，浑身上下不露一点皮肉在外，就连眼睛也罩着一种胶制的透明薄膜。

一看他们这种穿戴，不管对唐门熟不熟悉的人都明白，他们要用毒了。

果不其然，唐章一到了人群中便开始放毒。他选择了一个地势较高的地方，自怀中掏出一个小罐子，然后用一个小汤匙从罐子里舀了一匙黑色的液体，倒在脚下的地面上。

紧接着，恐怖的事情就发生了。

那黑色液体被倒在地上，遇着地上的水后便迅速扩散，将方圆数百丈范围内的地面都染黑了。

凡置身在这数百丈范围内的，除了唐门中人外，其他人一律沾地即死，而且死后身体立马溃烂，化为血水。

那些人中毒死后，他们抢到的宝物自然也就成了无主之物，唐门弟子才过去将那些宝物拾回来。

可以这么说，别派的人是去抢宝，而唐门的人是去捡宝的，而且还不用担心有人放冷箭。因为几乎所有看到唐章恐怖手段的人都自觉地避得远远的，生恐自己不知何时也中了唐章的毒。

"好厉害的毒!"

东方落雪不禁瞳孔收缩，眼里闪现浓浓的杀气。

对她来说，唐章这种放毒高手绝对要比唐阿酒那种高手可怕得多，如果唐门和圣盟开战，唐门阵营中只要有这么一个用毒高手在，圣盟这边可就要吃大亏了。

所以，一旦有机会，这种人还是早点杀掉为妙，免得后患无穷。

东方落雪眼里涌现着杀气，不过却没有动手，因为这个时候唐阿酒有意无意地正用不屑的眼神看着她。

临时联盟这边，韦仙芸、王经纬、空袖、白沐羽、莫小卡、马小英、冷清竹、宁纤纤、唐白馨、阿豹以及一众临时联盟弟子全都冲出去抢宝了。

白沐羽、莫小卡、马小英、冷清竹、宁纤纤、唐白馨、阿豹他们七人联手布下剑阵，围成了一圈，不负责抢宝，只负责护宝。

抢宝的任务则由空袖、韦仙芸、王经纬和其他临时联盟弟子去完成。

空袖腾身飞在空中，步虚蹈空，速度快得令人看不清，将那些飞射过来的宝器以高明的腿法踢到白沐羽等七人护持的那个圈子里。

韦仙芸、王经纬和一众临时联盟弟子则主要负责在地面厮杀抢宝，一旦抢到宝物，他们就会将之扔到白沐羽等七人护持的那个圈子里，然后又继续去厮杀抢宝。

很快，在白沐羽等七人结成剑阵护持的那个圈子里，大大小小上百件宝物堆成了一座小山。

众多武林人士看到他们七人剑阵中的宝物竟如此之多，纷纷眼红，不要命地冲过来，想冲破剑阵，将宝物抢去。

然而，冲过来的，无论是三五成群，还是八九结队，无一例外，全部被白沐羽等七人用剑阵击杀得半条命不剩，甚至还有个别“道一”境界高手被撕裂成了碎片。

“那是什么剑阵？好厉害！他们最强的一个人不过是“练虚合道”境界，另外六个还都只是“练气化神”境界，为什么七人联手结成的剑阵竟厉害到能将“道一”境界高手都击杀的地步?！我东方落雪自谓见识广博，但也从未见过这么厉害的剑阵。”

盯着白沐羽等七人组成的剑阵，东方落雪眼里流露出了凝重之色。

以她的实力，倒不惧那个剑阵；但是，那个剑阵的巨大威力还是让她极感兴趣。

她看了好一阵子，也没有琢磨出这个剑阵的奥秘来，只觉得剑阵非常玄妙，似乎有通天达地的神力，借那种神力来打杀敌人。

她口中七人中最强的那个“练虚合道”境界之人，不是别人，正是莫小卡。

要知道，莫小卡当初可是承纳了圣盟艮山护法的一身修为！

圣盟艮山护法乃是“道二”境界高手，其一身修为转移到莫小卡身上，如果莫小卡的武学领悟能跟得上的话，只怕早就踏足大道境界了。

可惜，莫小卡在承纳艮山护法的一身修为前半点武功都不会，武学领悟一时之间无法拔得太高，所以，到目前为止，其境界只停留在“练虚合道”而已。

不过，武功境界是一回事，内力的深厚程度又是另一回事。若单论内力深厚，大道境界之下无人能与莫小卡相比，就连唐三也比不过。

“这么厉害的剑阵，我也从未见过。想来，如此剑阵，也只有沈丹舟和朱先生那种非凡人物才能创得出来！不过，这剑阵虽厉害，可惜那些结阵之人却太弱了些，而且他们的武功境界还不在同一个水准上。如果他们七人都是一般强的话，那这剑阵就更完美了。”

绿竹评论道。

“怎么，你看出那个剑阵的弱点了？”

东方落雪好奇地问道。

她虽在武功上天资过人，但毕竟只是“道一”境界，在见识上到底比不过绿竹。

“嗯。那个剑阵里的七人，有五个配合得十分默契，但另外两个在配合那五人时却显得有些生涩而勉强，而且这两人的武功还是最弱的。所以，这个剑阵最薄弱的地方，就是那两个武功最弱又配合得不够默契的人。”

“噢。你指的是那个阿豹和唐白馨吧？”

关于白沐羽七人，东方落雪之前听林霜、林黛汇报“大洗牌”战况时，已知晓他们的名字，她虽看不出阿豹和唐白馨在哪一点上和另五人配合得不够默契，但还是看得出他们两人在七人中武功是最弱的。

“正是。而且，他们两人的剑和另五个人的剑品质也不在一个层次上。”

“嗯，这一点我倒是看出来了。看来，要破这个剑阵，这两个人是突破口。”

“不错。”

……

安静站在旁边倾听的唐三不禁冷汗直冒。他虽然也看不出那个剑阵的玄妙所在，不过，他还是认可了绿竹的评论，因为绿竹说的一针见血。

也许，只有七把星魄剑聚合的时候，这个剑阵才能更趋完美。

一念及此，唐三突然间明白，为什么那个剑阵要七人七剑同施了。

那个剑阵，原来就是为七把同炉而生的星魄剑而创的，只是因为他和小柯不在，所以才找了阿豹和唐白馨作替补。

看来，朱先生和沈丹舟有心了。

有了这种明悟后，唐三不由得对这个剑阵倍加仔细地观察起来。

仔细观察他们的每招每式，记住他们配合时的步伐，对于以后用智算领域来推演这个剑阵，会有莫大的好处。

凭直觉，唐三觉得自己将来一定有机会和小柯一起，联合白沐羽他们五人，共同施展这个剑阵。届时，剑阵的神威将真正被发挥。

除了圣盟、唐门和临时联盟，在夺宝大战中还有两拨人显得十分抢眼。

一拨，以玛瑙公主为首。

玛瑙公主骑着黑毛驴阿毛，亲自上阵，后面跟着一批西域高手。

她挥舞双剑。

她纵横厮杀。

她英姿勃发。

别人为夺宝而厮杀，而她，却只在乎厮杀所带来的快意。

置身锋刃间，快意厮杀，这种恣肆情怀，怎一个“爽”字了得！

她头顶上方七八丈高处，漂浮着一个卷轴。

那是阿凡提的卷轴。

那幅卷轴散发着淡淡的佛光，吞噬一切激射到附近的宝贝，就仿佛其中有一个隐形空间存在，能无限储纳一般。

佛光还对玛瑙公主形成一种保护，有些激射过来、叫人来不及防备的冷箭，全在这淡淡佛光的照耀下消失于无形。

或许，正因如此，玛瑙公主杀起人来才更加肆无忌惮。

玛瑙公主乃是“道一”境界的高手，那些境界比她低的，自然不是她对手，境界比她高的，则忌惮于阿凡提，都不敢过来招惹。所以，她在夺宝战场上真可谓是所向披靡。

另一拨，只有九人。

这九人，乃是从“大洗牌”之赛中脱颖而出的一组人马，蒙古人，由哈雷带领，每个人肩头上都站着一只凶猛的大雕。

他们一个个都长得十分彪悍，性格也非常坚韧，哪怕身体受伤，依然疯狂战斗。

不过，他们在合力抢到九件宝物后，却立马退出战局。

东方落雪、唐阿酒、孙文超看到这九人居然能够急流勇退，不为宝物所迷，眼里都不禁出现了一抹激赏之色。

“那九个人，是人才。这种人才，我们需要。”

东方落雪说道。

“东方统领，要不要老身去把他们抓过来？”

离火护法卫菇彤眨巴着利刃一般的眼睛问道。

“不要。这类人，桀骜不驯，宁死不受辱，要想收服他们，不能用强。”

东方落雪目光盯着九人，摇头道。

绿竹也有感而发插了一句——

“要想使他们归服，千难万难。”

东方落雪不置可否，又把目光转向了夺宝战局，没有再多说什么。

没有人知道她心里是怎么想的。

或许，她已从心里放弃了收服这九人的念头；或许，她正盘算着如何用智谋收服这九人。

对于这九人，唐三也十分看好，因为他自己就是这样的人。

“落雪师姐，逸影的情况有些不对。”

温凉玉突然着急地叫起来。

“它怎么了？”

东方落雪心中一紧。

“它身体发寒。你看，它在发抖。”

温凉玉抚摸逸影的背部，感觉到一阵阵冰寒，能清楚感受到它在轻轻战栗着。

原来，在之前天地异象来临、众人注意力被转移、自主停战时，温凉玉便奔过去，将逸影拉回到了东方落雪身边。

当时东方落雪见逸影状态正常，也就没怎么上心，毕竟她还要忙着派人抢宝呢！

直到此刻，她才真正上心了。

“怎么会这样？”

东方落雪疾步上前，去摸逸影的脖子，触手冰寒，她的脸色刷的一下子就变得十分难看。

“会不会是中毒了？”

温凉玉皱眉道。

东方落雪没说话，仔细检查起来。

这一仔细检查，她很快就发现，逸影的胸口部位出现了一块淡淡红斑。

她正想探究那块红斑，逸影却突然一阵战栗，低声嘶鸣，然后身子一阵痉挛，便倒在地上口吐白沫，抽搐不已。

“怎么会这样？逸影，逸影，你怎么了？”

东方落雪的眼一下子就红了，流露出十分焦灼的神色。

要知道，逸影乃是她心爱的坐骑，曾无数次和她出生入死，现在看到逸影突然变成这样，她如何能不心急如焚？

“郎中！快叫郎中来！”

她大声喊道。

圣盟人才济济，自然不缺郎中，立时，便有几位郎中冲过来察看情况。

这几位郎中本来是准备给参加“大洗牌”之赛受伤的圣盟弟子疗伤的，没想到，没给人疗伤，倒要给马疗伤了。

“它肯定是中毒了，而且还是一种我们从未见过的奇毒。东方统领，在未确定这种奇毒究竟是什么之前，我们不敢下药，以免下错药令情况变得更加糟糕。”

一名郎中说道。

另外几位郎中也纷纷点头。

逸影仍在地上痉挛、抽搐不已，那样子，仿佛马上就会死掉一般。

“那你们还不赶紧检查它究竟中的什么毒？如果你们不能救活它，那你们……也不要活了！”

东方落雪彻底急了，竟放出了这样的狠话。

几位郎中听得心头一栗，冒出一身冷汗来，忙不迭磕头求饶，气得东方落雪脸上红一阵白一阵的。

虽然她怀里有几种极品丹药，不过，那些都是用于治疗内外伤的，没有一种是用来解毒的。

怎么办？

正当东方落雪急得有些手足无措时，斜刺里伸过来一根竹杖，一下就点在了逸影的额头上。

随着这竹杖一点，逸影浑身一震，双眼一合，一动不动，就像死了一般。

“你在做什么？”

东方落雪霍然转身怒视绿竹，她以为绿竹这是在向逸影下毒手。

如果绿竹胆敢杀她的逸影，她发誓，定要绿竹一命偿一命。

“我用青木真气封了它体内的一切经脉活动，令它暂时处于一种假死状态。我这样做，虽然不能替它解毒，但是，却能替它争取到六个时辰的时间。”绿竹淡然说道，“如果我不用青木真气封印的话，只怕不出一时半刻，它就要死了。”

听到绿竹这样说，东方落雪眼中的怒意这才消退了。

“谢谢。”

她明白过来，如果不封住经脉，遏阻毒力蔓延的话，只怕不出一时片刻，逸影便当真要死了。

“鸣金收兵。”

东方落雪的心情糟糕透顶，当即下命令。

立时，圣盟这边“当当当”敲响了收兵的金鸣声。

林空等身在夺宝战局中的圣盟人马，当即纷纷从混乱一片的夺宝战局中退了出来。

看着这一切，绿竹暗叹一声，忖道：

“盟主说得对，她虽冰雪聪明，天资过人，但作为一个领袖她还不够成熟，只因自已的爱马中毒便方寸大乱了！唉，殊不知，一个领袖，最重要的素质，就是要做到无情……”

唐三的心思这时却活络起来，他看看躺在地上一动不动的逸影，又看看走过去踱过来满脸焦灼之色的东方落雪，两只眼睛越来越亮，心中暗忖：“也许，这是我得脱樊笼的天赐良机，我虽不能解毒，但我的七色蛊可是万毒的克星……”

一念及此，他的脸上露出了一丝淡淡的笑意。

不巧的是，东方落雪在这个时候正好踱过来，不经意间一抬头，看到了他脸上的那一丝笑意。

“你在笑什么？”

东方落雪非常生气，她在着急、心悲的时候，居然有人敢笑，这对她来说，简直就是不可容忍的。

“我没有笑。”

唐三忙一敛笑容，正色说道。

“啪！”

唐三才说完话，脸上就挨了一记火辣辣的耳光。

东方落雪这一记耳光打得不轻，在唐三脸上留下了五个红色的指印，而且，唐三的嘴角也流血了。

“你……”

唐三大为恼火。

“啪!”

唐三“你”字才出口，东方落雪又给了他一记耳光，而且比之前那记耳光在力道上重了许多，他竟被打飞了出去。

“竟敢在我着急上火的时候发笑！哼，如果不是干娘交代让我留你性命的话，你现在已经是一个死人了!”

东方落雪显得十分暴躁。

也许女人都是这样的，不管平时显得多么有素养，多么平易近人，但在她生气的时候，当真是不可理喻，猛于蛇蝎。

唐三从地上站了起来，没有再说什么，只是两眼冷冷地看着东方落雪，虽则无声，但不服的意味彰显无遗。

“看来刚才是打得太轻了。你不服是吗？很好，很好!”

东方落雪说着，冷着脸就向唐三走过去。

唐三毫无惧色，他虽然现在功力受制，不能抵挡，但是，他就是不服！他就这么冷冷地望着东方落雪走过来，半点求饶、服软的意思都没有，有的只是冷眼和无畏。

这更激起了东方落雪暴虐的情绪，她眼里的怒意越来越盛。

然而，就在东方落雪走到距离唐三还有不到一丈距离时，两人之间的地面突然冒出一个人来，挡在了东方落雪和唐三之间。

这个突然从土里冒出来的人，不是别人，正是温凉玉。

“落雪师姐，你莫要与唐三置气。”

“滚!”

东方落雪丝毫不给情面地斥道。

温凉玉苦笑，但并没有移开身子。

“啪!”

温凉玉立时挨了一记耳光。这记耳光同样打得不轻，打得他左脸上也留下了五个红色指印，嘴角也流血了。

但温凉玉还是一动不动地站在那里。他只是苦笑着，摸了摸被打得热辣辣的左脸，然后将右脸伸出去。

“我打了你左脸，你还把右脸伸出来，这不是找抽吗?”

温凉玉苦笑道：“落雪师姐，我知道你心情不好，要是这样能让你心里好受点，你就尽管多打几下。没事，我脸皮厚，而且反正被打肿了你会心疼我给我上药的……”

本来怒气冲冲的东方落雪长叹一声，眼里怒意散去，自怀中掏出一瓶药塞到温凉玉手中，淡声说道：“拿去！哦，也给他敷敷。”

这时的东方落雪显然已经冷静了下来。

她一冷静下来，也觉得自己刚才的行为有些不该，不能因为自己心情不好就把唐三当成出气筒。

“落雪师姐，你也不要太过焦急。绿竹先生不是说了吗，我们有六个时辰可以替逸影寻找解毒之法，我们一定会找到救治逸影的良方。”

温凉玉安慰着东方落雪。

“嗯。”

东方落雪轻轻应了一声。

确实，现在最着紧的，乃是要找到能解救逸影的法子，光焦急是没用的。

“那我拿这药过去给唐三了？”

温凉玉征询了一句。

东方落雪点点头。

温凉玉于是转过身，拿着东方落雪给他的那瓶疗伤圣药走到唐三面前：“唐三，你脸肿了，我给你敷点药吧。这可是我们圣盟上好的疗伤圣药，只需敷上半刻钟，保证你的脸就能恢复到之前的样子。”

“多谢你刚才替我挨打。”

“我们之间，不用说谢字。”

“把药给我。”

唐三伸出手去，向温凉玉索药。

温凉玉只当唐三是想自己给自己上药，将药递给了唐三。

“我唐三就算脸烂了，也不用她的药！”

唐三从牙缝里迸出了这么一句话，然后将药瓶重重摔到了地上。

“唐三你……”

温凉玉霍然变色，忙弓身将药瓶捡了起来。

看到唐三竟将药瓶摔到地上，东方落雪心里大为恼火。

不过，也许因为刚刚心里有了些许歉意，所以她这次并没有出手，只是恨恨地看着唐三。

唐三也恨恨地瞪着东方落雪。

东方落雪眼里的恨，是觉得唐三不识好歹；而唐三眼里的恨，是因为受到了侮辱。

不知为何，这个时候的对眼，令东方落雪不自觉地想到昨天在罗布泊里沐浴阳光时与唐三的对视，那是热烈的对视，是赤裸裸的对视，彼此眼神里都大胆地流露出了对对方身体的欲望。

在这一刻，她突然发现，原来她心里是在乎唐三的。也许正是心里在乎，所以才在心情极度不好时拿唐三出气。

她微微摇了摇头，不着痕迹地撤回与唐三对视的目光，下令道："清点一下人数，还有抢到的宝物。"

她这是习惯性地通过处理公事去刻意忽视心中那一丝莫名的情绪。

毕竟，她将来是要继承盟主之位的，所以，她会下意识地去隐藏自己的感情，不让手下看透她。

要知道，领袖的威严往往都是建立在手下无法揣摩其心思上的，所以，上位者必须要懂得隐藏自己的感情。

就在圣盟清点完人数、宝物，正在作情况汇报时，从西南方向传来了大队人马快速行进的声音，然后出现了大批军队。

没错，就是军队，隶属于楼兰城主的军队。

正在各武林势力和高手激烈夺宝的时候，怎么会突然来了这么一大批军队？

马奎意欲何为？

第九十二章 马奎·有恃无恐·条件

“统统给我住手！”

马奎骑在高头大马上大声喝道。

马奎乃是“道二”境界的高手，刻意发出的大喝声如滚滚雷霆，响彻四方，所有在夺宝的人都被震得耳中“嗡嗡”直响，不自觉地停止了战斗。

这些军队分为左、中、右三军。

左军两万人，右军两万人，分别由拓跋克、慕容冲两位干将率领。

中军两万人，由有“佣兵之王”之称的楼兰城主马奎亲自带领，马奎身边簇拥了一大批武功高强的侍卫。

这三军人马一到，立时将整个夺宝战局围了个里三层外三层。

军队一包围夺宝战局后，听马奎号令，快速结成盾阵、枪阵、箭阵，动作整齐划一，竟没有丝毫杂乱，显得十分训练有素。

“统统给我住手！”

马奎骑在高头大马上大声喝道。

马奎乃是“道二”境界的高手，刻意发出的大喝声如滚滚雷霆，响彻四方，所有在夺宝的人都被震得耳中“嗡嗡”直响，不自觉地停止了战斗。

停战后，他们往外看，看到自己这群人竟被那么多全副武装的军队围住，无不心下骇然，不敢妄语乱动，场中一下子变得只有雨点“吧嗒”落下和伤者哀吟的声音。

“那就是马奎吧？可真够老的。”

东方落雪看着远处的马奎，向身边的林空问道。

“到底是一百多岁的人了，还能这样精神抖擞，已经很不容易了。”林空答道。

唐三听闻那个人就是马奎，不禁仔细观察起来。

只见马奎头顶光溜溜的，只有鬓角、耳后、脑后长着几撮白毛，他的脸皱得就像风干的橘子皮般，满是沟壑；他眼窝深陷，两只眼睛圆骨碌的，仿如一只猫头鹰；他身子裹在大氅中，只有两只手露在外面。

他的手又瘦又黑，就跟两个鸡爪似的，只看他这两只手，就知道他的身体必定瘦骨嶙峋。

这个人，集瘦、老、丑于一身，活似一具干尸，满脸的死气。

“竟要红袖嫁给这么一个又老又丑的家伙，真亏那群唐门高层想得出来！哼！红袖若真嫁给这家伙，她这一辈子就别想幸福了。我一定要阻止！一定要！今天晚上我一定要见到红袖，带她逃走！”

唐三在心中暗暗发誓。

马奎仰脖抬首朝东方落雪这边望了过来，原本森然可怖的脸上突然绽开一抹谄笑，然后抱拳道——

“姑娘想必就是圣盟的东方统领吧，久仰久仰！东方统领这次亲临楼兰城，老朽有失远迎，还请切勿见怪。”

东方落雪冷冷一笑：“‘佣兵之王’马奎，你就不用客气了。我听说你病了，正准备在此间事了后过去探望一下你老人家呢，不曾想你就带着这么一大帮子人出来溜圈子了，真是好得快啊！难怪你能活到一百岁！”

东方落雪这话不无讥讽之意，但凡是个人，都听得出来；但马奎却浑似听不出来一般，哈哈大笑，显得无比开心。

“这个老不死的，还真能忍！”

东方落雪心中暗骂，嘴上却说道：“马奎，你一下子调这么多兵马过来，又将我们团团围住，是想把我们一网打尽还是怎的？”

“东方统领这是说的哪里话？我马奎胆子再大，也不敢为难你们圣盟的人啊！更何况我们是盟友，我马奎还想继续靠着你们圣盟多赚点钱呢！”

“你明天就与唐门联姻了，只怕以后不用搭我们圣盟这条线也可以赚很多钱吧！”

东方落雪继续讥讽道。

马奎一听东方落雪提到这事，立时装起聋来——

“东方统领你说什么？唉，年纪大了，老朽近来有些失聪，一阵子听得见一阵子听不见的，只怕这耳朵是快要聋掉啰。”

东方落雪还是头一次遇到这么没脸没皮的人，不由得气乐了——

“我说马奎，你那两只耳朵也真够神奇的，想听见时就能听见，想听不见时就是聋的，当真是一双好耳朵啊！”

“什么？问我贵庚？呵呵，老朽今年八月刚过了一百零八岁生辰。”

马奎用手拢着耳根子，作出一副认真倾听的样子，然后答道。

在场的人，除了那些熟知马奎为人的外，都被这位‘佣兵之王’的无赖本色折服了。

“‘佣兵之王’不愧是‘佣兵之王’，一百零八岁高寿了居然还能纳妾。马奎，我圣盟祝你多活几年，再娶几房娇娘。”

东方落雪压着心头的怒气揶揄道。

“多谢多谢，承东方统领吉言，老朽一定好好保重身体，争取再活它个一百零八岁。”马奎一脸笑意地抱拳致谢，“就听东方统领的，老朽以后每年纳一房妾，争取再纳他一百零八个，你们圣盟可得帮老朽在中土多物色几个美人哦。哈哈哈。”

“你！”东方落雪被马奎这家伙的无赖行径激怒了，“这种事情你还是找唐门吧！”

“什么？每年都给我物色一个来？好，太好了，老朽这里先谢过东方统领。”

马奎又开始装聋了。

敢情，只要一说到唐门，他就装聋；一说别的，他就耳聪得很。

东方落雪鼻子都差点被气歪了。

她这回不说话了，她知道，要论斗嘴耍无赖，她东方落雪可绝对不是马奎的对手。

马奎仍一脸感激地望着东方落雪，似乎在等着东方落雪下面的话，心里却不屑地暗道——

“哼，一个小丫头片子，竟然想挤兑老子?！老子的脸可是在沙漠中被风沙刮了一百年的!”

等了半晌也不见东方落雪开口，马奎脸上才一堆笑，道：“东方统领，要不我先办点正事，闲话我们回头再聊?”

不等东方落雪回话，他便一转头，对着夺宝战局中的人发话道——

“诸位，我马奎之前可是定下了规矩，只有大道境界以上的人和晋级‘大洗牌’前五的组合才能参与夺宝。至于其他人，我马奎没有将你们直接赶走，就已经是给你们天大的面子了，你们若是不知好歹，敢染指宝物，那就太不识抬举了。所以，一切按规矩来，没有资格夺宝的人，我劝你们还是乖乖放下手中的宝物!”

一听马奎这样说，绝大多数人都骚动了起来。他们好不容易抢到了一件宝物，现在马奎竟叫他们放下宝物，你说，他们能甘心吗?

马奎看到众人骚动起来，却一点都不着急，他接着说道——

“东方统领，唐阿酒先生，孙文超先生，玛瑙公主，无论你们抢得多少宝物，都属于你们。你们现在就可以带着自己的人马和抢到的宝物离开这里。”

马奎说着，立时下令，让众军士让出一条通道来。

马奎这样做，算是给足了几个势力面子。

虽说他对这几股势力确实有所忌惮，但如果真撕破脸冲突起来，他未必就怕了他们，毕竟这是在他的地盘上。

只是，现在还不是撕破脸的时候，所以他暂时隐忍，让这几股势力的人马离开。

东方落雪、孙文超、唐阿酒、阿凡提和玛瑙公主他们也不想现在就与马奎这个地头蛇起冲突，毕竟重宝还没出世呢，之前从罗布泊中喷射出来的上千件宝物，不过只是一道开胃菜罢了。

他们当下便带着自己的人马，和那些刚刚抢到的宝物，从马奎军队让出的通道鱼贯而出。

他们离开后，包围圈中至少还剩一万名武林人士。这一万多武林人士中，至少有五六百人抢到了宝物。

继几股大势力之后，人群中又走出了九人，他们不是大道境界的高手，也不隶属于之前离去的那几股大势力，不过，他们却是在“大洗牌”之赛中脱颖而出的五组人马之一。

这九个人，就是由蒙古人哈雷带队的那个组合。

他们想离开，但此时的通道又重新合围，军队竟不让他们出去。

九人十分愤怒，想与马奎理论，可是马奎却理都不理他们。

九人天性彪悍，被马奎这么欺负，不由得怒火中烧，当下就准备动手。

这时候，已经随东方落雪出了包围圈的唐三突然回过头来大声说道：“没想到堂堂‘佣兵之王’原来竟是一个言而无信的人！马奎，你之前定下规矩，说只要是“大洗牌”之赛前五的组合，都有资格参与夺宝，但你现在却不放他们九人出来，如此出尔反尔，岂不叫天下人耻笑？将来谁还会遵守你‘佣兵之王’定下的规矩？”

唐三这叫仗义执言。

马奎听到这话，霍然转身，看向唐三，向身边的人问道：“那个人是谁？”

慕容冲摇摇头。

拓跋克道：“他是和东方落雪一起进城的，当时库多尼还给他验过血。”

马占刚道：“我之前在斗兽场中听到有人叫他的名字，好像是叫做唐三吧！他的武功好像受到了禁制，刚才圣盟、唐门和临时联盟的人为了争夺他还起了激烈的纷争。”

“什么？圣盟、唐门、临时联盟的人竟为了争夺他而起纷争？”

“是的。”

“看来，这个唐三不简单啊!”

马奎盯着远处的唐三，将唐三的样子记在了心里，“把那九个人放了。”

“父亲，他们每个人身上可都带有宝物啊。要不，先将他们身上的宝物没收了再放他们出去?”

马占刚急声说道。

“那个唐三说得对，人无信而不立，我自己定下的规矩，岂能出尔反尔? 把他们放了吧。”

“是!”

拓跋克应了一声，然后立时指挥军队闪开一条路，让哈雷等九人离开。

哈雷九人得以从包围圈中出来，对刚才替他们说话的唐三十分感激，当即就赶上圣盟队伍，来到唐三面前，齐齐抱拳致谢。

“恩公是叫唐三吗? 大恩不言谢，恩公你若不嫌弃，我们想与恩公交个朋友，不知恩公意下如何?”

哈雷的话充分显出了塞北民族的豪爽性格。

“只要你们看得起我唐三，我唐三很高兴能和你们成为朋友。”

“好! 朋友，我叫哈雷。”

“我叫哈刚。”

“我叫哈当。”

“我叫哈东。”

……

“唐三，我们既已是朋友，今后但凡有需要我们帮忙的，你就尽管通知一声，我们必定赶去帮忙。”

“多谢各位好意，我唐三感激不尽。”

能交到这九位性格豪爽、铁骨铮铮的好汉子，唐三真的非常高兴，听到他们这样说，更是打心底感到一阵温暖。

人间自有真情在，这，就是真情了。虽然只是朋友情，没有兄弟情那么深，但也足慰人心。

唐三还想多说什么，但旁边的东方落雪已经冷着脸在催了——

“你们废话讲完了没有？还要在这里淋雨到几时？温凉玉，带唐三上路。”

“是。”温凉玉走过来，满脸歉意地对唐三说道，“唐三，走了。”

唐三与九人互道珍重后，抱拳作别，满眼惜别之情，然后和一众圣盟人马离去。

“我们之前觉得十分困难的事情，他唐三只喊了一句话就轻易解决了。搞不清楚这小子是真的人缘好，还是极会笼络人心。”

绿竹用密语传音之术向东方落雪说道。

“你是说收服蒙古那九人的事？”

东方落雪也以密语传音之术与绿竹交谈起来。

“对啊！你之前不是在为收服这九人而犯愁吗？可现在他们已经和唐三成为朋友了。”

“如果刚才喊出那话的不是唐三而是我们，那九人也许就会把我们当成朋友了，甚至说不定会因此而投到我们麾下来。显然，我们错过了一个机会。”

“这种机会，将来还会有的。”

“嗯。”

就在东方落雪与绿竹交流的时候，在他们后方，传来了激烈的厮杀声。

不用说，是马奎的人和那些武林人士打起来了。

圣盟、唐门、临时联盟、玛瑙公主的人马全都离开后，马奎对于包围圈中的武林人士便没有了任何顾忌，他对包围圈里的人只有一个要求——只要他们乖乖放下手中的宝物，他就允许他们安全离开。

可是，得了宝物的人哪里会轻易放弃？他们一怒之下，立时不顾一切地往外冲。里面的人拼命往外冲，外面的人则全力血腥镇压，一时间，双方都被卷入了疯狂的厮杀中。

当然，这是局势呈一面倒的厮杀。一万余名普通的武林人士，如何是六万训练有素又有备而来的军队的对手？一时间，不知道有多少武林人士倒在了血泊中。

“宝物还没在手里焐热呢，就没命了！唉！唐三，你说那些现在被围歼的武林人士千里迢迢跑到这里来送命，又是何苦来哉！”

温凉玉没有回头，但听到身后的厮杀惨叫声，不由得感叹道。

“人为财死，鸟为食亡。贪婪之念，最终害他们丢了性命。”

“你说得对，是贪婪让他们丧命，只是，我们这些人，又何尝没有贪婪之心呢？只不过我们势力比较强大，令马奎有所顾忌，这才得以安全脱身罢了……”

“你好像感触颇深的样子。你最终得出了什么结论呢？”

“结论？呃，没有结论，却有了疑问。”

“噢，什么疑问？”

“唐三，你说，难道这世上只要力量强大就可以任意践踏弱者的生命吗？我们和那些人同样抢了宝物，同样有贪婪之心，但他们死了，我们却能活下来，难道这一切只因为我们的势力和力量比他们强大？这世上，还有没有公平可言？”

温凉玉显然被身后的惨叫声刺激到了，言语间有了愤世的情绪。

“这个问题，你最好去问胡娜娜。”

唐三这个时候情不自禁想起数月前在湖口时，胡娜娜就因为裸体被人围观而打瞎了所有围观者的眼睛，还一刀砍了数十个围观者的人头，并以此来胁迫唐三就范，手段之狠辣，令人发指。

“唐三，听你口气，对娜娜姐成见颇深，你们之间是不是有什么误会？”

“误会？呃，不说了。”

唐三不想说话了。

温凉玉笑了笑，也没再多说什么。

就这样，圣盟一行人冒雨前进，绕过条条街道，来到了楼兰城东边一处场所，那里耸峙着一片围成环形的房屋群，围在其中心处的碉楼乃是附近一片区域最大最高的建筑，明显易守难攻。

这座碉楼占地数公顷，土石结构，其楼顶是斜度很大的两斜面尖顶；楼里共分九层，每一层都有上百间房。

碉楼的中间，是一块偌大的空地，可容上万人之众。场地边沿陈列着刀枪棍戟等常见兵器，乃平日里武事操练之地。

碉楼大门的门楣上，挂着一张大匾，上书“外王阁”三个大字。

这三个字，据说乃是东方凤亲手所书，铁画银钩，霸气尽显，观之令人心神大凛。

事实上，这外王阁便是圣盟驻楼兰城的据点所在，圣盟在丝绸之路上的贸易多在这里交接办理。

东方落雪、绿竹、温凉玉等一众圣盟人马和唐三，在林空的带领下，进了外王阁。

一入外王阁，东方落雪做的第一件事，就是救治逸影。

逸影被圣盟弟子抬回来，就放在外王阁一楼最大的一间房子里。

被招集过来的郎中正忙着察看逸影的身体情况。这些郎中，有的是外王阁的郎中，有的则是东方落雪从圣盟总坛带来的——他们是通过地下暗道入的城。

他们大多医术了得，其中亦不乏解毒能手，但是，在察看了逸影的情况后，都眉头大皱，自称行医多年从未曾见过如此诡异的中毒状况。

有个郎中倒是大着胆子开了方子，说是纵然不能解毒，也应于逸影目前的状况没有妨碍，值得一试。只是，按方子抓来了药草，煎煮好，用竹筒往逸影嘴里灌，但一点效果也无。

这些郎中一个个都神色黯然地摇头，束手无策，气得东方落雪指着他们的鼻子连骂他们是庸医。

不过，除了找郎中外，东方落雪还作了另一手准备。

她的另一手准备，就是找到鸠摩鱼。

俗话说，解铃还须系铃人，逸影所中之毒乃是鸠摩鱼下的，那他应当有解毒之法才对。所以，一进外王阁，东方落雪便立时命令林空安排下去，让圣盟在楼兰城的情报网立马搜索鸠摩鱼的下落。

很快，就有情报汇报上来，称鸠摩鱼在受伤遁离斗兽场后，返回玛瑙公主等一众天山国武林高手居住的客栈“财丰馆”去了，之后一直没有出来。

得闻这个消息，东方落雪当即让林空将外王阁的圣盟好手全部招集过来，集合在广场上候命。

林空的办事效率很高，他亲自站到外王阁顶层吹响号角，只半晌工夫，便有数千高手从四面八方赶过来，集合在外王阁的广场上，全副武装，排成整齐的队列。

这些圣盟驻楼兰据点的数千高手安静地列队于广场上，任由雨水淋下，一动不动地等待命令，半点疑问、埋怨之声也无，显示出了极为良好的素质和纪律。

而这个时候，在救治逸影的房间里，东方落雪和绿竹正在发生口角。

“落雪，你不能这样。因为一匹马，就带兵去攻打天山国人马，这会惹出大麻烦来的。一旦我们与天山国人马发生冲突，无论能否抓到鸠摩鱼，我们都将会损兵折将，这会让我们在与唐门、临时联盟、马奎这些势力的对峙中处于不利的境地。”

绿竹郑重地劝道。他的这些话，是着眼于大局考虑的。

“我管不了那么多！逸影多少次与我同生共死，它不只是我的坐骑，还是我的战友，是我的伙伴！它现在快没命了，我没有时间去细究你说的那些利害得失，我必须要抓来鸠摩鱼救逸影。谁敢挡我，谁就是我的敌人！不管天山国这次来了多少高手，只要他们敢包庇鸠摩鱼，我东方落雪今夜便铲除他们。”

东方落雪狠狠地说道。

“落雪，我理解你的心情。但你现在代表的不是你个人，你代表的是圣盟，你的一举一动都牵动着大局，关系到我们这次楼兰之行的成败。所以，我请求你冷静地思考一下。”

“我很冷静！我意已决，你不必再劝。愿意的话，你也跟着去；不愿意的话，你就留在这里。我要带人出发了。”

东方落雪说着，便要往屋外走。

“我不能让你这么胡来！”

绿竹身如鬼魅般倏忽挪移，挡在了东方落雪的前面，竟要强行阻拦东方落雪。

东方落雪眼神一冷，脸色一沉，当即开声喝道："温凉玉！"

温凉玉本就站在门外，一听到东方落雪叫唤，立时一闪身进了房间，站在东方落雪身边。

"绿竹，你当日可是亲眼看到，干娘传授了我和温凉玉一门厉害的绝技——'领域融合技'。我知道你武功比我高，但如果我和温凉玉合力施展'领域融合技'，你也别想占到半点便宜！"

绿竹听了东方落雪的话，脸色变得十分不好看，他万万没想到，看似性情温和、娴静的东方落雪，竟还有这么固执的一面。

"废话不多说，凡阻我者，皆是敌人。绿竹，再不让开，别怪我翻脸无情！"

东方落雪说这话的时候，已经功运全身，她骈指凌虚一拈，指缝间凭空生出了一朵芬芳袭人的白兰花。

她竟做好了开启领域的准备，若绿竹还不让开的话，恐怕她真的要动手翻脸了。

温凉玉一看东方落雪祭出了白兰花，立马袖子一抖，手执翠杆玉笔点抹勾横划，只是一瞬间就凌虚绘出了一朵贵气逼人的牡丹花来，也做好了开启盛世领域的准备。

看到东方落雪和温凉玉都功运全身、目光不善地望着自己，绿竹眼里划过一道惋惜之色，叹息一声："你会为这个决定后悔的。"

然后他一步闪开，侧过身子，让出了路。

他之所以会让路，不是害怕东方落雪和温凉玉联手施展的"领域融合技"，而是不想在敌人环伺的情况下自家内部先打起来。

既然不能劝服东方落雪改变主意，他只好无奈作罢。

不过，他决定暗中跟过去，尽量让圣盟的损失降到最低。

看到绿竹让出了路，东方落雪也不说话，大步流星就走出了屋子，走向广场上那些全副武装、肃穆待命的圣盟好手，准备誓师出发，去财丰馆捉拿鸠摩鱼。

温凉玉自是紧跟在东方落雪身边。

就在这时，原本站在门边静观其变的唐三突然说话了——

“不就是救一匹马吗？值得这么大动干戈？”

这话，简直就是在挑战东方落雪的极限。

本来正大步流星向前走去的东方落雪蓦地停下脚步，一个劈手便将唐三抓了过来。

她揪着唐三的胸襟，将其拉到自己跟前，咬牙说道：“唐三，信不信我现在就把你杀了，为我出师祭旗？”

“嘿嘿。我死了，那你的逸影就没救了。”

唐三有恃无恐地说道。

“什么意思？”

东方落雪一愣，愕然问道。

“意思就是，我能够救你的逸影，你大可不必带着一帮人去与天山国人战斗。”

“什么，你能救逸影？”

东方落雪浑身微震，眼睛一下子瞪得老大，满眼狐疑地望着唐三。

“没错。”

东方落雪面色舒缓，这才将唐三放了下来。

“我凭什么相信你？”

“你还别有选择吗？像你这样带着大批人马过去，除了和天山国人进行一场厮杀，两败俱伤外，我敢打包票，你肯定抓不到那个鸠摩鱼。而且，就算你抓得到鸠摩鱼，我想，他也未必有办法帮逸影解毒，不是所有下毒之人都会解毒的。但我却有百分之百的把握替逸影解毒。”

唐三很认真地说道。

东方落雪直视着唐三的眼睛，想从唐三的眼神变化中判断出其是不是在说谎。

她观察的结果是，唐三没有一点说假话的异样表现，无论是语气还是眼神，唐三都透出了强大的自信。

而且，唐三说得也没错，她这样带人去和天山国人大战，确实并不一定能够抓到鸠摩鱼。

“你最好没有信口胡诌，不然，耽误了逸影的救治，我准保你求生不得，求死不能！”

“放心，我唐三说到做到。”

“那就快去救我的逸影吧。”

唐三却没有动，只是饶有意味地看着东方落雪。

东方落雪见唐三竟然不动，心头火起：“唐三，你可别忘了你的小命还在我手里。还不快赶紧去救逸影？”

“我还是那句话，我死了，你的逸影也就没救了。”

唐三不以为然地邪笑道。

东方落雪似乎明白了什么，强压住心头火问道：“说吧，你有什么条件。”

“首先，我要你把打我和温凉玉的那三个耳光还回来。”

唐三冷笑道。

“什么？”

东方落雪简直不敢相信自己的耳朵，这个唐三竟要她还那几个耳光，这怎么还？

“怎么？没听清楚吗？你之前在那么多人面前打了我和温凉玉三记耳光，我可全都给你记着账呢！要想救逸影，你现在就在你的众手下面前自己扇自己三记耳光，再来和我谈救逸影的事情。”

“你……唐三，你不要太过分了！”

东方落雪气得脸上红一阵白一阵的。她长这么大，还从来没有人敢这样对她不敬过。

然而，这个唐三却一而再、再而三地对她不敬，而且竟然还叫她自己打自己耳光，真是岂有此理！

所有站在周围的人，包括温凉玉、绿竹、林空、卫菇彤和一众大道境界高手，以及广场上淋雨的一些圣盟好手，听到了唐三这个无理要求，也全都变了脸色。

“唐三，你好大的胆子！”

“唐三，你不想活了是吗？”

“唐三，你他妈这是找死！”

……

一时之间，除了那些地位较低、淋在雨中的圣盟好手不说话外，圣盟的高层成员都不禁咬牙切齿对唐三大骂起来。

唐三却梗着脖子凝视东方落雪，半点松口的意思都没有。看来，之前东方落雪的那两记耳光确实让他的自尊受到伤害了。

这时候，原本沉默不语的温凉玉走上前来，一手搭在唐三的肩膀上，软声道：“唐三，落雪师姐是我温凉玉最要好的伙伴，我和她是打小一起长大的好姐弟，能不能给我一个面子，几记耳光的事，就揭过不提了？”

温凉玉说这话的时候，眼里尽是哀求之色。

唐三看了看温凉玉，最终心头一软，毕竟这些日子以来承蒙温凉玉照顾，他才得以免受很多欺负，所以，温凉玉的面子他不得不给。

沉默半晌后，唐三说道：“打耳光的事情，可以揭过不提。不过，我唐三从小到大，也没有被人打过耳光，所以，你要道歉！”

唐三直视着东方落雪，眼里闪动着冰冷的火焰。

温凉玉听唐三这么说，知道这已是给他天大的面子了，他接下来也不好再说什么，只是静静地退到了一边。

东方落雪脸色慢慢恢复了正常，然后，双眼变得无情，蓦然大喝起来——“对不起！”

房梁一阵抖颤，周围的人更是被震得耳膜生痛。大家都听得出来，东方落雪怒了。

“很好，这次我原谅你。”

“还有什么条件？快提出来！”

“解开我封印，放我走。”

“可以，不过你要先治好逸影。”

东方落雪这次倒没有犹豫。虽然放唐三走有违圣盟盟主东方凤的初衷，不过，非常之时，自然要作非常之决断。更何况，这次放了唐三，下次还可以再将他抓回来，不是吗？

“那是当然。”

“还有什么条件？”

“没有了。”

“那好，现在可以开始救治逸影了吗？”

“先解开我身上的封印。”

东方落雪二话不说，左手连在唐三身上点了几下，然后右手拇指按在唐三右手掌心的劳宫穴上打入了一道真气。

那道真气游走唐三身上经脉，连连冲破几处唐三以前不知道的神秘穴道。唐三连打了几个寒战，听得里面传出破碎的声响，然后身子一轻，顿感气流通畅，可以随意提运真气了。

“封印已经解开，现在赶紧救逸影吧。”

东方落雪冷声说道。

“好。”

唐三得解封印，心头大快，当即就道：“笔墨侍候，我要开方子。另外，我在救治逸影时，旁人不得在旁窥探，一旦发现有人胆敢偷看，那就别怪我罢医了。”

对于唐三的这个要求，当然没有人会反对。

接下来，唐三开方子，开了很多药。

他身为唐门弟子，平时没少上山采药，认得的药草自然不少。

除了开方子让圣盟的人去抓药外，他还讲了几种制药办法，比如把某味药研成粉末，用蜂蜜拌和制成丸；比如把某味药用水煮到什么火候，然后将药渣滤掉；比如把某味药与某味药混在一起捣成泥状，涂于纱布上做成贴膏，等等。

这些东西，唐三指挥起来一套一套的，一副煞有介事的样子。

不过，圣盟之人都不知道的是，唐三开的方子，以及让他们去制作那些药丸、药汤、药膏什么的，其实只在于掩人耳目，对于救治逸影压根儿就没有半点作用。

要救治逸影，只能依靠七色蛊！只不过，七色蛊的存在是不能轻易暴露的。

唐三安排圣盟中人去做这些后，立时将自己和逸影关在屋里。

独处于屋中，他立时盘膝坐下，提运真气，仔细检查自己的身体，确定没有任何问题之后，他开始启动智算领域，推演自己在这些日子里所观看、领悟、发现的一切关于武学的东西——

在这些日子里，他虽然不能提运真气，动武操练，可他的神识却时常探入“命运之戒”中，阅读和参悟那本唐门的武功秘籍——《玄天宝录》。

此外，他吸收“化形丹”的作用也开始越发地明显起来，他现在竟在一定程度上能够改变自己的身体——他想让自己的鼻子变得尖一点，只需用手指捏捏鼻尖就可以；想让自己变高一些，只要伸伸懒腰就可以；想让自己的样子看起来瘦一些，只要刻意吸气，让皮肤和肌肉往内缩就可以。

还有之前在斗兽场中看到的那些大道境界高手动手的场景，以及白沐羽等七人共施的剑阵。

这些，都是唐三想要推演的。

第九十三章 鬼影迷踪步·重获自由

随着智算领域的启动，唐三身后现出一个光圈，在光圈里，无数八卦旋转，无数幻影沉浮。

令人讶异的是，光圈里沉浮的幻影竟然全都是唐三，一个个正踩着一种诡秘的步法，在光圈中留下一道道脚步踩过的轨迹。

随着智算领域的启动，唐三身后现出一个光圈，在光圈里，无数八卦旋转，无数幻影沉浮。

令人讶异的是，光圈里沉浮的幻影竟然全都是唐三，一个个正踩着一种诡秘的步法，在光圈中留下一道道脚步踩过的轨迹。

那些“唐三”衍生了又幻灭，幻灭了又衍生，每次幻灭之后，又衍生出更多来。他们踩出的脚步轨迹越来越多，在光圈里密密麻麻地互相交织着，很难辨认清楚哪两个脚印是同属于一条轨迹的。

“灭。”

唐三轻斥一声，那个光圈便暗淡了下去，就像太阳落山天黑了一般，光圈中的诸般脚步轨迹全部归于黑暗，消失无形。

“生。”

唐三再一出声，那个光圈倏地大亮起来，无数脚步轨迹凭空而生，而且在每一个脚印上赫然都站着一个唐三的身影。

“原来如此，原来如此！经过千百次的推演，我终于领悟到‘鬼影迷踪步’的奥妙所在了！”

背后的光圈霎时收入体内，唐三倏地站起身，在屋子里信步走了起来。

他走得并不快，但每走一步，身子便瞬移一般出现在屋子的另一端，而且在起步点到落步点之间竟留下了十几道纵横交错的踩踏轨迹。

也就是说，在这瞬移的刹那，他在步伐上的变化竟有十几种之多！

速度之快，步法之诡异，当世难有出其右者。

这就是《玄天宝录》中记载的厉害步法——“鬼影迷踪步”，比“离合步”更玄，比“御气蹈空诀”更妙，无论用于攻击还是逃命，都堪称举世无双。

现在，就算是大道境界的高手要来抓唐三也困难了，唐三完全可以凭借这诡异、神奇的步法从容脱身。

“呵呵，领悟了这步法，我唐三的自保能力就更上一层楼了。”

唐三说着，脚步一动，已瞬移回原点。

“‘鬼影迷踪步’已有所成就，现在就推演一下那个‘化形丹’究竟能给我带来什么惊喜。”

唐三再次盘膝坐下，开启智算领域，推演起“化形丹”的妙用来。

在他身后绽放出来的光圈里，又出现了无数的旋转八卦和幻影沉浮，半晌之后，本来闭着眼睛推演的唐三突然睁开眼来，眼里闪过一抹亮光——

“我知道了，这“化形丹”最主要的功用就是易容。我且来试试我的易容之术如何！”

唐三说着，那智算光圈里显现出了温凉玉的头像。

在光圈里显现温凉玉头像的时候，唐三脸部肌肉一阵蠕动之后，竟变得和温凉玉有几分相似。

“再试试其他人看看……”

唐三身后的光圈里不断涌现出一些人的头像来，诸如白沐羽、马小英、唐飞扬、唐思等等，每当身后光圈里出现一个头像时，他面部的肌肉就一阵阵蠕动，甚至连骨骼都有了明显的变化，然后，他的脸竟在不停变化，变得和出现的那人有几分相似，而且随着演练次数的增加越来越像，到最后竟能达到七分相似的地步。

没有凭借任何外物伪饰，只凭着“化形丹”所造就的特殊身体机能，便能将易容术做到如此地步，如此神乎其神，若非亲眼所见，绝对难以相信。

“之前变化的都是男人，这一次我来变个女人试试。”

想到这里，唐三眼里闪过一抹邪魅的光芒，然后他身后的光圈中竟出现了东方落雪的影像，唐三脸上肌肉和骨骼再次一阵蠕动，然后竟变出一张和东方落雪有三分相似的脸来。

“智算领域，映出我现在这张脸，让我看看与东方落雪到底有多大区别。”

唐三意念一动，他现在这张脸便映照在了身后的光圈中。

他转过身，看着身后光圈里东方落雪的影像和自己模拟东方落雪变化出来的头像，不由得为之失笑。

相似倒是有三分的相似了。只是，东方落雪那张脸倾国倾城、绝色盖世，而唐三变化出来的那张脸俊俏是够俊俏了，但却阳刚之气十足，殊无半点柔婉的女子气息。且皮肤上也有明显的区别，东方落雪脸上的皮肤白嫩得就像剥了壳的鸡蛋一般，而他变化出来的那张脸却是他唐三的古铜色。

“这哪是东方落雪，分明就是她的弟弟嘛！呵呵，不知道如果东方落雪见到我变化的这副尊容，是不是真的会以为我是她失散多年的同胞兄弟呢?”

唐三为自己的想法感到好玩，忍不住发笑。

“看来，易容变成其他男人倒还勉强凑合，易容变成女人却不行，女人那种特有的阴柔我唐三可装不出来。只是，形态易于模拟，但要把其神态也模拟出来，就千难万难了。古人云：‘描形易，描神难。’要想在易容方面做到以假乱真，只怕以后还得多下工夫才行。”

唐三感慨着，收了光圈，面部肌肉、骨骼一阵蠕动，恢复了他自己的容貌。

"接下来，就要推演白老大、莫二哥他们七人合施的那个剑阵了。"

唐三身后光圈重现，光圈里出现了在斗兽场和夺宝战局中白沐羽、莫小卡等七人合施剑阵的情景。

这些情景，都是他当时仔细观察记下来的。

七人合施剑阵时，他们各自用了什么招式？

这些招式在剑阵中如何与另外六剑配合得密切？

当七把剑指向不同时，它们又如何求同存异？

还有，在七剑联合时，他们是全都尽力，还是将功力控制在同一水准上？

这些问题，都是唐三现在没弄明白的。

他现在就要通过智算领域进行推演，以求寻找到答案。

在他身后的光圈中，一个个八卦图将七人合施剑阵的影像摄入，进行解构和分析。

影像在八卦图中被解构和分析，每得到一点结果，都会反馈给唐三。

唐三则闭着双眼努力领悟，他还双手骈指不断地在空中比划着，显然正在模拟白沐羽等人使剑的动作。

他的脸上不时出现沉思之色。

每当沉思的时候，他的手就会停下来。

可是，一旦眉头一掀，似乎想通了什么，他又立时双手比划起来。

如此这般，唐三进入了忘我境界。

渐渐地，夜幕四合，天地一片漆黑。

雨也已经停了下来，空气显得格外清新，那些本来站在广场待命的圣盟好手此时已被遣散，暂到别处休息去了。

外王阁中四处都掌了灯，照得四周明晃晃的。

唐三和逸影处身的那间屋子，因唐三事先打过招呼，不准他人过去窥探，所以，屋里屋外还都黑着，并没有掌灯。

"笃、笃、笃，笃、笃、笃……"

敲门声响起，同时传来东方落雪的声音——

“唐三，你要我们准备的东西都准备妥当了。”

东方落雪这一敲门，惊扰了唐三的推演，唐三心底一阵不快，立时收了领域，应了一声“来了”，心里却很是沮丧地嘀咕——

“没想到那剑阵那么深奥，我推演了这么久也未能领悟其中精髓。看来，必须得与白老大、莫二哥他们一起演练才能掌握。”

事实上，他能在只看过两次那个剑阵的情况下就推演、领悟出一些东西来，已经非常厉害了；若是换了别人，就算天天看白沐羽他们七人演练那个剑阵，也无法看破其中半点玄妙。

唐三站起来，走到门口打开房门，看到手执一盏灯的东方落雪，和其身后的一行人。

她身后的人全都端着药丸、药汤、药膏等，显然是已经把唐三之前吩咐下去准备的东西都准备齐全了。

唐三接过东方落雪手中的那盏灯，将之放在灯台上，然后让东方落雪身后那一行人将准备好的药汤等东西放在旁边的桌子上。

那些人放好东西后，便退了出去。

东方落雪却迟迟没有退出去。

“东方统领，麻烦你现在马上离开这里，因为我要施药对你的坐骑进行救治了。我们之前可是说好了的，我施手救治的时候绝对不允许有人在旁边窥探。”

唐三没好气地说道。

“谁稀罕窥探你？唐三，我只是想再警告你一次，如果你不能将逸影治好，我准保你以后的日子会过得比任何一个人都凄惨。”

“没想到，堂堂圣盟统领废话这么多。”

“哼！”

东方落雪冷哼一声，拂袖而去。

唐三得意一笑，将房门关起，然后放开神识扫荡四周，确定没有人在附近窥探后，才走到了逸影的身边，蹲下身子去，将手放在了逸影身上。

“七色蛊，出来，把这白马身上的毒给我吸干净。”

唐三意念一动，左手中指上立时七色光芒一闪，七色蛊冒了出来，“哧溜”一下从指端滑下，落到白马身上，然后翘起圆得像颗黄豆的小脑袋左右嗅了嗅，便直奔逸影胸口那块红斑而去，兴奋得“吱吱”叫出声来。

七色蛊拿毒药当食物，越是奇毒的东西，在它眼里，就越是大补的美味。

“嗞、嗞、嗞……”

七色蛊趴在那块红斑上一阵吮吸，甘之若饴，然后它竟没入了逸影体内。逸影虽处假死状态，也不禁浑身打了一个寒战。

——任谁，被另外一种生物侵入体内，都不会好受的。

不过，这七色蛊并未在逸影身上留下任何伤口，就像它附在唐三体内时一样，进出无痕，神异无比。

就在唐三放蛊替逸影解毒之时，在他屋子正对面一个房间里，东方落雪坐在一张大椅上，虽然隔着一个大广场，而且房门都是关着的，可是，东方落雪眼里却映照出了唐三放蛊给逸影解毒的一幕。

“这是什么虫子？钻进逸影体内干什么？解毒吗？”

两人所处的屋子相距那么远，而且窗门尽关，按说，东方落雪不应看到唐三在屋内所做的一切才对。然而现在，唐三的一举一动却尽落入东方落雪的眼里。

这是怎么回事？

这，就是东方落雪“洞彻之瞳”的厉害之处。

问题出在那盏油灯上。

东方落雪送灯来之前，就开启“洞彻之瞳”，截取“洞彻之瞳”放射出的一个红色光圈，将之隐藏在那盏油灯燃烧的灯芯上，灯光照到的一切，东方落雪都能看到。

那灯芯燃烧时呈红色，那红色光圈隐藏在里面，同色相合，仅凭肉眼哪里能够觉察得到？

而且，那个红色光圈与东方落雪的意念相连，东方落雪用秘法将其加以隐蔽，便能逃过神识搜索。

这就难怪唐三小心再三也没有发现异常了。

此时的唐三并不知道自己的举动已经尽落东方落雪的窥探中，他任七色蛊在逸影体内吸毒，自己则站起身来走到桌子边，将桌上那些药丸、药膏、药汤什么的全都倒在了逸影身边的地面上，用脚踩得泥泞一片，伪造出好像给逸影用过药的样子。

“好你个混蛋唐三，你根本用不着那些药汤、药膏，却拿那些东西足足折腾了我们半天时间，真是岂有此理!”

东方落雪看到这一幕，直恨得牙痒痒。

但她很快便瞪大了眼睛，不由得紧张起来，因为她看到七色蛊从逸影的身体里钻出来了。

此时的七色蛊身子比先前大了一圈，它一下就跳到了唐三手中，在唐三手上兴奋地扭着身子。

看样子，逸影身上的奇毒让它大补了，它竟比当时食了红发老祖万千毒药还要兴奋。

“七色蛊，做得好，回去吧!”

唐三满意地用手指摸了摸七色蛊的头，七色蛊乖得就像一只温驯的小猫，竟用身体来蹭唐三的手指，似有所求地邀着宠。

唐三微微一笑：“我知道，你很想把那条灵气巨蟒吸收掉，那会对你有很大的好处。这样吧，我改天力助你降服那灵气巨蟒，让你吞噬它，作为你这次的奖励，如何?”

唐三所说的灵气巨蟒，乃是当日在圣盟时，从胡娜娜手中夺取到的。

当日，那灵气巨蟒被他吸入“命运之戒”中，与“命运之戒”中的两滴能量液体互相交融，越发有灵性了。当时，原本附在唐三手臂上沉睡的七色蛊被惊醒，显然它对那灵气巨蟒很感兴趣，所以也钻入了“命运之戒”中。

从那以后，七色蛊便经常在“命运之戒”中缠战灵气巨蟒，想将之吞噬，只是那灵气巨蟒非等闲之辈，所以双方到今天也没能分出胜负来。

唐三之前任由它们打架，不过，他现在改变主意了，他决定着力培养一下七色蛊，毕竟七色蛊已经与他建立了稳固的主仆关系，培养好了将来能成为他强大的分身，他就多了一道保命符。

“吱吱吱——”

那七色蛊颇通人性，听唐三这么说，立时乐得竟在唐三手背上扭腰摆胯，跳起舞来。

唐三看其一副“欢欣鼓舞、手舞足蹈”的样子，不禁为之失笑。

就连身在远处窥探的东方落雪看到这一幕也不禁为之眼神一暖，笑道：“这到底是什么玩意儿，能解毒，又这么通人性，而且还颇有些阿凡提那头黑毛驴的无耻本色。”

东方落雪之所以会笑，最重要的原因，倒不是因为七色蛊的举止确实招人喜爱，最主要的是，她看到逸影站起来了。

不错，躺在地上本来一动不动的逸影突然浑身一颤，嘶鸣一声，竟渐渐支起身子站起来了，观其神态，虽然精神萎靡，身体还显得有些虚弱，像是大病过一场似的，不过，这些都是可以慢慢调养过来的。

它站起来后，目光望向七色蛊，眼里竟有感激之色。

敢情，它也知道是这条七色蛊救了它一命。它走过来，伸出舌头舔了七色蛊两下。

七色蛊对着逸影怪叫了两下，然后“哧溜”钻入唐三手指上的“命运之戒”，消失不见。

逸影似乎明白了什么，感激地望向唐三，再次伸出舌头，舔了舔唐三的手，然后又用头拱了拱唐三的身体，状甚亲昵。

“哎呀逸影，你怎么可以和唐三这么亲昵？他可不是什么好人！”

东方落雪看到这一幕，心头不由得生出一丝不满来。

在她而言，逸影就是伙伴，是姐妹，她习惯了它只对自己亲昵，而现在它竟对唐三也亲昵起来，这不禁让她心里有些不满。

或许，这种不满，是一种占有欲的表现吧！

“逸影，你不用谢我。我救你，是为了自己能够脱身，只是一笔交易而已。你该谢你的主人，如果不是她答应解开我的封印放我走，我是不会救你的。"

唐三摸了摸逸影的头，然后转身走向门口。他要离开了。

逸影虽然听得懂唐三的话，但它还是很感激地跟在唐三身后，走到了门边。

唐三打开房门，走了出去，开声道："东方落雪，你的逸影我救活了！现在，我要走了！"

唐三说着，便大步流星向外王阁的大门走去。

"锵锵锵"，一阵兵器响动，自廊道两侧闪出了数名圣盟高手，手执兵器，挡住了唐三的去路。

"怎么，东方落雪，你要食言吗？"

唐三的脸色一下子沉了下去，朝四下看看，大声质问道。

"唐三，你做梦都没有想到，我窥探到了你在这屋子里的一切举动，已经知道你的一些秘密了吧。你不单有一个像虫子一样的宠物，还应当有一个储物空间。哼，等我忙完罗布泊这边的事情，一定要把你再抓回来，搜出你那个储物空间！"

东方落雪眼里闪动狡黠之色，脸上现出了坏坏的笑意，然后打开房门走了出来。

"我东方落雪岂是言而无信之人？都给我闪开！"

一听东方落雪发话了，拦住唐三去路的那些人当即让开道路，闪到两旁。

"算你还有点诚信。"

唐三说着，大步流星地向外王阁大门走去。

东方落雪则身子一闪，倏地一下从广场对面来到了逸影身边。

看着逸影，她既心疼又高兴。心疼的是，逸影现在身体虚弱，精神萎靡；高兴的是，逸影的毒终于解掉了。

那种感受，没有经历过的人，是无法体会的。

"逸影，你终于没事了，我好高兴。知道吗？之前你中毒抽搐，众郎中都束手无策时，我心里是多么担心，我多么害怕会失去你……"

东方落雪抱着逸影的脖子，喜极而泣，流下两行泪水。

逸影低声嘶鸣着，用头去拱东方落雪的身子，也显得十分亲昵。不过，在与东方落雪亲昵的时候，它的眼睛还是看向了外王阁大门，目送唐三这位恩人离开。

唐三走到外王阁大门的时候，门边出现了一个人。

这个人身着绿衣，手执竹杖，黑布蒙眼，不知何时竟站在了门边。

突然看到绿竹出现，唐三心头不禁一惊，当即停下脚步，功运全身。

“不要紧张。我不是来阻止你离开的，我是特意来感谢你的。”

绿竹觉察到了唐三的紧张，悠悠说道。

“感谢我?”

唐三有些不明白，自己有什么值得对方感谢的?

“不错。如果不是你救了逸影，只怕这个时候落雪已带人去攻打财丰馆，死尸遍地了。你不仅救了逸影，还救了我圣盟很多好手，所以，我要谢谢你。”

绿竹认真地说道。

“绿竹先生，我只是想救自己而已，你不必谢我。”

“嗯，我知道。好了，你可以出去了。”

绿竹说着，脚下挪移，远离了大门。

唐三在迈出大门时，还一直处于警惕、紧张的状态。因为，在他眼里，圣盟中除了温凉玉外，没有人可以让他信任，哪怕绿竹刚才说了谢谢，他还是要十二分小心地提防，以免对方暴起发难。

“我明确表示不会对他出手了，他还是那样小心。这个唐三真是谨小慎微，一点可乘之机也不给敌人留下，当真不是一个简单的人物。看来，他武功虽未踏足大道境界，不过还是有足够智慧和能力在这乱局中保全自己的。盟主，你其实可以不必担心他的安全……”

绿竹喃喃自语，嘴角露出了一丝神秘的笑。

终于，唐三迈出了大门。

见绿竹并没有发难，他这才松了一口气，一抬首，看到温凉玉手里牵着一匹大花马正站在门外的街上。

看到唐三出来，温凉玉露出了真诚、欣慰的笑：“唐三，你终于重获自由了，这匹马送你当坐骑。”

“多谢。”

“我们之间，不必说谢字。唐三，今天你离开了，我温凉玉既高兴又伤感。高兴的是，你可以重获自由了；伤感的是，不知以后你我还能不能像以前那样在一起把酒言欢。”

“是啊！你我到底立场不同，确实不知道以后能否还有那样的机会！唯愿我们之间不要刀兵相见便好。有酒吗？”

唐三想到唐门与圣盟之间不可调和的矛盾，心中也是一片伤感。

确实，在这种大势下，将来他唐三和温凉玉是极有可能会在战场上成为敌人的。

明明是很好的朋友，却要因为立场的不同而刀兵相见、你死我活，这是多么无奈而又令人伤感的事情，想起来就叫人心头难过。

“当然。”

温凉玉说着，往身后一抄，将一个酒葫芦扔给唐三。

唐三接过酒葫芦，拔开葫芦口上的塞子大喝了一口，然后正视温凉玉道：“兄弟，我敬你三口酒。”

“第一口酒，感谢你这些日子以来对我唐三的照顾。”

“第二口酒，我想说的是，今日咱们是兄弟，下辈子也还要做兄弟。”

“第三口酒，是敬你，也是敬我自己。他日若真不得不刀兵相见，请你不要手下留情。”

唐三说着，连饮了三大口酒，然后将酒葫芦扔回给温凉玉，从其手中接过马缰，翻身上马，掉转马头，道一声“我走了”，便双腿一夹，鞭子一抽，头也不回地驰马离去。

目送着唐三驾马消失在街道尽头，温凉玉静静地站着，默然无语，眼里有泪光在闪动。他突然举起手中的酒葫芦，大口大口地往嘴里灌着酒。

温凉玉现在的样子有些失态，酒灌到他嘴里，溢到了外面，将他的脸和胸襟打湿一片。

他的眼角也湿湿的，不知那究竟是泪还是酒……

唐三离开外王阁，重获自由，他马不停蹄地就要去做一件事，一件他认为刻不容缓的事——他要立刻去救唐红袖。

尽管唐三心里很清楚，唐红袖很恨他，毕竟是他粉碎了她想嫁给唐云、成为未来家主夫人的梦，但他还是不能不管她，因为他在中秋大会上赢了唐红袖这个彩头后，却不去娶她，才有了唐门高层将唐红袖嫁给马奎这事。

这事，让他对唐红袖有愧，他无论如何都不能眼看着唐红袖往火坑里跳。

这是一个心结，必须解开。

那么，唐红袖现在在哪里呢？

唐红袖和唐阿酒、唐飞扬、唐思、唐真等唐门中人在一起，现在就下榻在楼兰城最高级的客栈之一——宝福来客栈。

这一点，之前唐三在林空等人给东方落雪汇报情况时已经在旁得知，他现在就正一路寻找宝福来客栈而去。

宝福来客栈，位于楼兰城中心的大广场附近，占地数公顷，建筑分前进、中进、后进，里面假山池沼、歌榭楼台、膳食大堂等一应俱全，完全是江南大客栈的格局。

事实上，这家客栈就是中土的一位大商贾开的。

唐门中人一来到楼兰城，就看上了这家大客栈，当即出重金将这间大客栈包了下来，把客栈里所有住客、伙计、厨师甚至包括掌柜等全部赶走。

现在，这间大客栈里清一色全是唐门中人。

当唐三终于骑马找到宝福来客栈时，已经是二更天了。

白天热闹繁华的楼兰城，到了夜里变得异常冷清，特别是雨后的深夜，街上连个摆夜摊的也没有。凉风吹过街道，卷动地上的树叶，“呼啦啦”响着，显得极为萧索。

唐三骑着花色大马来到宝福来客栈大门前，看到客栈大门紧闭着。

他没有上去敲门，因为他此行的目的有违唐门高层将唐红袖下嫁给马奎的决策，一旦被唐门中人知道他要将唐红袖救走，定会发生冲突，救走唐红袖一事必定泡汤。

他必须悄无声息地趁夜带着唐红袖离开，或许，逃一个晚上，是能逃得掉的吧！

唐三驱马转到宝福来客栈后面的一条街道上，下马将马缰拴在街道左侧的一棵大树上，然后施展轻功，飞身进入了宝福来客栈。

唐三自“鬼影迷踪步”练有所成后，其轻功已十分高超，绝对可以做到踏雪无痕、登波无纹、落地无声的地步，除非有人用神识扫荡，否则绝难发现他。

唐三的身影如鬼魅一般游移，格外小心地躲过了数处明岗暗哨，在客栈内不断移动着位置，寻找唐红袖所在。

殊不知，就在唐三自以为神不知鬼不觉时，在宝福来客栈中进一处阁楼上，一个正躺在床上睡觉的人霍然睁开了眼睛。

这个人，是唐阿酒。

“竟有不速之客来访，有意思！咦！此人好高的轻功，若非到了我这境界，可以在睡觉时也神识外放，遍察周边，只怕还真发现不了他。嗯？他在客栈内游移，躲过所有明岗暗哨，似乎是在寻找什么！我且不惊动他，看他到底会搞出什么名堂来。”

唐阿酒又闭上了眼睛。

唐三当然不知道自己的行踪已被唐阿酒发现，他从前进找到中进，又从中进找到后进，一间一间屋子搜过去，花了将近两刻钟，才找到了唐红袖所在——客栈后进靠院落边沿的一间偏房。

唐三之所以敢确定这就是唐红袖的居所，是因为他在这间屋子附近嗅到了一种独特的香味——紫罗兰的香味。

唐三和唐红袖打小一起长大，知道唐红袖生性酷爱紫罗兰，身上常常带着装有紫罗兰花精的香囊。所以，他一闻到紫罗兰的香味，就断定唐红袖住在这间偏房里。

偏房里的灯还亮着，唐三摸到窗边，在窗棂上“笃、笃、笃”轻敲了三下。

“谁?”

屋里传出唐红袖警惕的声音。

“是我，唐三。”

唐三非常低声地回答道。

唐三以为他这么低声回答，应该只有屋里的唐红袖听得到，殊不知正在中进阁楼上闭眼睡觉的唐阿酒却梦呓一般呢喃出了这么一句——“我道是何方神圣呢，原来是那小子！他不是被圣盟俘虏、功力被封吗?老子正犯愁怎么去救他呢，他怎么自己跑出来了?嗯?好像武功还进步了不少嘛……”

“唐三?”

屋里的唐红袖听到是唐三，不由得一怔。她今天虽然未去斗兽场观战，可也听到回来的唐门弟子议论了，知道唐三被圣盟所俘，武功也被封印，当时她还暗骂“活该”，怎的现在唐三竟找上门来了?

唐红袖犹豫了一下，还是将门轻轻打开了。虽然她有些恨唐三，但她心里还是很奇怪，不知道唐三来找她做什么。

唐三一闪身，已进了房里。

唐红袖把门关好，问道：“唐三，你不是被圣盟俘虏了吗?怎么会出现在这里?你来找我做什么?”

“哦，被圣盟俘虏的事说来话长，以后再慢慢说。红袖，我来这里找你，是要带你走的。”

“带我走?”

唐红袖有些愕然。

“是的。真不知是谁出的主意，竟要让你嫁给马奎那又老又丑的家伙，真是混账！我唐三是不会让你嫁给那老家伙的。”

唐三斩钉截铁道。

唐红袖听得一怔，随即面容黯然：“唐三，这是唐门高层的决定，我们力小能微，如何能够抗命呢？”

“为什么不能抗命？我们的爱情、婚姻，应当由我们自己做主，凭什么他们要你嫁给马奎你就嫁给马奎？红袖，我现在就带你离开这里。”

“唐三，你想好了……要娶我吗？”

唐红袖突然间有些激动，红着脸大胆地问道。

从某种意义来说，中秋大会上唐三夺得地榜首席之位，她便已经是唐三的人了，只是欠一个婚嫁仪式罢了。

虽然不能嫁给唐云让她感到颇为遗憾，为此她曾经记恨过唐三，可是现在，唐三要带她脱离苦海，她十分欣喜，心内不禁感到一阵悸动，那是一种幸福的悸动。

现在，只要唐三点点头，她将毫不犹豫扑进唐三的怀里，然后随他远走，哪怕以后要过上被唐门追捕的颠沛流离生活，她也心甘情愿。

“呃……红袖，我……对不起，中秋大会时我以为彩头是馨妹，所以……”

唐三满怀歉意地说道。

“这么说，你不愿意娶我……”

原有的幸福悸动、爱情期待全在唐三的这个回答中冰冷了下来，唐红袖的心再次受伤了。

“对不起，我不能。”

“那还有什么好说的？唐三，你走吧，我的事，不用你来管！”

唐红袖转过身去，泪水已经夺眶而出。她的眼泪是为自己多舛的命运而流的，也是为自己总是受伤的感情而流的。

“红袖，是我让你伤心了……我嘴有些笨，不会说话，你不要往心里去。我怎么可以不管你呢？我们是一起长大的，我岂能看着你掉入火坑而不伸手拉一把？红袖，你还是跟我走吧！先离开这里，以后的事我们以后再说，好吗？”

唐三看到唐红袖耸动的柔肩，听到她抽泣的声音，他知道，她哭了！他不知道该怎么去安慰一个哭泣的女子，因为在这方面他实在很生涩。

“滚！让你不要管了，你还自作多情做什么？我喜欢嫁谁就嫁谁，不用你管！你给我滚出去！滚啊——”

唐红袖突然转过身来，激动地操起桌上的铜镜，向唐三甩了过去。

她现在的情绪非常不好，因为唐三的那个回答而变得非常暴躁，她突然间变得比以前更恨唐三了！

她甚至还有些恨自己了，恨自己为什么要被别人伤害。

她的眼泪像断线的珍珠般“啪嗒啪嗒”直掉，身子像一下子被抽掉了所有力量一般，靠着窗边的墙壁滑坐到了地上。

就在这当口，屋外突然传来了一阵急促的脚步声，紧接着，有人在“笃、笃、笃”敲门：“红袖，你没事吧？我刚才听到你屋里有响动，所以过来看看。”

一听声音，唐三就知道敲门的人是谁了，是唐飞扬。

今天夜里正好轮到唐飞扬巡夜，他一听到这边有异常动静，便第一个赶了过来。

“红袖，看来今夜我不能带你走了。记着，明天我会去婚礼上寻机救你，你一定要配合我，我一定能救你的，相信我。”

唐三附在唐红袖耳边说道。不管唐红袖是否愿意接受他的帮助，他都决定要将唐红袖拉出火坑。

唐红袖没去理会唐飞扬的敲门，她侧头看着唐三。

去婚礼上救人，和去送死没区别，唐三竟然会为了救她去拼命？

唐红袖有些将信将疑，但还是为唐三的话感到一阵感动，眼里的恨意也没了。

“红袖，你屋子里是谁？红袖，你没事吧？”

屋外的唐飞扬大声喊问道。以唐飞扬的灵觉，当然感觉到了唐红袖的屋子里不止唐红袖一个人，他急迫地一脚踢开了房门。

“红袖，记着我说的。”

就在房门被唐飞扬一脚踢开的那一刹那，唐三撞破窗棂飞身离去。

唐飞扬冲进屋里，看到一个身影破窗而出。但他也只是看到了一个身影破窗而出罢了，然后再没有发现唐三的踪影，因为唐三施展的，是

“鬼影迷踪步”。

趁着夜色，几个起落间，唐三便成功潜到了客栈东边的围墙旁，只要跳出这围墙，他就成功逃离这里了。

但就在这个时候，围墙下忽然出现了一把藤椅。

那把藤椅如鬼魅般出现在那里，十分突兀，就像从土里冒出来的一般，又似乎它本来是隐形的，只是在这一刻现了出来。

在那把藤椅上，赫然躺着一个身子略显佝偻，一副病容，还不时轻轻咳嗽着的人。他裹着一件厚厚的皮大衣，好像很怕冷似的，蜷缩在藤椅上。

是唐章!

神秘又可怕的唐章!

“唐三，不要躲了，出来吧。我看见你了。”

唐章淡悠悠地说道。他说这话的时候居然还闭着眼睛，好像没有睡够一般。

他竟能一语道破唐三的名字！不用说，肯定是发现唐三了。

唐三不禁头皮一阵发麻，只得硬着头皮走了出来……

第九十四章 大阴谋·七剑聚合

唐三把身上的衣服裤子脱了个精光。

——他的衣服和裤子上现在都沾上了剧毒，如果不尽快脱掉，剧毒就会不停地往他身子里渗。

衣裤一件件被扔在地上，落地的一瞬间“轰”地冒起绿色的毒火，很快就烧得干干净净。

“唐章。”

“哦？你也知道我的名字？”

“你在夺宝战场上大显身手，我唐三想不知道也难啊！但我在唐门从未见过你，也没有听说过你的名字，你是从哪里冒出来的？还有，你的武功境界，只怕不止是‘练虚合道’吧？”

唐三警惕地说道。

凭直觉，他就感觉这个唐章绝对不好对付，极可能也像当初温凉玉一样，是自我封印了功力的。

而且，就算此人真的只是‘练虚合道’境界，但他的毒和施毒手法也绝对天下一流。因为唐三打小在唐门长大，见过很多唐门高手施毒用毒，但还从没见过像唐章这样厉害的。

“唐门中，有很多人是你没见过也没听说过的，你不知道我很正常。但我却知道你。”

“噢？”

“临来前，家主特意交代，让我见到你一定将你带回去。”

“哦。”

唐三对此一点都不惊讶，因为唐风已经不是第一次派人拿他了。

“所以，唐三，你是打算束手就擒呢，还是要劳我动一番手脚？”

唐章说这话的时候，还闭着眼睛，一动不动。

“在我唐三这里，从来没有‘束手就擒’这个词。唐章，有本事，你就来拿我吧！”

唐三说着，立时展开“离合步”，一闪身，就向围墙墙头冲了过去。

他不便在唐章面前施展“鬼影迷踪步”，因为他不能让人知道《玄天宝录》在他手里。

“不知好歹！”

唐章轻斥一声，整个人飞了起来。

“啪”、“啪”、“啪”……

两人快若惊鸿，在空中错身而过时已然交手了数招。

然后，唐三的身影跃过墙头，穿屋过房，向远处掠去。

唐章则从空中落下，落在围墙内的地上；他宽大的袖子裂开了一道长长的口子——是唐三用剑划出来的。

这时候，有两个人跑了过来。

是唐思和唐真。

他们是听到动静赶来的。

他们两人赶过来时，就看到唐章站在那里，袖子破了一道大口子。

“队长，你没事吧？你刚才是与人动手了吗？”

唐思问道。

“我没事。你们猜，那个与我过招的人是谁？”

“这我们哪里猜得着。”

“是唐三。”

“唐三？”

唐思和唐真两人对视一眼，脸上是难以置信之色。他们白天在斗兽场可是清楚地看到，唐三被圣盟所制，武功也被封印，当时唐阿酒想救他都没能成功呢。

“不可能吧！唐三不是被圣盟俘虏了吗，怎么可能出现在这里？再说了，他要来找我们，完全可以走大门，何必这样偷偷摸摸，而且还与队长你动手呢？”

唐思不解地问道。

虽然当日在中秋大会上他被唐三打成重伤，不过，他从没记恨过唐三。那一仗，他输得心服口服，因为当时他和唐云、唐葫三人共战唐三一人，结果都输了，还有什么不心服的？

而且，在他眼中，唐三从未做过对不起唐门的事情，所以，他实在不明白，唐三为什么出入宝福来客栈要把行踪搞得那么鬼祟。

“唐三这些日子以来先后到过临时联盟和圣盟，据相关情报称，他还与临时联盟和圣盟的某些人关系匪浅。所以，他现在对唐门是否依然忠心，这一点，必须审查后才知道。也许正因为他心里有鬼，才不敢正大光明地来吧！不过，他既然来了，我唐章自然不能这么轻易就让他走掉。嘿嘿，我刚才与他过了几招，已对他下了毒，现在他应当差不多身体麻痹、手脚失灵、走不动道了。他往那个方向跑了，你们两个去给我将他带回来。”

“是！”

唐思和唐真应了一声，双双朝着唐章所指的方向飞掠出去，追唐三去了。

待到唐思和唐真两人走后，唐章才暗叹一声，喃喃自语道——

“好一个唐三，竟能刺破我的衣袖！看来，普通的‘道一’境界高手都无法为难他了。唉，唐门出了这么一位杰出人才，本应落力培养才对，奈何，他竟成了家主的眼中钉、肉中刺，这都是他不知自爱的结果啊！看来，再天才的人，如果不知道自爱，净做些出格的事，注定是没有好果子吃的。”

唐章一边喃喃，一边走向藤椅，然后空间一阵扭曲，他和他的椅子都消失不见了。

唐三呢？唐三在飞逃。

刚才与唐章的交手虽则短暂，但却高下立判。唐三心里明白，自己其实已落在下风，他那一剑只刺破了对方的袖子，并没有伤到对方的身体。

可是，对方却伤到他了。

对方的掌在他的剑上连碰了几下，然后他就被对方传过来的真气激得气血翻腾。如果不是他内力深厚，远非寻常“练虚合道”境界高手可比，只怕就在刚才已经一头栽倒下去，被对方擒住了。

而且他还发现，他已经中了唐章的毒！

他不知道唐章是什么时候下的毒，他只知道，毒是透过衣服渗到皮肤上的，正在麻痹他的神经，使他肢体的动作开始不畅，奔逃的速度变得有些迟缓起来，而且越来越严重。

“七色蛊，快出来帮我把毒解了！”

唐三一边飞奔，一边用意念召唤“命运之戒”中的七色蛊。

七色蛊一感应到唐三的意念召唤，立时从“命运之戒”中飞了出来，钻入唐三的身体中。

如果没有七色蛊替他解毒的话，他只怕很快就会支撑不住，要倒在地上了。幸好，有七色蛊。

与此同时，唐三把身上的衣服裤子脱了个精光。

——他的衣服和裤子上现在都沾上了剧毒，如果不尽快脱掉，剧毒就会不停地往他身子里渗。

衣裤一件件被扔在地上，落地的一瞬间“轰”地冒起绿色的毒火，很快就烧得干干净净。

“这个唐章使的是什么毒？竟然这么厉害！”

他一边低声嘀咕，一边一丝不挂地飞遁。

但他还没有飞遁多远，便若有所觉地向后望去，因为他感觉有人追来了。

果然，他看到身后不远处有两道人影正倏忽闪动地向他追来。

“丫的，如果不是中了毒，他们岂能追得上我？不过，他们追来也好，正好‘借’件衣服穿穿。”

唐三眼中精光一闪，当即计上心头，选了一个岔道纵横、房檐高矮不齐、颇多障碍物的狭窄深巷钻了进去，转眼间便隐藏了起来。

“咦，他人呢？”

唐思落身在那条深巷旁的一处屋脊上，皱眉道。

“估计是躲起来了。”唐真一飞身便落足到深巷中，出声喊道——“唐三，我知道你就躲在这里，出来吧，我们只是想带你回去，不会伤害你的。”

可回答他的，只有深巷里的回音。

“他不会被唐章的毒药给毒翻了吧？这样，你往巷子那头搜，我往巷子这头搜，我就不信找不到他。”

唐思也飞身落到巷子里，对唐真说道。

于是，两人便一个往南，一个往北，沿着巷子分头进行搜索。

“唐三，不用躲了，我已经看到你了。”

唐思一边眼睛四顾搜索着，一边口出诈语。

这个时候，他已经走到一个两巷相交处的十字路口，左右看了看，他选择了往左边的巷路搜索过去。

“唐三——”

他继续喊道。

突然，他的肩头被人轻拍了一下。

心中一惊，他蓦地转过身来，手已摸在腰间的器囊上，做好了应战准备。只是，令他错愕的是，身后根本没人。

就在他一愣神间，他的肩头又被人轻拍了一下。

他立时被吓出了一身冷汗。不过，他还是本能地作出了反应，身子腾地向前方翻了出去，同时瞬间向身后发出了三十二道暗器！

可是，暗器却全部打空，因为暗器射过去的方向半个人影也无。

始终在唐思身后轻拍唐思肩头的，当然就是唐三。

虽然唐思的反应和速度都够快，但又怎么及得上现在的唐三？

唐三现在依然在唐思的身后，但这次他没有再拍唐思的肩头了，而是点了唐思数个穴道。

唐思霎时身体僵硬，再也不能动弹分毫。

“唐思，两次你都没能捕捉到我的身影，看来，我们之间的差距越来越大了。不玩了，借你身上衣服一用。”

还在原先那条深巷里搜索的唐真一听到唐思这边有动静，当即腾身掠起，几个起落间便来到了十字路口，往唐思那边看去。

只是，他才望过去，还没看到唐思呢，便骤觉劲风扑面，一捆柴火劈头盖脸砸了过来。

唐真疾步后退，“哧”地一下拉出盘龙丝，一阵盘舞绞绕，便将那捆柴火绞成了木屑。

但他的身子已被逼得靠到了墙上。

他一靠到墙上，立时就感到了逼人的剑气。

他在那一瞬间，连施了八种步法、九种身法和十二招防护丝技，可是，最终他还是骇得不敢再有任何举动。

因为一道锋利的剑尖抵在了他的咽喉处，只要轻轻向前一刺，他就没命了。

“唐三!”

唐真凝定下来，看清了用剑顶着自己咽喉的人乃是唐三。

这个时候的唐三，已经穿好了从唐思身上“借”来的外套。

“是我。你是上届地榜首席唐真吧?”

“是。”唐真惨然道，“没想到，同是地榜首席，你的武功竟比我强了那么多。”

“我不过是近些日子武功有了些进步罢了。”

唐三淡淡笑道。

“咦?唐三，你好像没有中毒的样子！难道唐章下的毒没起效?”

“起了效的，但我自有解毒的办法。唐真，咱们都是唐门的人，我不想伤害你们，不过也请你们千万不要再追来了，不然，可别怪我唐三不讲同门之谊。”

“唐三，到底发生了什么事?为什么你来唐门驻地要偷偷摸摸的?”

“这段时间发生的事情太多，三言两语难以说清楚。但我唐三始终都是忠于唐门的，这一点，还请你相信。好了，废话不多说，我要走了。”

唐三收剑入鞘，同时挥袖往唐思那个方向一拂，解开了唐思的穴道，然后一腾身，正准备离去。

这时候，唐真突然问道：“唐三，你今天晚上来，是不是想要将红袖带走？”

唐真听说过唐三的一些事情，他是个聪明人，所以一猜就猜了个八九不离十。

唐三闻言，心头微讶，停了下来，但却没有回头：“是又如何？不是又如何？”

“如果是，请你务必将红袖带走。”

唐真很认真地说道。

“哦？”

唐三转过了身来，直视唐真。

“唐门高层无视唐门弟子的个人意愿，动辄就把唐门弟子当成门派利益的牺牲品，对此我十分反感。只是，我唐真能小力微……但如果你唐三也有此心，那我愿助你，请你务必将唐红袖带走，免得她终身的幸福被毁了。”

“你真是这样想的？”

“嗯。”

“那我要替红袖谢谢你。不过，宝福来客栈现在肯定已经内外戒严，我再进去将红袖带走只怕是不可能了。但是，明天，在马奎迎娶红袖的婚礼上，我会竭力将她救走，如果你真有此心，就请到时候随机应变，助我一臂之力。”

唐三从唐真那刚毅、坚定的眼神之中看出唐真所说乃是真心话，是以用密语传音之术对唐真说了自己的打算，不让在一旁望着的唐思听到。

“嗯。唐三，希望你说到做到，别到时候失约让我瞧不起你。”

唐真同样用密语传音之术回道。

“明天见。”

唐三飞身离去。

见唐三离去，被唐三“借”走了衣服的唐思走到唐真面前，神情十分严肃地对唐真说道：“唐真，你刚才密语传音和唐三说了什么我不想打听，但我要提醒你，你的话十分大逆不道！把唐红袖嫁给‘佣兵之王'马奎，乃是唐门高层的决定，我们身为唐门弟子，应当无条件拥护才对！你为什么要怂恿唐三将唐红袖带走？"

"无条件拥护？"唐真的语气有些激动，"唐思，我以前也像你这样，坚决支持和维护唐门高层的决策。可是，结果呢？看！结果就是我这张脸变成了这样！"

唐真一把拉下罩在脸上的面具，让唐思看到他那张被毁得没有半分人样的面容。

然后，他冷冷地看了唐思一眼，将面具戴好，腾身飞出巷子，回宝福来客栈去了。

唐思愣在当地，半晌之后才轻叹着摇摇头，然后也飞身而起回宝福来客栈去了。

唐三离开唐真和唐思后，便一路飞奔，找到拴在宝福来客栈后面街道一棵大树上的大花马，翻身上马，朝着城门驾马狂奔。

他现在心里憋闷得很。

——好不容易逮着机会重获了自由，好心想去把唐红袖带走，没想到对方不仅不配合，反而还恶言相向，他能不憋闷吗？

他要到城外去，因为，唯有城外空寂的大漠，才能让他的憋闷得以疏解。

"咦？那不是今天替九个蒙古人解围的那个唐三吗？怎么这么晚了还在街上狂奔？"

马奎站在观星台上，看到正策马狂奔的唐三，不由得皱眉道。

这观星台，乃是楼兰城里最高的建筑，建在马奎的黄金宫殿中，周围军士环卫，戒备森严。观星台顶端设有单筒望远镜，还有华表、沙漏、星盘等，大凡观察、研究天文的器具一应俱全。

现在在这观星台上的，除了马奎外，还有五个人，这五个人分别是——天都法王、鸠摩鱼、湿奴魔、库多尼和大祭师。

库多尼、大祭师垂首恭立在天都法王身后，显然是天都法王的属下。

而马奎和鸠摩鱼、湿奴魔也对天都法王异常恭敬。

“哦？他叫唐三？是唐门之人？”

天都法王望着唐三的身影仔细观看，眼中现出凝重之色。

“是的。不过，据情报称，他本来是圣盟的俘虏，武功受制，现在却不知何故竟恢复了自由之身。”

马奎的情报工作做得还是不错的，今日他对唐三有了兴趣之后，便迅速命部下收集了一些关于唐三的情报。

“这个人，我们要带他一起离开。”

天都法王突然斩钉截铁地说道。

“为什么？”

鸠摩鱼和马奎霎时都睁大了眼，难以置信地望着天都法王，满是疑惑不解之色。

“法王，你之前不是说，届时能上船的，只限于我们在场这几个人吗？怎么现在却提出要把那个叫什么唐三的也捎上？”

鸠摩鱼问这话的时候，也不禁仔细观看起远处驱马疾驰的唐三来，想看出其身上到底有什么值得天都法王重视的东西。

天都法王没有解释，而是挥手向身后的库多尼示意。

库多尼会意，走上前来，将药箱放在旁边的一个石桌上，打开，拿出一个密封了的玻璃杯，里面是翠绿得逼人眼的液体。

如果拓跋克在的话，一定会认得出来，这个玻璃杯里的液体，正是当时库多尼在城门口给唐三验血时留下来的。

“这是什么？”

马奎和鸠摩鱼两人奇怪地看着玻璃杯里的绿色液体，疑惑问道。

“血。”

天都法王答道。

“血？法王，你没开玩笑吧？这世上哪有绿色的血……嗯？等等，莫非这是……圣战天使之血？”

鸠摩鱼和马奎霍然间像是想起了什么，一下子变得十分震惊。

“没错，只有圣战天使之血，遇到血检药水后才能变成这种颜色。”

“到底是怎么回事?”

“库多尼，你来给两位长老具体说说。”

天都法王竟称楼兰城主马奎和天山国国师鸠摩鱼为长老!

“是!”

库多尼答应着，立即将他在城门口给唐三验血的情况详细说了一遍。

鸠摩鱼和马奎这才恍然大悟。

“没想到，数十年前圣战天使东来，竟在中土留下了血脉!”

“苍天有眼，竟让我们发现了圣战天使的后裔，这是我们圣教复兴的先兆啊！我们圣教将再现昔日的荣光了!”

“是的!”天都法王右手握拳，也很激动，“传说，觉醒了的圣战天使之血可以复活圣教神棺中的堕落真妃，只要堕落真妃复活，又掌控罪恶之舟，我们尸灵宗便可以在圣教七宗中脱颖而出，届时，我们就可以整合另六宗的力量，由我们来复兴圣教!”

说完，天都法王双手做兰花指状交接于额前，面现虔诚之色，口中念道——

“圣灵降世，开天纪元，涤荡人间，真空家乡，波盂达达哄。”

在天都法王念这几句话的时候，马奎、鸠摩鱼、湿奴魔、库多尼、大祭师五人也跟着双手做兰花指状交接于额前，面现虔诚之色，口中念着和天都法王一样的话。

此时，如果唐阿酒、绿竹这种老江湖在这里，看到他们这个样子的话，一定会脸色大变，高呼一声——“魔教余孽!”

没错，他们两手做兰花指状交接于额前的动作，乃是魔教的印式，名叫“拜圣印”。他们念的“波盂达达哄”，据说就是魔教的创教人。

敢情，这天都法王和马奎、鸠摩鱼、湿奴魔、库多尼、大祭师他们都是魔教中人啊！大悲教的名号，只是他们对外随便宣称的一个教名而已。

“只是，现在这个唐三的圣战天使血脉还处于沉寂状态，并未觉醒，所以，我们只能也必须带他一起走。”

“那要怎样才能觉醒？”

一听唐三的圣战天使血脉还没有觉醒，马奎和鸠摩鱼略显失落，紧问道。

“我也不知道。”天都法王倒是显得信心十足，“不过，上天既然让我们遇见了他，想必冥冥之中已有定数，我相信，他的圣战天使血脉总有一天会觉醒的！”

马奎、鸠摩鱼两人重重点头，信心一振。

鸠摩鱼问道：“要不要现在就去把他抓来？”

“千万不可！从今天斗兽场里战斗的情况看，这个唐三不仅是唐门中人，还与临时联盟和圣盟都关系匪浅，如果我们现在把他抓了，只怕会打草惊蛇，引起这几股势力的注意，势必会影响明天的大计。”

马奎说道。

“马长老说得不错，现在确实不宜对他下手。”天都法王肯定了马奎的意见，然后对库多尼下令，“库多尼，你现在去跟踪唐三，在明天日食来临前不要暴露行迹，一旦日食来临，立即将他擒拿，带来与我们会合。”

“是！”

得了命令，库多尼刷的一下就地消失，只留下一团渐渐弥散的轻烟。

“马长老，明天的事情都安排妥当了吗？”

天都法王转向马奎问道。

“都安排好了，我派人给圣盟、临时联盟、天山国以及其他在楼兰城的势力都下了请柬，只等日食来临，便将他们一网打尽，血祭圣台，召唤圣船出世。”

马奎说这话的时候，眼里现出的，是憧憬之色。

但天都法王却一脸郑重地说道——

“圣盟、唐门、临时联盟、天山国这几股势力中高手众多，凭我们现在的能力，要围歼他们，很难成功。所以，在日食发生以前必须挑拨离间，让他们互相残杀。只有让他们鹬蚌相争，我们才有可能坐收渔人之利。”

“只有当太阳被遮住、发生日食时，古老的封印才会出现一丝松动。我们也只有在那个时候进行血祭，才有可能召唤圣船突破封印冲将出来。多少年的等待，才迎来一次日食，绝不容有半点差错！”

马奎忙道：“法王请放心，此事我们之前计议多时，已做好万全的准备，不会出丝毫差错的。唐门和临时联盟本就与圣盟敌对，圣盟又因为鸠摩鱼长老向东方落雪的坐骑下毒一事与天山国一方产生了不可调和的矛盾，所以，届时只要一切按计划进行，圣盟肯定会成为唐门、临时联盟和天山国这几股大势力合攻的对象。”

“嘿嘿，可笑那唐门，还想通过与马长老你联姻抢夺圣盟在丝绸之路上的生意，殊不知，这正好落入了我们的算计，被我们当枪使了还不自知。”

鸠摩鱼阴笑了起来。

但马奎却环顾整座楼兰城，眼里尽是不舍之色，叹道——

“唉，若不是唐门掌握了我曾经是圣教中人这一把柄，以此胁迫我和他们合作，我还真不想这么快就放弃楼兰城这块宝地呢！放弃楼兰城这块宝地，实在太可惜了……”

一骑疾驰，直朝城门口而来。

这一骑，当然就是唐三。

“什么人？站住！城门已关，速速返回，否则，别怪弓箭不长眼！”

城墙上的城防士兵发现了驾马奔近城门的唐三，立时高声大喝。

只是，这些守城的小卒子，哪里能够吓得住唐三？

唐三快马加鞭，无视城防士兵的警告，转眼逼近。

城防士兵一看唐三不仅不停下来，反而奔驰得比之前更快，当即放箭。

一时之间，数十支羽箭破空射来，欲要将唐三射落马下。

唐三骤然腾空而起，迎着那些羽箭飞了过去。

羽箭虽然劲疾，但又如何近得了唐三的身。唐三只是一掌挥出，便将那数十支羽箭拍成了飞灰。

然后他去势不减，身子一下子就冲到了城墙上，脚尖在城垛上一点，再次腾空，直向城外飞去，速度之快，让那些城防士兵根本来不及作出其他反应。

而那匹大花马这个时候没了主人，便掉转马头向回跑，找温凉玉去了。

天都法王、马奎、鸠摩鱼三位在观星台上密谋了很久，直到后半夜才从观星台上下来。天都法王带着大祭师，鸠摩鱼带着湿奴魔，分别从不同的地道秘密返回自己的住所。

原来，大悲教所在之处和财丰馆都有暗道与马奎居住的黄金宫殿相通。

当他们各自从地下暗道返回住所时，走在鸠摩鱼身后的湿奴魔突然怯生生地说道："师父，你能不能放阿凡提先生一马？"

这个湿奴魔，在他人面前飞扬跋扈，但是在其师父鸠摩鱼面前，却老实得像一个不敢犯错的孩子似的，连说话都怯生生的。

"放他一马？为什么？"

鸠摩鱼停下脚步转过身来，直视湿奴魔问道。

"今天在斗兽场的时候，是他救了弟子。如果没有他的话，弟子只怕已经被人杀死了。"

湿奴魔低头说道，不敢与鸠摩鱼对视。

但他肩头上的那颗水晶球还在滴溜溜转着，散发着诡异的绚丽微光，好似一只妖的眼睛。

这颗水晶球，之前在斗兽场时跌落地面，不是被黑毛驴阿毛"偷"走了吗？为什么现在会出现在湿奴摩的肩头？

原来，阿毛在"偷"了这颗水晶球后，受到了阿凡提的严厉训斥，不得不极不情愿地交出来，由阿凡提还给了湿奴摩。

而且，阿凡提在将水晶球还给湿奴摩后，还亲自替湿奴摩疗伤，使湿奴摩得以快速恢复伤势。

所以，湿奴摩是真心想替阿凡提争取一下，他无法做到眼看阿凡提陷身死难而无动于衷。

鸠摩鱼双眼审视着湿奴魔，眼里的神色连连闪烁，似乎在考虑着什么，然后悠悠说道："孩子，今天在斗兽场上，是你用水晶球扭曲光线救了为师，而阿凡提又救了你，照理来说，为师确实应当放阿凡提一马，但是……"

"但是什么……"

湿奴魔抬头。

然而，湿奴魔抬头时，却一脸的惊愕、失望与悲伤。

因为，鸠摩鱼在这个时候对他出手了。

鸠摩鱼一出手，就连点了湿奴魔几处大穴。

湿奴魔在发现鸠摩鱼对他出招的那一瞬间，他是想过反抗的；只是，还没来得及出招呢，便已中招，身体一阵酥麻软倒在地。虽然神志还清醒，但他却提不起一丝力气，也说不出一句话来。

"孩子，不要怪师父。感恩图报是对的，但阿凡提这个人实在太危险了，绝不可放过，否则后患无穷！而且，明天的事情对我们圣教来说太重要了，容不得出现半分差错，所以，为师只好先点了你的穴道，免得你坏了大事。你的水晶球为师先替你收着，等我们登上圣船离开的时候，为师再解开你的穴道还给你。"

鸠摩鱼说着，双手大张，念了一声"嚯——"，身体散发出无数道乌光。

那些乌光射出来，在他腹部旋转交织，很快便形成了一个深黑无底的大洞。

大洞一吸，那颗水晶球立时被吸入其中。然后洞口闭合，乌光再次分散，化成一道道收入他体内。

收了湿奴魔的水晶球后，鸠摩鱼将湿奴魔夹在肋下，然后迅速离去。

湿奴魔伤心地掉下泪水来，泪光中，他的眼神变得无比失望和无奈，还有伤心。

楼兰城外。

一个人独对辽阔无边的荒漠，躺倒在沙丘上，仰望天空，不用想那些烦心的事，这种感觉，确实舒服。

只是，舒服的同时，又感到寂寞。

一寂寞，唐三就不自觉地想念起小柯来。

“小柯，你现在在哪里？过得还好吗？我好想你……”

雨后的天空，一如往日繁星点点。

唐三不禁想起了在无名山谷的那个夜晚，那晚的天空，也像今夜一样繁星点点，每一颗星星都像调皮的眼睛，眨巴个不停。

在雁荡山上的那晚也是！

自从遇到小柯后，他就恋上了夜晚，觉得每一个夜晚她都与他同在。

夜，因为有了她，变得前所未有的甜美与静谧。

他喜欢她明亮的眼睛，喜欢她乌黑飘逸的长发，喜欢她巧笑倩兮的容颜，喜欢她悦耳动听的琴声，喜欢她认真倾听自己说话的样子……

说不清为什么，她的一切，他都打心眼里喜欢得不行。

或许，这就是爱情的迷人之处，它总是那样神秘，让人欲罢不能。

不管是什么时候——他疲倦的时候、他困惑的时候、他悲伤的时候、他寂寞的时候、他彷徨的时候、他开心的时候、他进步的时候……他都渴望她能在他身边，她的软语温慰，她的轻声鼓励，会给他予无限的温暖和无穷的勇气。

芸芸众生中，他只在乎她。

这世界再精彩，如果没有她，对他来说，依然是孤独而苍白的。

“小柯……”

对小柯的思念之情浓得化不开。在没有她的日子里，他宁愿沉浸在思念中，哪怕在思念中死去，也心甘情愿……

只不过，剪不断、理还乱的情丝总将寂寞的心紧紧缠绕，谁能挣脱？

谁能？

不知何时，唐三沉沉地睡着了。

或许是在梦里见到了小柯，他的脸上漾出了幸福的笑意。

脸上是笑意，眼角却溢出两滴清泪，不知是因为喜极而泣，还是因为在梦里与子成说时他已经明白，那不过是一场虚幻的相聚，醒了，便会一切成空……

就在唐三沉醉于梦乡时，一个淡淡的人影出现在距离唐三百米开外的一个小沙丘上。

这个人影，高，瘦，如鬼魅一般无声地出现，不是别人，正是天都法王派来跟踪唐三的库多尼。

库多尼显然并不急于捉拿唐三，他只是静静地站在那里，静静地看着唐三。

就在这时，“锵”的一声响，唐三握在手中的星魄剑突然自动弹出鞘来三寸许，震颤不休。

难道是宝剑感应到了什么危险，向主人示警？

本来沉睡的唐三霍然睁开了眼，浑身毫毛都奓了起来，本能地就放出神识，感应四周的一切动静。

神识并没有发现任何危险，因为库多尼在星魄剑弹出鞘的那一瞬就倏忽消失了，不知道躲到了什么地方。

但星魄剑仍然震颤不休，还开始嗡嗡作响。

“宝剑，为什么你会鸣吟不止？”

“让我的心契合你的魂，人剑合一！”

唐三闭上眼睛，用本心契合剑魂，仔细感应着剑意。

不一会儿，他霍然转身，举目望向楼兰城方向。

这一望去，立时看到五道剑光直冲云霄。

不，不是五道剑光，而是七道剑光，只不过有两道剑光相比于另五道来说实在黯淡得可以忽略不计，如果唐三不是目力过人的话，甚至都不会发现。

“那五道剑光都是星魄剑发出的！一定是白老大他们在合力演练剑阵！奇怪，之前他们在斗兽场施展剑阵时，我手中的星魄剑并没有任何反应，何以这次却有了反应呢？”

唐三心中很疑惑。

转眼之间，远处的七道剑光便冲入了云层之中。

唐三手中的星魄剑震颤、鸣吟得更加厉害了，竟“哧”的一声激射出来，在唐三身前盘旋不已。

“它居然似通灵一般自己飞出来，真是奇异啊！”

唐三看着围绕身周旋转不休的星魄剑，眼里异彩连连。

“哦，原来它是受到了远方某种神奇力量的召唤，难怪会如此。它现在在征求我的意见，只要我同意，它就会向召唤它的力量飞过去。”

唐三仔细感应，从剑意中读出了这些。

然后，他再次看向远空，稍一沉吟，便指着远处七剑没入的云层喝了一声——“去！”

星魄剑顿即化作一道剑光，向着远处天空射了过去。

与此同时，一个正在罗布泊湖边饮水的年轻美貌女子，也遇到了与唐三一样的情况。

她放在地上的宝剑突然剧烈地震颤、鸣吟起来，然后“哧”的一下飞出来，在她身周旋转不停。

“怎么会这样？宝剑通灵，你是感应到了什么吗？”

这个女子看着旋转在身周的宝剑，道出了自己的疑惑。

她在疑惑的时候眉头稍微皱起，不过，很好看。

——不管她做出什么样的表情，她都是好看的。

她长得十分美，瓜子脸、修长脖、五官玲珑、苗条身段、纤纤玉手、弯弯柳眉，她蛮腰束带，浑身上下散发着淡淡的辉光，就像是天上下凡的仙子。

她美得，让人只要看到她，就会为之迷醉。

这个美丽的女子不是别人，正是小柯。

自出神农架后，她便直奔西蜀唐门而去，她以为唐三已经返回唐门了。可是，到了唐门，一番暗察之后，她才发现唐三根本就没有回返。

她心想，唐三有可能还和白沐羽、马小英、宁纤纤他们在一起，于是去了远在苏浙的临时联盟。到了那里，方从朱先生口中得知，唐三已被圣盟所俘，而白沐羽等人已经出发去楼兰城了。

她心急如焚地赶往圣盟。可是，到了洛阳，一打听才得知，唐三竟已和东方落雪等人一起，也去往了楼兰城。

于是，她又急忙往楼兰城赶。

别人去楼兰城，是为了夺宝；她去那里，只为了要救唐三。

一个多月时间里，她去了唐门，去了临时联盟，去了圣盟，现在又往楼兰城赶，行程上万里，老野牛大令、白乌鸦二令这两个暗中跟随、保护她的大妖王，看到她这么不知疲累地星夜兼程，都心疼不已。

今日夜里，她终于赶到了罗布泊。

她本打算在湖边洗把脸、喝几口水就马上赶往楼兰城的，没想到却出了这事。

她闭上眼睛，让心契合剑魂，感知剑意。

“原来是远方有一股神秘的力量在召唤它！我是放它过去，还是不让它去呢?”

“凭直觉，那股神秘力量对它大有裨益。”

小柯望着远处的天空，略一沉吟后轻喝一声——“去!”

她的星魄剑立时就朝着楼兰城方向激射了出去，很快消失在远天云层深处。

此时，在楼兰城内，临时联盟人马驻地——紫气楼——的天井院落中，正有七个年轻人依北斗星位盘坐于地。他们不是别人，正是白沐羽、莫小卡、马小英、冷清竹、宁纤纤、唐白馨和阿豹。

他们七人现在全都闭着眼睛，两手均作骈指状，左手骈指置于右手腕上，右手则骈指凌虚比划不停。

他们这是在以意御剑。

高高的云天之中剑光飞驰，他们的剑正在他们的意念驱使下不停地变化、配合，演练朱先生、沈丹舟教给他们的“七星连横剑阵”。

七人中，白沐羽、莫小卡、马小英、冷清竹、宁纤纤都指法变化灵活，越演练越得心应手；而唐白馨和阿豹的指法变化却略显滞涩，往往跟不上五人的节奏。

地上的他们如此，云空中的七剑变化也显出了优劣。

五把星魄剑配合无间，变化精妙；而另两把宝剑则往往是被五把星魄剑带动着，自身缺乏神妙的韵味。而且，更为遥远的高天处还降下了七道光束，加持在五把星魄剑上的五道明显比另外两道明亮许多，使五把星魄剑看上去宝光湛然，更富灵性。

很明显，无论在宝剑的品质上，还是在对剑阵的领悟力上，唐白馨和阿豹都比另五人逊了一筹。

不过，这也难怪，这个剑阵本来就是朱先生和沈丹舟为七把星魄剑而创的，因为唐三、小柯不在，才拿他们两人充数，他俩稍逊一筹也是正常的。

此时，七剑正在云天之中交相争鸣、演绎变化呢，突然，自旁边的云层中射出一道剑光，现出一把宝剑来。

这把宝剑，宝光湛然，与白沐羽、马小英、莫小卡、宁纤纤、冷清竹他们五人的剑一模一样。

显然，这也是一把星魄剑。

这是谁的星魄剑?

是唐三的，还是小柯的?

第九十五章 演练剑阵·再见小柯

唐三的剑则缠着小柯的剑，一下一下地碰着。

小柯的剑也不躲开，只是不时地移动一下位置，与唐三的剑若即若离，就像一个害羞且心喜的姑娘。

这是唐三的宝剑。

唐三的星魄剑一出现，立时与另五把星魄剑发生了共鸣，一下子挤入七剑之中，将阿豹的宝剑给挤了出来，占据了阿豹的宝剑原先所处的位置。

“小三！”

“三哥！”

身在紫气楼天井院落中的白沐羽等五人都睁开了眼睛，眼里露出惊喜的神色。

他们五人心与剑相通，已经从唐三那把剑的剑意中觉察到是唐三加入了。

“三哥?!”

香汗淋漓的唐白馨闻听是唐三的剑加入了，本来已经有些疲累的她刹那间精神百倍。

阿豹也睁开了眼睛，眼中掠过一抹释怀的神色，喃喃自语道：“正主来了，我这替补终于可以退场了。”

说着，他双手内收，将指头收起，霎时，“咻”的一声，他的宝剑从天而降，插进他背后的剑鞘中。

然后，他抹了一把额头上的汗，站了起来。

可惊喜还没完！

天穹中此时又多出一把星魄剑来！

不用说，是小柯的剑。

“啊！七妹的剑也来了！”

“七妹回来了！”

“哈哈，这回，我们是真的七剑相会了。”

……

白沐羽、莫小卡、马小英、冷清竹、宁纤纤都不知道该怎么高兴了。

想昔日，在雁荡山上小柯不辞而别后，他们非常挂念，曾多方打听，却没有打听到小柯的一点消息。谁曾想，现在竟然见到了小柯的宝剑，那就说明，小柯离他们不远！

久违的妹子回来了，你说，他们能不高兴吗？

小柯的剑一出现，立时被剑阵吸引，穿入“七剑连横大阵”中，将唐白馨那把剑给挤了出来。

“小柯妹妹回来了，我这替补也当退场了。”

唐白馨脸上露出如释重负的微笑。

然后她手举剑鞘，念了一声“收”，她在空中那把剑立时“嗖”的一下飞回来，落入剑鞘中。

天穹中七把星魄剑齐聚，顿时宝光大盛，互相辉映，若非它们在云层背后，其光芒只怕会把楼兰城照得如同白昼。

“小柯！”

感应到小柯的剑，唐三一下子就激动了，他泪湿眼眶，喜极而泣。

“三哥……”

小柯也感应到了唐三和另外五位兄长和姐姐的剑，多日以来辗转万里追寻，今夜终于得偿所愿，她又何尝不喜极而泣呢？

虽然现在的“相遇”只是宝剑相遇，不过依然激动人心。

白沐羽他们五人的剑立即移动位置，将唐三和小柯的两把剑围在中央，震颤不已。

而唐三的剑则缠着小柯的剑，一下一下地碰着。

小柯的剑也不躲开，只是不时地移动一下位置，与唐三的剑若即若离，就像一个害羞且心喜的姑娘。

七把剑，无一例外，都发出了兴奋的鸣吟。

这不只是同源七剑相遇的兴奋，还是七位义结金兰的好兄弟姐妹相遇的高兴。

一番柔情蜜意与兴高采烈后，从遥远深空处加持到剑身上的那些光束慢慢变得虚淡起来。随着光束的虚淡，七人都感到自己宝剑上的那股通灵气息变得越来越弱了。

“不好，我们一时高兴，忘了结剑阵了！北斗七星加持到宝剑上的能量减弱，宝剑的灵能也跟着降低了。必须速速再次结成剑阵，不然，咱们的宝剑都得从天上掉下来。”

白沐羽手指向上一指，大喝道：“速速结成剑阵，引领小三和七妹他们。小三和七妹都没有学习过这个剑阵，咱们需要带着他们，教会他们。来吧！启阵！”

莫小卡、马小英、冷清竹、宁纤纤四人纷纷一点头，然后闭上眼睛，右手骈指，再次凌虚比划了起来。

天空中的五把宝剑立时剧烈地震动、鸣响起来，它们由杂乱渐渐变得契合，并且连连向唐三和小柯的宝剑发出一道道震波。

唐三之前曾用智算领域推演过这个剑阵，虽然未能窥破其中玄妙，但也并非一无所获，至少他知道这个剑阵在启阵时必须将七人的宝剑调到同一个震动频率才行。

唐三以意御剑，将宝剑的震动频率调到与白沐羽他们一致。

小柯乃是冰雪聪明的人，她一感应到唐三和白沐羽他们的剑意，立即明白是怎么回事，当即也以意御剑，调整自己那把宝剑的震动频率。

“嗡”的一声响，一番调整后，唐三和小柯的宝剑震动频率几乎同时与白沐羽他们五剑的震动频率契合。

霎时，似乎引起了天地中某种神秘力量的共鸣，从遥远的天际投射下七道光束，带着七股强大的能量加持到了七把宝剑上。

“这是从北斗七星传递下来的能量！我现在终于知道，为什么我手中的剑会突然震颤离鞘，向剑阵那边飞去了，原来它是受到了本源力量的召唤。但之前白老大他们在斗兽场和夺宝战局中为什么没有牵引北斗七星的本源能量降临加持呢？是他们当时为了隐藏实力故意为之，还是他们当时施展的剑阵威力还不够呢？”

唐三这个时候已经运转智算领域，开始推演着这一切。

他身后的光圈中，清楚地呈现出七剑在空中运行的轨迹。

这些宝剑的运行轨迹，被他不停地解构与分析。

因为自己的宝剑也参与其中，而且还得到了白沐羽、莫小卡他们五人的引领和带动，所以，唐三对这个剑阵的玄奥开始有所体会、了解，进而浸淫其中，明悟不断。

小柯也是。小柯乃是修行了千年的狐妖，其聪颖远非寻常人能比，所以，在白沐羽等五人五剑的引领和带动下，她渐渐从对剑阵的一无所知到渐知一二，进而越知越多，很快，她就已经掌握了剑阵的一些玄妙，以及明白自己那把宝剑在剑阵起到的特殊作用。

剑阵中的七把剑所起的作用是不同的。

虽然作用不同，但在七剑合施的巧妙配合之下，阵法便会牵引北斗七星的本源能量前来加持，从而让剑阵能施放出天地同力的威势来。

剑阵的厉害之处，就是它的威力不是剑阵中个体能力的叠加那么简单。事实上，现在这个剑阵的威力，比他们七人实力相加强十倍都不止。

跟着白沐羽他们五人宝剑的引领和带动，唐三和小柯的宝剑很快就能和白沐羽他们五剑默契配合，将剑阵演绎得恰到好处。

而且，随着智算领域的推演，唐三对这个剑阵的领悟越来越深刻，甚至超过了白沐羽他们。

在他那背后的光圈中，无数道剑痕组合成了各种各样的图案。那些图案，随便一个都拥有能将普通“道一”境界高手灭杀的威力，如果两三个图案巧妙结合在一起，其威力就更加巨大了。

智算领域，推演一切，格物穷理，细究分毫。

这是他人所不能比拟的，难怪唐三对剑阵的领悟能够这么快。

从掌握自己在剑阵中所占剑位应当施展什么剑式去配合另六剑，到明了全局，知道七把剑在哪个时候应当施展什么剑式才能够互相配合得恰到好处，这个过程，唐三只用了短短半个时辰，足见他的天赋和智算领域多么不凡。

一明了剑阵的全局，他就成了剑阵的阵眼。

风有风眼，所有的风都是围绕着风眼旋转的。剑阵也一样，必有一个阵眼，整个阵势的运转，都是围绕着阵眼来进行的。

之前，白沐羽剑法造诣最高，另六人都自觉地唯他马首是瞻，所以一直是白沐羽占据阵眼之位。但现在，阵眼之位却被唐三所占据。这不是篡权抢位，而是剑阵本身的自主选择。这和自然法则中的优胜劣汰是一样的，只要你强大了，自然就会成为佼佼者。

白沐羽和唐三两人，在才气上，是有明显区别的。

白沐羽勇冠三军，乃是适合冲锋陷阵的将才。

而唐三呢？

唐三不仅勇，而且还见长于智算，乃是有勇有谋的帅才。

一支军队，会因为主帅的意志而被赋予不同的性格。

剑阵也一样。

白沐羽占据阵眼时，这个剑阵生猛、霸道，在战斗中适合硬碰硬。

唐三占据阵眼时，这个剑阵则变得灵活多变，刚柔并济。

所以，唐三主持剑阵，要比白沐羽主持剑阵更能发挥剑阵中每一个人的长处，剑阵的威力自然也就比白沐羽主持时强很多。

本来，白沐羽、莫小卡、马小英、冷清竹、宁纤纤他们五人是坐在天井院落中，指尖动动就以意御剑，操练剑阵了。可是现在，阵眼换成了唐三的剑，他们五人再也不是坐着了，而是全都站了起来，动作时而大开大合，时而方寸变化；时而腾空翻身，时而左右互搏。整齐划一，勾踏成势……

本来宁静的天井院落，这时已变得真气激荡、斥喝连声、人影翻飞，动静不小。

身在楼兰城外的唐三，以及在罗布泊湖畔的小柯，这个时候也是就地演武，四周都受到他们外放真气的激荡，飞沙走石。

七个人虽分处三个地方，但他们的动作却几乎完全同步，而且一模一样。

就算那些不相同的动作，组合在一起也绝对是相辅相成，天衣无缝。

当初，他们是以意御剑，可是现在，已分不清是他们在御剑，还是剑在御他们了。

天上宝剑的每一次变化，都会牵动他们的肢体、体内真气以及意念的变化，而他们的肢体、体内真气以及意念的变化，也牵动着天上宝剑的变化。

他们人剑合一的程度更深了，自然，剑阵的威力也更强大了。

而且，随着剑阵威力的变大，从遥远深空处降临加持的七星本源能量也增大了。

七星本源能量降临加持到宝剑上，宝剑又将这种能量转化，使之能够被自己的主人吸收。所以，他们七人越是演练剑阵，就越是精神倍增，那种总有使不完的精、气、神的感觉，别提有多爽了。

紫气楼天井院落四周，此时有四个人正在观看白沐羽、莫小卡、马小英、冷清竹、宁纤纤他们五人操演剑阵，他们是孙文超、空袖、唐白馨和阿豹。

“‘七星连横剑阵’这是真正渐入佳境了。如果他们七人现在合施剑阵攻击我，只怕我也必须得施展出压箱底的功夫才能破阵而出。”

孙文超的眼中异彩连连。

空袖则施展出高明的轻功飞入天井院落中，在那激荡奔涌的气波气浪中登踏感应，随之沉浮。

他也闭上了眼睛，用心领悟。

他这是在借剑阵外放的气浪来淬炼自己的武功。

和白沐羽五人一样，他的动作时而大张大合，时而精雕细琢，只不过白沐羽等人是四肢并用，而他只是双足在施展而已。此外，他们五个在阵内，他则在阵外，动作各有一套，自然不可等而论之。

“三哥和小柯一加入，剑阵就是比我们在的时候强，不服不行啊。”

唐白馨看向阿豹，由衷地说道。

“是啊，以前咱们和白沐羽他们五人一同操练这剑阵的时候，还从未闹出过这么大的动静，现在我感觉这剑阵的威力比咱俩在的时候大了十倍都不止！确实啊，想不服都不行。”

阿豹慨叹，眼神中出现了一丝落寞。

在认识白沐羽等人之前，他虽不自大，但骨子里还是有些骄傲的，总感觉自己在武林后起之秀中排位还是非常靠前的。但在认识了白沐羽等人之后，他才发觉，自己以前的骄傲是多么可笑，因为，白沐羽等人无论天赋还是武功，都明显比他高了一筹。

“不行，我不能失去了自信！他们强，我阿豹也不错，总有一天，我会赶上他们甚至超越他们的！”

想到这里，阿豹眼中的落寞之色一扫而光。

楼兰城外，距离唐三约百丈的一座沙丘后面，一个人静静地趴在那里，偷看着唐三演武。

这个人不是别人，正是之前神秘消失的库多尼。

“没想到，他竟是一个天才！他现在的演武状态十分神妙，好像沟通了某种神秘的武道，不用刻意为之却能不断演绎精妙。在这种演武状态下修炼一刻，只怕抵得上平时修炼一个月，太可怕了。反正离日食还有段时间，我且先看看，这位圣战天使的后人究竟还有什么和寻常人不一样的地方！嘿嘿……”

库多尼的嘴角咧出一抹饶有意味的弧度。

在他看来，只要他出手，随时都可以拿住唐三。他可不认为一个未踏足大道境界的人能蹦出他的手心。

他甚至在想，如果将唐三身上发生的这些种种奇事汇报上去，是不是会得到更多的封赏……

罗布泊畔，在距离小柯足有数百丈的地方，有两个透明得似乎不存在的影子在悄悄说话。

“我说老野牛，你刚才看到小柯的表情没有？”

“当然，我又不是瞎子！”

“嘿嘿，你怎么看？”

“还能怎么看？肯定是遇着她那小情郎唐三了呗！”

“你是说，天上那七把剑中有一把是唐三的？”

“废话！”

“辗转万里，今日终于找到了！呜……”

“我说你哭什么？小柯觅着她的小情郎，咱们应当替她高兴才对，你怎么反而哭起来了？”

“我这不是喜极而泣嘛！”

“好了好了，莫要再哭了！再哭，小柯可就发现咱俩暗中跟着她了。”

“去，你还好意思说我！你不是一样也老泪纵横吗？”

“哪有？我这是不小心眼里进沙子了。”

“死要面子！”

……

老野牛大令和白乌鸦二令可是名副其实的妖王，其战斗力之强，比起绿竹也丝毫不差，他们这一次暗中跟着小柯一个多月，看着小柯为心上人辗转万里，其间不知历经了多少辛苦，他们一路上那个心疼啊。现在好了，小柯终于寻到了她的心上人，他们当然为小柯高兴，禁不住就喜极而泣。

一番酣畅淋漓的操练之后，唐三突然眉头一皱，喃喃自语道："这好像不是一个完整的剑阵。"

"小三，你竟然发现了？"白沐羽惊道。

"真是这样的吗？我只是推演出来的，并不敢确定。"

"你推演得没错，咱们现在施展的剑阵并不完整，只是完整剑阵的一部分而已。"

"噢？"

"沈先生和朱先生教给我们的剑阵，叫做'七星纵横剑阵'，由两部分构成，一部分叫做'七星连横剑阵'，另一部分叫做'七星合纵剑阵'。咱们现在操练的是'七星连横剑阵'。"

"原来如此，难怪。沈先生和朱先生将'七星纵横剑阵'的两个部分都教会你们了吗？"

"是的！不过，我们会'七星连横剑阵'，也会'七星合纵剑阵'，却不会'七星纵横剑阵'。"

"这是为何？"

"因为只有当'七星连横剑阵'和'七星合纵剑阵'完美结合时，才能组成'七星纵横剑阵'。而我们，目前还无法做到这一点。"

"两个剑阵要完美结合很难吗？"

"很难！据朱先生和沈先生说，要使两部分剑阵完美结合，成功结成'七星纵横剑阵'，其首要条件，是施剑的七个人武功必须同处于一个境界。"

"噢，这样啊！那确实太难了，咱们七人现在的武功境界参差不齐啊！"

"是啊！所以，咱们眼下肯定组合不出'七星纵横剑阵'。不过，能够学会连横、合纵这两个剑阵也不错，只要咱们把这两个剑阵的威力发挥出来，那么，就算遇上很强的'道二'境界高手，也并非没有一拼之力。"

“说的是。”

“小三，七妹，你们已经掌握了‘七星连横剑阵’，现在，我们五个再引领你们学会‘七星合纵剑阵’吧!”

“好!”

“斗转星移，合纵诸侯……”

……

他们七人虽身处三地，但是因为剑气相接，剑意相契，所以能够交流无阻。

随着交流的加深，天上七剑组合的阵势发生了翻天覆地的变化。

练‘七星连横剑阵’时，无论七剑剑势怎么变化，其目标都是专攻一点，讲究力量的凝聚。而现在开始演练‘七星合纵剑阵’后，他们七剑剑势一变，变成了四面出击，八方电射，完全是大范围攻击的架势。

刚开始时，也是白沐羽五人带着唐三、小柯两人，剑带剑地传授、引领、带动。

但到了后面，唐三、小柯渐得要领，入了佳境，很快便与白沐羽他们五人的剑配合得滴水不漏了。

特别是唐三，他通过智算领域的不断推演，对剑阵的把握总能后来居上，顶替白沐羽占据阵眼，成为核心掌控全局，进而带动六人人剑合一，天上地下同时演武……

一番操练后，七人在酣畅淋漓的同时，开始感到了一丝倦意。

这种倦意，并非是因为体力消耗太大，而是再难找到明悟点所使然。

这个时候，自然就该收功了。

简短地交流后，七人一齐收剑。

七把星魄剑，五把，射入楼兰城紫气楼天井院落中白沐羽等五人背上的剑鞘；两把，则分别射回唐三和小柯的剑鞘。

“锵!”

宝剑一回鞘中，唐三霍然睁眼，向罗布泊方向望去。

“小柯，等我，我马上就到!”

唐三当即展开“御气蹈空诀”，身子如飞一般向小柯所在的方向奔去。

心中深爱，思念入骨，一日不见，便如隔三秋，何况他们分离已有很长一段时间了。所以，当知道心爱之人离自己不远时，他哪里还能坐得住？他只想立刻、马上就见到小柯。

他的速度比平时至少快了一倍，一眨眼便蹿出百丈之远！

“这个唐三好快的速度！他这么急匆匆的，究竟是要赶往哪里？我且跟上去看看。”

藏身暗处的库多尼尾随上了唐三。

他的武功境界比唐三高，轻功也不赖，跟在唐三身后，唐三一直未能发觉。

就在唐三飞身向罗布泊方向奔去的时候，小柯也睁开了眼睛。

她的眼睛，美得像天上的星辰，明亮中带着狐妖特有的柔媚。

“三哥，等我。”

嘴里轻声呢喃着，她的身形化成了一缕轻烟，向着楼兰城方向飞去。

唐三迫不及待要见到她，她又何尝不想快一点来到唐三身边呢?

以前，流着眼泪割爱离开，她现在只想和所爱之人紧紧相拥，再也不分离。

夜晚的风，像是能读懂人的心事，变得无比温柔。温柔地拂过大漠，吹响轻轻的夜曲，只为相爱的人经历许多波折后终于相遇……

“老野牛，小柯这是要去见小情郎，咱们快跟上!”

“我说白乌鸦，人家小两口相聚，咱们跟去做什么?”

“去保护他们啊!”

“这里又不是唐门，也不是圣盟，沙漠上连个人影都难寻，他们能有什么危险？”

“不怕一万，就怕万一嘛！你再啰唆，小柯可就跑得没影了。”

“人家小两口久别重逢，到时候，肯定少不得要缠绵一番，我们还是别跟过去了吧……”

“你个死牛，少在老鸦子我面前装君子，你是什么货色我还不知道？赶紧跟过去，再叽叽歪歪、磨磨蹭蹭的，别怪我对你不客气了！”

“切，我会怕你？”

“是吗？”

“哎哟！哎哟！不要拧我耳朵！你这死老鸦子，弄疼我了！”

“去还是不去？”

“好好好，去。”

“这还差不多。走吧！”

“死老鸦子，我咒你倒霉三辈子……”

“你说什么？”

“我什么都没说啊！你不是说要赶紧跟上吗，怎么自己反倒落后了？看我这脚力，就是当世无双啊！”

“少臭美了！我老鸦子大翅一展，就你那速度……”

……

老野牛大令和白乌鸦二令这两个大妖王一路打闹着，暗中跟在小柯身后。因为他们用妖法隐身，又用妖法隔绝了声音外传，所以，说话时倒不怕小柯听见。

在楼兰城和罗布泊之间的一处荒漠，小柯终于看到了自己日思夜想的心上人。

“三哥！”

小柯激动地喊道，从一缕轻烟中显现出身形来。

“小柯！”

突然听到小柯的叫声，正急速奔驰的唐三急忙一止步，双脚在沙地上滑出一两丈才停下来，一抬头，便看见了小柯。

“小柯，真的是你吗?”

看到久违的爱人站在那里笑眯眯地看着自己，唐三竟有种恍惚的感觉，仿佛是在梦里，让他有点不敢相信是真的。

“真的是我！三哥，你瘦了。”

说话间，小柯已来到唐三跟前，纤纤玉手轻抚上唐三那棱角分明的脸庞。

“小柯，你终于回来了。”

唐三捉住小柯抚在他脸上的玉手，两眼看着小柯，禁不住流下了两行泪水。

这是激动的泪水。

“是的，我回来了，我还以为你……三哥，你还好吗?”

小柯微笑着，竭力不让眼里的泪水流出来。

“不好！你离开后，我过得一点都不好!”

说着，唐三一把把小柯拉入怀里，紧紧拥着。

“三哥，对不起，都怪我不好……”

“小柯，不要再离开我了，好吗?”

“嗯。”

“小柯……我好想你。”

“三哥，我也想你。”

“小柯……”

“三哥……”

……

夜色，温柔如水；夜风，吹响了爱的小曲。

远处的山，像沉睡的伊人，在做着香甜的美梦。

本来寂寥的茫茫荒漠，因为爱的重逢，而变得也有了生机。

思念入骨，需要慰藉。

她躺在他怀里，热烈的唇已经印在一起，互相索取，忘记了一切。

热烈的爱，不可遏止，他的唇吻遍了她泪水满布的脸庞，然后顺着她的玉颈一路向下，不容推拒地吻遍她每一寸肌肤……

她没有拒绝，只愿能够将自己毫无保留地奉献给他，她情不自禁地娇喘着……

这个夜晚，整个世界仿佛只有他们两人，他们沐浴在爱河中，幸福无边。

天上的星星也似乎被他们的爱所感染，一闪一闪的，格外可爱。

不知过了多久，小柯依偎在唐三怀里，脸上泛着娇羞的潮红，眼里尽是迷醉之色。

唐三抚着小柯的脸，幸福地轻问："累吗？"

"讨厌……"

她嘴上嗔怪的时候，身子更紧地缩进他的怀里。

他会意地抱紧了她。

这一刻，是温馨的，是幸福的，是甜蜜的。

他们多么希望时间永远停留在这一刻，他们多么希望彼此就这样永远不分开。

夜，深了，他躺在沙丘的荒草上，甜甜地沉入了梦乡。

在距离小柯和唐三约百丈远的地方，老野牛大令和白乌鸦二令一直用妖法隐着形。

"老野牛，我让你跟过来没错吧？果然有人跟着唐三！看他那鬼鬼祟祟的样子，多半没怀什么好意。"

白乌鸦二令眼睛看着数十丈外隐身在一座沙丘后面的人影说道。

那道人影，当然就是尾随唐三的库多尼。

库多尼乃是"道二"境界初期的高手，比唐三和小柯都高，但却比老野牛大令、白乌鸦二令差了很多。所以，老野牛大令、白乌鸦二令他们发现了库多尼，而库多尼却没有发现老野牛大令和白乌鸦二令。

"那家伙是好是坏还不好说呢！说不定也像我们一样，是跟过来保护唐三的。不然，以他的武功，要对唐三不利还用等到现在？”

老野牛大令斜着眼睛看了看库多尼，不服地和白乌鸦二令抬杠道。

“切！就他那一副鬼鬼祟祟的样子，会是好人？这样吧，老野牛，咱俩打个赌怎么样？若那家伙是好人，从明天开始，你让我做什么，我就做什么；若那家伙是坏人，那对不起了，从明天开始，我让你做什么，你就得乖乖做什么！如何？”

“这……我才不干呢！”

“哈哈，露馅儿了吧？其实你也认为那家伙是坏人！”

“哼！”

老野牛大令梗着脖子翻了翻白眼。

“竟敢打我们小柯的小情郎的主意，看我怎么收拾你！”

白乌鸦二令没再挤兑老野牛，一边恨恨地说着，一边四下环顾，似乎在寻找着什么，然后爪子在沙地里一扒拉，竟揪出一只肥头长尾的蝎子来。

这只蝎子全身上下乌溜溜、油光光的，一看就知道是剧毒之物。

“嘿嘿……”

白乌鸦二令坏笑两声，脚下一阵挪移，已悄无声息地来到库多尼身后，把那只蝎子放在了库多尼的衣领上，然后电闪一般回到老野牛身边，眼睛还看着库多尼，一副促狭的意味。

此时的库多尼正专注地盯着唐三那边的情况，丝毫不知道竟有一只蝎子钻到了自己的衣领里。

突然，他眼角一抽搐，脖子一缩，忙不迭地在脖子上拍了一掌，然后一脸苦相地从衣领里拈出那只已被他拍死的蝎子来，一甩手扔到了地上。

不用说，他一定是被那只蝎子给蜇了。

库多尼没想到的是，他拍蝎子的声音虽小，但还是被小柯听到了。

小柯原本正侧身躺着，幸福地看着身边酣睡的心上人，突然就听到了那声拍打声。

她没有动，眼神却一下子变得犀利起来。

“三哥，你太累了，好好睡……”

小柯说着，手掌在唐三身上轻轻抚过，霎时，一片和光在她手心绽放开。

那和光，明如月，柔似水，将唐三整个人包裹，就像一个透明的茧一样。

这个光茧，具有良好的隔音效果，小柯不能让接下来可能进行的战斗打扰到唐三休息。

唐三依然酣睡着。小柯站起身，无比爱恋地看了唐三一眼，然后转身，向库多尼那边走了过去。

“什么人？给我出来！”

小柯已将真气运转全身，手按在剑柄上，做好了应战的准备。

“唉，没想到竟被一只蝎子暴露了行藏。”

库多尼浑不在意地从暗处走了出来。

库多尼的脖子此时已肿起了一大块，紫黑紫黑的，库多尼一边走出来，一边自怀中掏出一个圆形的小铁盒。

“看来，在这大漠上行走，随身带盒清凉油是必须的。”

似是感叹，又似是自嘲，他打开盒盖，用手蘸了蘸小铁盒里的清凉油，将之抹在脖子上的肿胀处。

他只顾着往脖子上抹清凉油，似乎并没有将自己被小柯发现这事放在心上。

小柯的脸色一下子变得不好看起来，因为她感受不出眼前这个人的武功深浅，她的直觉告诉她，这个蓝眼白肤的家伙只怕不是她能应付得了的。

“你是什么人？隐藏在暗处偷窥我们，你意欲何为？”

小柯冷着脸斥问道。

“我是谁？告诉你也无妨，我是天都法王座下的西医，名叫库多尼。小姑娘，如果我没有看错的话，你应当不是人，而是妖吧！你长得很好看，我想，天都法王一定会非常喜欢的。只要你讨得他的欢心，准保你以后的小日子会过得比神仙还要舒服噢……”

“住口！你这鬼佬，嘴巴放干净一点儿！”

小柯寒着脸怒斥。

“嘿嘿……”

库多尼的笑显得有些猥亵。

“快说，你躲在暗处窥测我们究竟意欲何为，不然，就别怪本姑娘不客气了！”

“嘿嘿，小姑娘，你倒是不客气给我看看。”

库多尼说这话时，身上骤然爆出大团黑气，一股魔煞气息迫得人心怯。他那张本来白如敷粉的脸庞陡然间变青，原本蓝色的眼睛也变得猩红起来，随着他“嗷呜”一声怪吼，他那张开的血红大嘴中支出两根数寸长的尖牙，显得狰狞无比。

他居然变成这副模样！

这家伙绝不是什么善类！至少，他修炼的绝非正派武功。

小柯心中一凛，本能地退了数步。

“嚯——”

库多尼怪叫一声，一掌就向小柯罩了过去。

他的手掌，变得青黑无比，指尖还都长出了锋利无比的指甲，显得魔性十足。

“锵！”

小柯毫不犹豫拔剑出鞘，向库多尼伸过来的那只手掌斩了过去。

“哧！”

剑锋从库多尼掌心斩过去，斩出一道创口。

但奇怪的是，创口处居然没有流血！

不过，创口处虽然没有流血，但库多尼还是“哇”地怪叫一声，立时缩手，眼中闪过一抹惊惧之色。

——他没想到小柯那把剑竟能伤到他。

“库多尼，你使的是什么邪门武功？”

小柯震惊无比。

因为，以星魄剑的锋利，再加上她的真气加持，照理来说，库多尼那只手掌应当一下子被斩成两截才对。可是，刚才她却感觉像是砍在钢铁上一般。

库多尼的手掌竟硬比钢铁，如果她手中拿的不是星魄剑，只怕连一道创口都砍不出！

如此厉害的外家功夫，不由得她不震惊。

库多尼没有回答小柯，而是虎吼一声，发了疯一般向小柯扑过来。

他简直没有招式，状若发疯的上古凶兽，爪牙并用，动作又狠又快又狂，无论是掌拍在剑上，还是牙齿咬在剑上，都发出了刺耳的摩擦声，那种声音，让人听了会牙酸。

小柯刚开始的时候还能用宝剑招架几招，但很快她就发现，她根本招架不住对方这种疯狂而野蛮的攻击。

她一边战斗，一边不得不退后，一连退了七八步。

小柯的武功，并不以剑法见长，不过，她还是有一招厉害剑技的，那就是唐晴当日传授的那一剑——“天下独步”。但遗憾的是，她现在连施展那一招厉害剑技的机会都没有，因为对方已迫得她只剩招架之力，腾不出手来反击了。

“咔”的一声，小柯的剑竟被库多尼两掌夹住，无法挣脱。

库多尼邪笑一声，身子骤然前扑，龇牙咧嘴，一口就向小柯咬了过去。

“呀！”

小柯吓得急忙松手弃剑，身子飞退。

飞退的同时，她的双手在身前一比划，一张古朴的焦尾琴便出现在她怀里。

这，才是她拿手的兵器。

之前，在蜀地一战中，她和白沐羽等六人一起对战通明神王时，手中的焦尾琴被震碎，不过，在她踏足大道境界后，妖术大进，她又用妖法将那张焦尾琴复制了出来。

一琴在手，气势陡长。

“铮”、“铮”、“铮”……

玉指拨划，一阵密集的琴声如骤雨打芭蕉，又如群珠落玉盘，响成一片。

随着密集的琴声响过，焦尾琴的琴弦上激射出道道风刃，那些风刃能破铁断金如切豆腐，全都向库多尼斩了过去。

“哧哧”连声，库多尼的衣服被斩出道道豁口来。

不过，很明显，这些风刃远没有星魄剑锋利，所以只斩裂了库多尼的衣服，却没能划破库多尼的身体，只在其变青的体表留下道道白痕。

库多尼连发出几声闷哼，然后便脸色一凶，咬咬牙，竟任凭那些风刃击在身上，只是低头看着手中的星魄剑，然后铆足了劲儿用手掰，想将这把宝剑掰断。

敢情，他对这把曾经斩伤他的宝剑非常忌惮啊。

不过，任他如何咬牙铆劲儿，星魄剑被折弯了又弹回原样，又折弯又弹回原样，怎么掰也掰不断。

“哇啊啊！”

库多尼火大了。他双手抓住宝剑两端，同时怪叫着猛地一抬腿，狂喝一声就把宝剑往膝盖上磕去。

他要将宝剑磕断！

那么，小柯的星魄剑被他磕断了吗？

第九十六章 啸月领域·人狼·映象之珠

库多尼更火大了，他狂吼一声，张开血盆大口，一口向宝剑咬了下去。

天啊！他竟想用牙将宝剑咬断！

“嘎吱、嘎吱……”

森森獠牙咬在剑身上，发出刺耳的声音。

库多尼那一磕，用力之猛，力道之大，如果是把寻常的宝剑，不断成两截才怪。

但这是星魄剑，不是寻常宝剑，星魄剑没有断。

非但没有断，还爆发出了强劲的弹力。

剑身被折弯后的反弹力道之大，直震得库多尼两手的虎口处都裂开了大大的口子。

库多尼更火大了，他狂吼一声，张开血盆大口，一口向宝剑咬了下去。

天啊！他竟想用牙将宝剑咬断！

“嘎吱、嘎吱……”

森森獠牙咬在剑身上，发出刺耳的声音。更为可怖的是，牙在与宝剑产生摩擦时，居然爆出了火星！

——好锋利、好坚硬、好可怕的牙齿！

“你这个大坏蛋，居然想损坏我的宝剑，真是可恶！”

小柯还真怕库多尼把宝剑咬坏了，她施展出了看家本事。

她的手掌自琴头抚到琴尾，将七根琴弦取下，然后双手急弹，将七根琴弦全都激射出去，分别攻向库多尼的七处死穴。

“哧哧”连声，七根琴弦果然厉害，一下就扎进了库多尼的身体。

照理说，七大死穴被同时击中，库多尼应当立即七窍流血、爆体而亡才是。可事实上却不是这样，库多尼只是身子微微一震而已。

然后，“嘎嘣”一声响。

——硬脆之物崩断的声响。

剑还咬在库多尼嘴里，剑没有断。

是库多尼的一根大长牙崩断了！因为他的嘴流血了。

这家伙，身上其他地方受伤都不流血，唯独他的大长牙崩断了喷出大股的鲜血来，将沙地都染红一片。

“哇——呀！”

不仅没能将星魄剑啃断，反而还崩掉了自己一根大长牙，库多尼不由得狂怒，他狠狠地将宝剑插进了沙地，全身劲气汇于双掌，双掌用力一拍剑柄，将宝剑拍进了深达百丈的地肺，然后仰天一声咆哮，身上爆发出狂沛无比的魔气。

那股狂沛的魔气如涛如浪、汹涌澎湃，激得飞沙漫天，也把七八丈外的小柯震得向后倒飞，同时还将扎在其体内的七根琴弦激得倒射出去。

而且，琴弦倒射回去的速度竟然比它们激射过来的时候还要劲疾得多！

可见库多尼身上那股魔气的爆发力有多么恐怖。

倒飞的小柯面临七根倒射而回琴弦的攻击，急忙中，她真气灌注琴身，将琴挡在了身前。

“哧哧哧”一阵连响，饶是灌注真气后的琴身硬比铁盾，还是被七根琴弦一下子射穿。

七根琴弦射穿琴后，便朝着小柯直射而来。

好在，琴身的缓冲让小柯有了躲避的时间。

她一边将琴往左边移，一边身子向右边急闪，七根琴弦从她身边射了过去，其中一根琴弦贴着她鬓角射过去，真是险到了极点。只要她刚才慢上那么一点点，只怕就要被这根琴弦洞穿脑袋了。

“回来！”

一避开回射的琴弦，落地后的小柯立时转身，用琴身面对着向远处飞去的七根琴弦一引。

那七根琴弦射穿琴身后，无论是速度，还是力道，都已减弱了许多，现在被小柯用琴身一引，立时纷纷掉过头来，飞回到琴身上。

七弦归琴，小柯左手捋着琴弦在琴面上一抹，便已将七弦扣好，腾空、转身，一声娇喝，玉指飞弹，拨动了琴弦。

指拨弦，应当发出琴音来。

可是，这一次，却没有声音！

其实，不是没有声音，而是大音希声。

那种声音，一下子就淹没了人的听觉，让人似乎耳聋了一般什么都听不到。

随着小柯“无声”的弹拨，周围空间都产生了异变。

霎时，荒漠消失不见了，取而代之的是茂密的森林，那茂密的森林中，传来了魅惑的歌声，令人闻之神思恍惚、心旌摇曳，情不自禁地就向着那歌声传来的地方走去……

这，是小柯的领域——不可救赎之领域。

数个月前，在蜀地唐门碧玉湖畔，她就曾启用这个不可救赎之领域和猛禽一决生死。那次，猛禽在她的领域中情绪失控，险些自戕，最后虽然得以逃脱，却也落得一身重伤。

当时，小柯还没有踏足大道境界呢。

而现在，她已踏足大道境界，而且经历了几个月的沉淀，功力已得到巩固。这个时候再施展出这个领域，其威力，比那一次强了十倍都不止。

领域，无论对于什么样的高手来说，都绝对是压箱底的撒手锏，使出压箱底的撒手锏，说明小柯是要尽全力一拼了。

那么，她这一拼会如何呢？凭借不可救赎之领域，她能战胜库多尼吗？

浑身魔气的库多尼听到了那魅惑的歌声。

他愕然一抬头，发现自己竟处身在一片茂密的森林中，歌声从密林深处传来，充满了魅惑之力，让他情难自抑地想要去追寻那声音的源头。

不用说，他已坠身小柯的领域中。

被那美妙的歌声所魅惑，他一下子安静了下来，眼里的暴躁在消退，取而代之的是一抹迷惘之色，笼罩在身周的魔煞之气也变得稀薄，好像回到了很多年前的过去。

——那个时候的他还没有现在那么多的魔性。

他鬼使神差地迈开步子，要去追寻那美妙的歌声，仿佛那歌声里有他的希望，有他的爱恋，有他内深处最想坚守的东西……

然而，他只向前迈了三步，他那没断的那根从嘴角支出来的大长牙突然扭曲了一下，发出一阵蝉鸣般的声响，本来神思恍惚、迷失在那美妙歌声中的他霍然惊醒。

“好奇妙的领域，若非灵牙示警，我都险些中招。不过，既然我醒了，那就该轮到你倒霉了！你不是要玩领域吗？那我就让你尝尝被领域吞噬的滋味！”

库多尼发着狠，眼里的迷惘已彻底消失，取而代之的，是凶悍的魔性。

随着他眼中魔性的回归，他身体周围的魔气也一下子变得浓郁起来，而且很快就像滚滚狼烟冲天而起，霎时将美丽的星空全部遮住，让小柯的领域世界一下子变得无比黑暗。

“嗷呜——”

在天空彻底被魔气遮蔽的时候，库多尼突然仰脖向天，发出了如野兽一般的嚎叫，令人毛骨悚然。

嚎叫声直冲云天，盖过密林深处那美妙的歌声。

“嗷呜——”

“嗷呜——”

他的嚎叫声一声冷酷过一声，一声尖利过一声，一声恐怖过一声。

当他嚎叫到第三声时，本来被魔气遮蔽、暗无星辰天空突然乌云移动，从里面钻出一轮诡异的月亮。之所以用“诡异”来形容这轮月亮，是因为这轮月亮居然是绿色的。

绿色的月亮绽放着冷幽幽的光芒，照在森林上，整片森林都变得惨绿惨绿的。

绿色的月光下，库多尼竟又变了模样。

他竟变成了一头浑身黑毛、躯体高大、两眼猩红、獠牙外露的人狼！

这在诡异的月光中，他居然化身成了人狼！

“嗷呜——”

“嗷呜——嗷呜——”

“嗷呜——嗷呜——嗷呜——”

……

化身人狼的库多尼对着高天绿月不断地发出凄厉的长嚎。长嚎声起初只有一声，但随后却越来越多，此起彼伏。

在那诡异的月光下，不再只是库多尼化身的一头人狼，而是有无数头人狼。

那些人狼从月光中诞生出来，都对着月光长嚎不已。而库多尼化身的人狼则是这无数人狼中的头狼，只要他长嚎出声，那一大群人狼必跟着响应附和。

密集、悲凉、恐怖的狼嚎声响遍森林四周，彻底将夜的温柔撕碎，也将密林深处那美妙歌声营造出来的美好氛围彻底破坏。

“嗷！”

化身人狼的库多尼咆哮一声，就向密林深处冲去。他不是受那歌声魅惑而奔向那里，而是自发地奔向那里，他要撕碎那里的一切！凡他所过之处，挡在他前进路上的树木全部被他推倒。

而且，他不是一个人在行动。那些从月光中诞生出来的千万头人狼也跟随他冲向那歌声传来的地方，凡它们所过之处，树木也一路被推倒，留下狼藉一片。

一时间，树木一片片被推倒。

森林，不再是美丽的向往，而成了残酷的魔域。

人狼，正在入侵！

一切美丽，正在被撕碎！

——这，就是库多尼的反击！

他也启动了领域！

他竟也是一个创建了领域的高手！

他的领域，名叫“啸月领域”，一旦启动，就会化生无数人狼，连他自己都会化身为人狼，推倒一切，撕裂一切，吞噬一切，十分凶悍。

同是领域创建者，而且他的武功境界又比小柯高，这就难怪小柯启动了领域也无法收拾他了。

事实上，小柯不但没有办法收拾对方，反而现在想从领域中脱身出来都不能够。

因为她的不可救赎之领域现在已被库多尼的啸月领域所包围，而且库多尼的领域还在以恐怖的速度吞噬她的领域！

这一切，就像一个恐怖的梦魇，她想脱身出来，却力不从心。

密林最深处，小柯脸上不由得涌动慌张之色。因为，这个时候她已无计可施。

她知道，败局已经注定。她的歌声已不能够魅惑恐怖的敌人，当森林中的树木全部被推倒，她将无处遁形，那个时候，她就将被敌所擒。

她已经不能扭转败局了，她能做的，只是最后的挣扎。

“就算是死，我也要把这个敌人拖住，不让他腾出手去对付三哥！三哥，希望你一觉醒来看不到我时，千万不要找我，赶紧离开这个地方，远离危险……”

她要将这个战局移到距离唐三很远的地方去，让唐三醒来后找不到她，唐三或许还有一线成功脱险的希望。不然，唐三醒来，看到她被库多尼所擒，必定会和库多尼拼命，那唐三就十分危险了。

她百分之百地肯定，唐三不是库多尼的对手，如果唐三和库多尼拼命，落败的肯定是唐三。

所以，她不惜耗费真力和精神也要转移战局，将敌人带离这里，这也是她能为唐三办的最后一件事了。

虽然这样做肯定会加快她彻底落败的速度，但是，为了自己的心上人，她无怨无悔。

“哼，没想到你竟也是领域高手，是我失算了。不过，你想要彻底击败我，也不是那么容易的!”

小柯大声喊着，手抱焦尾琴，立时施展轻功，迅速向北方掠去。

她这一飞掠，以她为核心的整个不可救赎之领域——包括整片森林——都随着她向北移动，移动的速度等于她飞掠的速度，她飞掠到哪里，整个不可救赎之领域就会移动到哪里。

也就是说，现在，敌人的领域包围了她的领域，她虽然无法挣脱出来，但是，在啸月领域彻底吞噬掉她的领域之前，她是可以将这个战局移动到其他地方去的。

“嗷呜——”

感觉到整片森林在迅速移动，库多尼化身的人狼不由得狂吼了一声。

他这一狂吼，身上爆发出的魔气更加浓郁，那种破坏一切的力量也变得更狂猛了。他更疯狂地推倒着身边的树木，加紧前进的步伐，向森林核心处杀过去。

其他人狼也和他一样，全都变得更加疯魔，加紧了破坏的步伐。

只是，越往核心深处，树木越高大、树林越茂密，它们前进时遇到的阻碍也越大。它们咆哮着，一副完全不知疲倦的样子，似乎永远有着用不完的力气一般，情状十分吓人。

为了拖延敌人围杀过来的速度，小柯开始反击了。

她一边飞掠，带动领域向北方移动，一边手指在琴弦上弹拨，弹出密集而急促的琴声，就地激起一个巨大的飓风龙卷。飓风龙卷呼啸着，卷起树叶漫天。

那些树叶在飓风中飞速旋转，一片片激射出去，迅若闪电，利如飞刀，凡被树叶击中的人狼，无不哀嚎着倒下。

此外，随着小柯琴声的变化，那些高大的树木似乎也有了灵识，都挥舞起树杈来，或以树杈将人狼抱住，或直接将人狼扫飞，整片森林都战斗了起来。

不过，这些并不足以击退那成千上万的人狼，只能起到延缓敌人侵入的速度罢了。

当小柯飞掠出了数十里之后，她终于跑不动了，因为她身体的能量几尽枯竭。她也弹不动怀中的焦尾琴了，因为她十根手指指端现在都淌出了鲜血。

她周边的树木已经全部倒下，偌大的一片森林已不复存在。

现在，在她周围站着的，是一头头凶气冲天的人狼。

这些高大、凶猛的人狼全都目露凶光地望着她，只要库多尼一声令下，它们就会冲过去，将小柯撕成碎片。

彻底失败了。

小柯香汗淋漓、疲惫不堪的脸上闪过一抹凄然的笑意。她将焦尾琴放到了地上，自己也跪到了地上。

她这不是在向敌人下跪，而是向着冥冥之中也许存在的神灵下跪。对于自己的处境，她已不抱任何希望了，她只想在弥留之际向上苍祈愿，祈求上苍保佑她的心上人，保佑唐三能够度过今天这个劫数。希望这个时候的唐三已经离开了那个地方，不会再让敌人给追到……

她虔诚地双拿合十，闭目祈愿。

到了最后，两行清泪从她腮边滑下。这是她与心上人唐三共处一世的最后一寸光阴了，她无比珍惜，无比留恋，也无比伤感。

也许，“人妖相恋，必遭天谴”的传说是真的，不然，为什么每一次与唐三相聚，不是她要遭遇大难，就是唐三要遭遇大难呢？

唉！

不过，如果上天再给她重活一次的机会，她还是会来找唐三的！为了唐三，她九死不悔！只是，她希望，劫难只落在她一个人身上就好，别让唐三再受难了。

为情而死，死得其所。

祈愿毕，小柯站了起来，环视周围密密麻麻的人狼，她无惧，因为她心头已生出了死志，在这些人狼扑过来的前一瞬，她会先结果自己的性命。

连死都不怕了，还有什么好怕的呢？

那一大群人狼中传出了厚重的脚步声，随着这脚步声走过来，那群人狼都自觉地退到两旁，让出一条道来。

然后，小柯就看到了人狼库多尼。

人狼库多尼一下子就走到了小柯面前，两只猩红的魔眼盯着小柯看，那模样，好似要将小柯生吞活剥了一般，十分可怖。

“库多尼，你赢了。现在我已没有能力再反抗，你能不能让我死个明白，告诉我你为什么要跟踪我三哥，还要动手拿他？”

库多尼听到小柯这么说，引脖长嗥了一声。不过，他没有回答小柯的话，而是伸出毛茸茸的大手，向小柯抓了过来。

小柯暗叹一声，准备自戕。

她只有一瞬的时间自戕。

这个时候，她的力量耗损得已经四肢绵软无力，连站着都费劲，所以，她自戕的方式只有一个，很简单，就是引爆焦尾琴。

她的那张焦尾琴乃是她施展妖法聚变出来的，与她心意相连，只要她念头一动，焦尾琴就会爆炸，只要她愿意，那股炸力会全部向她炸来，将她杀死。

她不能杀死敌人，但杀死自己还是能够的。

那张焦尾琴似乎感应到了主人心中的死志，本来安静不动的琴弦，在这个时候竟自动震荡起来，发出令人悲怆的轻鸣。

“三哥，我们来世再聚了。”

小柯闭上了眼睛，意念一动，就要引爆那张焦尾琴。

就在这千钧一发之际，突然，斜刺里伸出了一只大手。

那只大手一伸出来，就握住了小柯的那张焦尾琴。

那张焦尾琴本来就要爆炸了，可是，被这只大手一握，非但没有炸开，反而变得更为凝实，一下子爆发出强烈的乌光来。

小柯浑身一震，感到一股浩瀚无匹的能量一下子涌入了自己疲弱不堪的身体中，使她体内的精元迅速恢复，本来已抱了死志的她心头一震，不由得睁开了眼睛。

她这一睁眼，就看到一个砂锅大的拳头从她身侧擂了出去，一拳就结结实实地擂在了库多尼脸上，将库多尼直接震飞了出去，重重地落到五六丈之外，还将后面那些人狼撞倒一大片。

“妈的，竟敢欺负我们家小柯，我看你这个长毛兽是活腻味了!”

随着这洪亮的声音响起，一个身着粗布衣、脚踏芒鞋、头角峥嵘、大鼻、圆眼、粗眉、阔嘴、皮肤偏黑的老汉从小柯身后走了出来。

一看到这老汉，小柯本来绝望、凄伤的眼神霎时变得熠熠生辉，之前的满满死志消失得无影无踪，取而代之的，是绝处逢生的大喜。

“大令，你怎么来了?”

小柯禁不住高兴地叫了起来，如见亲人。

一拳将库多尼震飞的这位老汉，不是别人，正是老野牛大令。

“我再不来，你可就要一命呜呼了！呃，不光我来了，你看，那是谁!”

老野牛大令咧着大嘴对小柯笑了笑，然后指指天空，示意小柯抬头看上面。

小柯抬头往天上看，便看到了一只白色的乌鸦。

白乌鸦自高空迂回着飞到小柯头顶，发出一声难听的鸣叫向小柯打招呼，然后便扇动翅膀向高空冲去。它越往高空飞，不是变得越小，而是变得越大！最后，它那两支大白羽竟大得好似垂天之云般，它那两只大爪则在月光中闪着锋利的寒芒，一看就知道厉害非常。

“二令！二令你也来了呀!”

小柯兴奋地跳了起来，就像一个小女孩看到了家里的大人感觉有靠山了一般。

老野牛大令和白乌鸦二令这两位妖王一路暗中保护小柯，本是不打算让小柯知道的，因此不到小柯万分危急的时候，他们不会出手；但当库多尼一启动啸月领域，他们就知道不妙了，急忙出手。

但是，要冲进一个“道二”境界高手的领域，并不是一件十分容易的事情，所以他们直到现在才现身。

而且，他们原本不想现身的，不过无奈，他们现在是在库多尼的领域里，不可避免要现出行藏来。

因为领域内的规则带有个人特色，与天地大道规则不一样。他们因为熟悉天地大道规则，可以施展妖法在现实世界中隐形，但是，他们却不熟悉库多尼啸月领域的规则，所以，并不能在库多尼的啸月领域内隐形，只不过老野牛大令显露的是人形，而白乌鸦二令因为要飞在高空显露的是本体。

“嗷呜——”

库多尼化身的人狼用巨掌捂着脸，从地上爬了起来。

他的指缝间淌下了鲜血。等他将手掌从脸上拿下来的时候，他的鼻梁已经塌了下去，正有大股大股的鼻血从他那已塌陷的鼻孔中淌出来。

敢情，老野牛大令那一拳打扁了他的鼻子。

库多尼化身的人狼看着自己满手的鲜血，不由得暴怒，他狂喝一声，双手一挥，立时，周围那成千上万头人狼一齐咆哮起来，并且一齐向老野牛大令、小柯这边扑了过来。

“哞——”

老野牛大令蓦然张口，发出了一股磅礴的音波。

这股音波以他为核心，按同心圆的方式向四面八方散发出去，当即就把当先扑过来的那些人狼震飞。

后面那些人狼虽然没被震飞，但也全都像头痛症发作一般，一个个抱着头痛呼惨嚎，倒在地上滚来滚去。

等到老野牛大令发出的那声“哞”音一止息，周围方圆数百丈内的人狼已经全部倒地，一个个七窍流血，不死也只剩喘息的劲儿了。

只有库多尼化身的那头人狼还站着，他手捂着耳朵，围着老野牛大令打转，不敢轻易扑过来。

“嗷呜——”

“嗷呜——”

……

库多尼化身的人狼眼珠子一转，连连咆哮起来。

每一次他咆哮时，远处那些密密麻麻、数以万计的人狼一头头都像发疯了似的，向老野牛大令和小柯这边扑过来。

前仆后继！

前面倒下一批人狼，后面还有无数批人狼。

反正他多的是人狼大军，他就不信，人狼一拨拨冲上去，那老汉能永远坚挺不倒。

老野牛大令则一边手按焦尾琴给小柯输送真气，一边用“哞”声将扑过来的人狼一拨拨放倒。

老野牛大令连续发出音波功，将一拨拨人狼大军放倒，但是，他自己也累得满头大汗。面对成千上万人狼的车轮大战，他感到了压力。

“白乌鸦，你这死鸦子，到底找到破掉这个领域的关键没有？你再磨蹭，我可就要被这人狼大军的车轮大战给累垮了！你爷爷的！”

压力一大，他的牛脾气便犯了，不由得抬头对正自在空中迂回盘旋的白乌鸦骂道。

原来，在进入啸月领域之前，他们两位妖王是商量好分工的，老野牛负责保护小柯，而白乌鸦则负责破掉啸月领域。

“呱——”

白乌鸦二令在空中鸣叫了一声，声音中明显带着揶揄的味道。敢情，看到老野牛大令气急败坏的样子，它就十分高兴啊！

在空中一番观察后，白乌鸦二令终于看出这个啸月领域的一些端倪了。

这个啸月领域，厉害就厉害在那个月亮上，因为除了库多尼外，所有的人狼都是由这个月亮散射出来的绿光凝聚而成的。所以，这个月亮就是这个啸月领域的关键所在，要破掉这个领域，就得从这个月亮下手。

一看出这个啸月领域的关键所在，白乌鸦二令便显得成竹在胸，不慌不忙了。

它优哉游哉地飞到那轮圆月上，爪喙并施，竟将那轮圆月当成画纸，扒拉、凿挖出几道长短不一的豁口来。

一做完这些，它立时“呱呱呱”兴奋地鸣叫着，绕着月亮飞行不止，那情状，就像是在向别人炫耀自己的杰作一般。

小柯闻听白乌鸦二令这高兴的鸣叫声，抬头往天上一看，不由得为之失笑。

原来，白乌鸦二令竟在那个本来绿幽幽、散发着寒光、很妖邪、很诡异、很神秘的月亮上，扒拉、凿挖出了一张笑脸。

两道弯眉，一张笑嘴，两眉的上方还垂着三根毛。

这张笑脸，既可爱，又调皮。

“你丫的，白乌鸦，这都什么时候了，你竟还有空玩！气煞我也！”

老野牛大令也看到了白乌鸦二令的“杰作”，不过，与小柯不同的是，他被气歪了鼻子！本来就是嘛，他在下面拼死拼活，白乌鸦二令却在上面优哉游哉地玩，他能不气吗？

不过，白乌鸦二令这样玩，也并非没有一点作用，至少，那群数以万计的人狼现在一个个身体上都绽裂出创口，创口上汩汩地流着血，令它们痛苦得嚎叫不已。

库多尼身上也出现了创口，这令他在痛苦的时候也对着空中的白乌鸦愤怒地咆哮不止。

“呱——”

白乌鸦二令一看到破坏月亮果然能够伤害到那些人狼，当下不再迟疑，长鸣一声，再次扑向那个月亮，两只利爪瞬间变得巨大无比，一下子就抓住了月亮的边缘，奋力一撕。

“轰隆隆！”一阵地动山摇的声音响起，那个月亮竟被它的利爪给撕成了两半。

月亮一被撕成两半，地上的库多尼便发出了一声撕心裂肺的惨叫。与此同时，周围那些人狼也都撕心裂肺地惨叫起来，一个个由实化虚，消失无形。

那两半月亮的光泽也迅速黯淡了下去，最终化成两团精纯的元气，被白乌鸦二令攥在爪心里。

“小柯，这两团元气够精纯的，正好可以给你补补，让你的真元彻底恢复，并且还能更加精进。”

随着这话音响起，白乌鸦二令变化成一位白发飘飘的中年秀士从空中飞落下来，将两团精纯元气打入了小柯体内。

小柯本来得到老野牛大令真气灌输，真气已有所恢复；现在更得到两团精纯元气，顿觉体内真气如波涛澎湃一般奔涌不已。

她现在体内的真气，竟比她耗损真力之前更为雄浑、浩荡，这让她大喜不已。当下，为了很好地吸纳这两团精纯元气，她急忙盘膝坐下，意守精神，就地吐故纳新、纳气归丹起来。

她一下就进入了忘我的状态，头上冒出腾腾白气，身上的气机逐渐变得凝实和强势起来。

月亮被撕裂之后，那个啸月领域便被破掉，不复存在了。

库多尼在撕心裂肺地惨叫之后，身上长毛掉落，浑身上下的肌肉、骨骼都在不停地蠕动着，很快，他就从人狼的模样变回了人形。

一变回人形，库多尼立马转身，向楼兰城方向逃去。

他心里很明白，这个时候他已经从一个猎人变成一个被猎的对象了。

有老野牛二令和白乌鸦二令这两个妖王在，他能做的，只有逃之夭夭，而且能不能逃得掉还是个大问题。毕竟那两个妖王太厉害，都不是他能够战胜的，何况他还受了重创。

一想到自己有可能逃不出去，库多尼一边飞逃的同时一边往怀里一摸，摸出一张奇怪的符篆。他一松手，那张符篆便迅比电光流火，“咻”的一声遁入虚空，消失不见。

老野牛大令和白乌鸦二令眼尖，都看到了这一幕，他们想阻截那道符篆，但都来不及。

那道符篆遁入虚空的速度太快了，想来，上面所加持的力量绝不是库多尼本人的，不然，速度绝不会那么快。

“糟糕，一时大意，竟让他放走了那道符篆。那道符篆或许是搬救兵，或许是向远方的同伙传递消息，反正对我们来说绝对不会是什么好事。”

白乌鸦二令悻悻地说道，显然在为刚才未能及时阻截库多尼放出去的那道符篆而抱憾。

而老野牛大令这个时候已经一闪身向库多尼追了过去。

“欺负完我们家小柯就想逃跑？做梦！”

老野牛大令说第一个字时，库多尼已蹿到了百丈之外；但当他这句话说到最后一个字时，他已经站到了库多尼的前方，一拳就擂在了飞逃而来的库多尼脸上。

库多尼闷哼一声，被这重重一拳擂得身子向后倒去，满脸鲜血，两眼发黑地摔在了地上，连爬起来的力气都没有了。

老野牛大令抓着库多尼的一只脚，将他拖到了小柯和白乌鸦的身边。

“老鸦子，你看怎么处置这家伙?”

老野牛大令抹了一把头上的汗珠，对白乌鸦二令问道。

“这家伙，跟踪唐三，随后又意图伤害小柯，真是可恶得紧！我看，我们不如先对他严刑逼供，拷问出他居心所在，然后再作其他处理。”

白乌鸦二令一脸愤怒地说道。

“好。但严刑逼供这种事老牛我不在行，还是由你来吧!”

说着，老野牛大令就将库多尼踢到了白乌鸦二令所变的中年秀士脚下。

白乌鸦二令“嘿嘿”邪笑着，一手揪起库多尼的胸襟，将他拉到自己面前，恶狠狠地问道：“喂，鬼佬，老实告诉我，你是什么来头?为何要跟踪唐三？还要伤害小柯？你之前口中提到的法王究竟是什么人?”

“哼!”

库多尼虽伤重、虚弱，但却硬气得很，冷哼一声就扭过头去，一副不屑于回答的样子。

“真是敬酒不吃吃罚酒。”

白乌鸦二令嘴里骂着，一膝盖顶上来，就撞在了库多尼的裆部。

“呀——”

任他库多尼怎么硬气，裆部受了这一击，也不禁痛得身子痉挛，鬼叫不已。

“怎么样，现在可以告诉我了吗?”

白乌鸦二令待库多尼痛叫一阵子后，才慢悠悠地问道。

“休想!”

库多尼满嘴鲜血，但还是硬气地说道。

他对自己的信仰很虔诚，就算被敌人折磨至死，他也不会透露教派的任何信息。所以，他现在已有了死志，宁愿为信仰献身，也不向敌人透露半句。

“看来，刚才罚酒的分量还是太轻了。”

白乌鸦二令说着，伸出右手，一把扣住库多尼的肩胛骨，施展出“分筋错骨手”来。

“咔嚓”一声响，库多尼的肩膀一下子就被白乌鸦的“分筋错骨手”扭得筋骨错位。

“啊——”

库多尼撕心裂肺地惨叫一声，整个脸部都痛得变了形，头上淌下大片汗珠，身体也再次痉挛起来。

“怎么样，现在可以告诉我了吗?”

“士可杀，不可辱！法王会替我报仇的！呸！”

库多尼忍着痛，恶狠狠地看着白乌鸦二令，从牙缝里嘣出了这么一句话，说到最后一个字时，他竟张牙一咬，将自己的舌头咬了下来，然后带连鲜血、唾液、断舌一起，全都向白乌鸦脸上喷去。

白乌鸦二令一扭头避开。不过，还是有些许血星子溅到了他的脸上。

但出奇的是，白乌鸦二令竟没有生气，他只是愕然地望着掉在地上的那根断舌，然后皱眉说了这么一句话——

“好狠，为了不回答我的问题，竟咬断自己的舌头！看来，你是铁了心不回答我的问题了。”

“唔……唔……”

库多尼嘴里哼哼着，说不出一句话。不过，他的表情却是在笑，恶狠狠的笑，那种笑，非常残酷，也非常硬气，就缺在脸上写上“我就是铁了心不回答，看你还能怎么样”这句话了。

“你以为这样我就不能知道我想要知道的了吗？哼，告诉你，就算你没有了舌头，不能说话，我还可以用搜魂大法侵入你脑海，阅读你的所有秘密。”

白乌鸦二令冷笑着说道。

库多尼听到白乌鸦二令这么说，立时脸色一变，当即提运最后一点真气，一掌就向自己的脑袋拍去。

他想自戕，不让白乌鸦二令有机会探查他脑海中的秘密。

只是，他的手才提起来，还没有来得及拍在脑袋上，白乌鸦二令便已出手如电，连点了他身上几处大穴。

然后，白乌鸦二令伸出右掌覆盖在库多尼头上，开始施展搜魂大法，强行翻阅库多尼的记忆。

一感到强横的洞察之力侵入，自己的神识竟不能抵抗，库多尼眼中露出了绝望之色。

“圣教……日食……大悲教……圣船……血祭召唤……婚宴……黄金圣殿……祭坛所在地……把前来夺宝的所有人一网打尽……唐门……鸠摩鱼……天都法王……马奎……圣战天使之血……唐三……”

白乌鸦二令一边施展搜魂大法侵入库多尼脑海翻阅其记忆，一边嘴里不断呢喃着说出一个个关键词。

在发现了库多尼脑海中的大秘密时，这位妖王的脸色也变得无比凝重和震惊。

看到白乌鸦二令的脸色居然变得凝重而震惊，老野牛大令顿时就急了。

“老鸦子，难得看到你脸色变得那么难看，究竟发现了什么大秘密？快说出来，让我老牛也知道知道。”

“这确实是一个大秘密，还是一个大阴谋。”

“具体什么情况啊，快说快说！”

“一两句话难以说清楚！我用复制映象之术让你看吧。”

白乌鸦二令说着，覆盖在库多尼头顶上的那只手掌开始抬离，在他那只手掌抬起来的时候，无数意念光影在她手掌与库多尼头颅之间幻生幻灭，变化不已。半晌之后，那些意念光影才缓缓消失。

白乌鸦二令手掌一翻，手里却多了一颗浑圆的珠子，这颗珠子五彩斑斓，色泽似乎在不断地流动、变化着，奇异无比。

“这是‘映象之珠’，是复制记忆的结晶，只要你将它握在手心里，催动真气激发它，它就会将那段被复制的记忆展开，以影像的形式展现在你面前。”

白乌鸦二令说着，将那颗“映象之珠”放到了老野牛大令的巨掌里。

“这么神奇？”

老野牛大令有些难以置信地看着手上的“映象之珠”，对于白乌鸦二令说的将信将疑。

“不信？那就把它还给我。”

白乌鸦二令生气了，伸手就想将“映象之珠”拿回来。

“嘿嘿，信不信的，还不是得看了才能确定。”

老野牛大令嘿嘿一笑，赶紧将手掌移到了一边。

“臭牛！”

白乌鸦二令笑着斥骂了一句。

这个时候，老野牛大令已暗中催动真气，将真气灌注到那颗“映象之珠”上。

霎时，以他手心里的“映象之珠”为核心，一阵空间扭曲后出现了大片光影，在那些光影中，呈现出了库多尼、大祭师、天都法王、马奎、鸠摩鱼、湿奴魔他们六人在楼兰城观星台上密商召唤圣船大计的情景。

那些画面真实无比，而他们密商的内容，也果然是大秘密、大阴谋。

老野牛大令看着、听着，一时间也被那个大秘密、大阴谋给震惊了，同时也明白这个库多尼为什么要跟踪唐三了。

“今天午时竟会发生日食，届时，他们圣教……呃，不，魔教，他们魔教竟想将所有前来夺宝的武林人士一网打尽了进行血祭，以此来召唤罪恶之舟出世！好大的一个计划，好可怕的一个阴谋！”

老野牛大令感叹道。

库多尼此时软倒在地，但神志清醒，看到老野牛大令手中的“映象之珠”竟将他脑海中的秘密还原成影像放了出来，一时间不由得又惊又气又绝望。

他怎么也没有想到，这么重要的秘密，竟从他这里泄露了出去！

真是百死莫赎的罪过啊！

第九十七章 天都法王·灵魂出窍

棺材下首，盘坐着一个人。

这个人，身材高大，头戴金箍，头发卷曲，身披坎肩黄袍，露了一只肌肉强壮的胳膊在外面；他两颧高突，骨相峥嵘，鹰鼻虎口，眼眶深陷，气度如渊深海阔，令人无法揣摩。

他不是别人，正是天都法王。

楼兰城，大悲教核心建筑一间高大的密室中，灯烛幽幽。

室内赫然摆放着一口巨大的漆黑石棺。

石棺，诡异，神秘。

四周灯烛摇曳，映照出棺面上的狰狞图纹，魔气森森。

棺材下首，盘坐着一个人。

这个人，身材高大，头戴金箍，头发卷曲，身披坎肩黄袍，露了一只肌肉强壮的胳膊在外面；他两颧高突，骨相峥嵘，鹰鼻虎口，眼眶深陷，气度如渊深海阔，令人无法揣摩。

他不是别人，正是天都法王。

天都法王显然在静坐练功，他每次呼吸，密室里的灯烛都跟着明暗起来。

在他每次吸气时，那口石棺都会传过来一种阴寒邪恶的能量，他沐浴在那种能量中，浑身散发出一种乌光；那乌光好像能够吞噬一切，令人在看到它的第一眼，就会心生忌惮。

“砰!”

密室的窗口突然被震碎，一道符篆激射进来。

天都法王霍然睁眼，一手伸出，立时将那道符篆捉在了手中。

那道符篆上的图文十分诡异。如果老野牛大令、白乌鸦二令在这里的话，肯定能够一眼认出，那就是之前库多尼放出去、他们来不及阻截的那道符篆。

这道符篆当时遁入虚空，不曾想，却射到了这里。

“出事了!”

天都法王一皱眉，眼中闪过一道寒利的精光。

白影一闪，从破碎的窗口电射进来一个人，不是别个，正是之前在楼兰城外与东方落雪、林空对过招的大祭师——他的名字叫梅多瓦。

“法王，出什么事了？咦，那不是一张救命符篆吗?”

他本来在外间修炼，是骤闻动静后赶过来的。

“不错，这是库多尼的救命符篆，上面有我亲自加持的法力。库多尼肯定遇到危险了。”

“什么?! 那我立马带人去救他!”

“不，你留下。你的武功与库多尼不过在伯仲之间，你去了，也未必管用，还是我亲自跑一趟吧！圣教这边的事情暂时交由你统一指挥，明天的事情不容有误，一切按计划进行。”

“是!”

大祭师梅多瓦当即抱拳跪地，恭声应道。

等他抬起头来时，天都法王已经不在密室了。

不只天都法王不在了，连那口石棺也消失不见了。

荒漠中，小柯完全吸纳了那两团真气后，真元全部恢复，而且还有精进。

“三哥……三哥身上竟有圣战天使的血脉！圣战天使是什么?”

当她从“映象之珠”中观看到库多尼的记忆影像时，最为关心的，倒不是魔教那可怕的阴谋，而是跟唐三有关的圣战天使血脉。

“圣战天使……这……我们也不知道啊！”

老野牛大令、白乌鸦二令大眼瞪小眼，都摇了摇头。它们虽然活了几千年，不过，大部分时间都待在山里修炼，对于人间的事，知道的并不比小柯多多少。

“小柯，这事你还是去问唐三吧。他是当事人，应当能回答你的问题。”

白乌鸦二令说道。

“嗯，我们赶紧回去找三哥吧！魔教这次搞了这么大一个阴谋出来，我们得尽快让三哥知道才行。”

小柯说着，便急匆匆飞身寻唐三去了。

老野牛大令、白乌鸦二令两人再次对视一眼，然后都看向小柯远去的背影。

“老野牛，你什么时候见小柯这么急过?”

“没见过。”

“真是女大不中留啊！她的心思现在全在唐三那小子身上了！”

“你现在才看出来呀?”

“去！赶紧跟上吧！”

白乌鸦二令翻了老野牛大令一个白眼，飞身追小柯去了。

老野牛大令哼哼一笑，指着远去的白乌鸦二令笑骂道：“老子总算在嘴巴上成功挤兑你一次了！嘿嘿。”

笑骂罢，它一把夹起库多尼，也飞身追了过去。

小柯才奔出四五里路，就听到了唐三的喊叫声。

“小柯——”

“小柯——你在哪里——”

“小柯——”

荒凉的大漠上，回响着唐三焦灼的喊叫声，声音中带着一丝彷徨无依的哭腔。

一觉醒来，心上人就不见了，若非真爱过的人，绝对不明白那种感觉有多么令人心碎。

他无比悔恨，悔恨自己为什么睡着了。

难道，曾经的相逢，只是一场梦？

不！

不是梦！他记得，小柯真的出现过了，他的衣服上现在还残留有她的体香。

“小柯……”

无数次的呼喊无果后，唐三哭了。

他跪倒在荒芜的沙漠上，独对寂寞无边的黑夜，泪湿双颊，号啕大哭。

他打记事起，还没有这样放声大哭过。可是，今夜，再次痛失爱人，他情绪失控了。

一听到唐三的哭声，小柯的心当即就碎了，泪水夺眶而出。

她在那一刻在心里作了一个决定，这辈子再也不离开唐三了。因为她突然间明白，唐三和她一样，都是那么地在乎对方。

“三哥——”

小柯还没有看到唐三，但她已高声喊了起来。她要让自己的心上人知道，自己并没有离开他。

她的喊声，因为激动而有些嘶哑，可对于唐三来说，绝对比天上的仙音还要动听。

他听到了她在喊他。

没有错！就是她在喊！

唐三一下子就止住哭声，站了起来。

然后，他就看到了她。

虽然泪水让视线模糊，不过，他确定他没有看错，那真的是他的小柯！

一切言语在这个时候都是多余的，两人奔向对方，紧紧相拥在一起。

他抱得那么用力，仿佛要将她揉进自己的生命里。而她，又何尝不是如此？

他们就这样深情相拥着，泪眼婆娑。

“小柯，你刚才去哪里了？我还以为你又离开我了。”

“三哥，我不会再离开你了。”小柯柔声说道，她突然想起什么，“三哥，你知道什么是圣战天使之血吗?”

“圣战天使之血?”

唐三愣住了，他还是第一次听到这个词。

小柯一看唐三满眼迷糊的样子，就明白，唐三肯定还什么都不知道。

“大令、二令，你们快过来。”

听到小柯招呼，老野牛大令和白乌鸦二令一个闪身，便到了小柯身边。

“三哥，他们是我的两位哥哥，这位叫大令，这位叫二令。”

小柯对唐三介绍道。

唐三急忙拜见两位妖王。

两大妖王也不客气，坦然接受了唐三的行礼。不过，在他们眼中，小柯就和他们的亲妹子一样，现在妹子谈恋爱了，他们自然少不得要对她的情郎仔细多打量几眼。

白乌鸦二令围着唐三绕了两圈，将唐三从上到下、从前至后仔细审视了一番，然后开口说道——

“老野牛，我看了半天，也没看出这小子有什么特别的呀！怎么我们家小柯就对他这么上心呢?”

“就你那黄豆一般的眼珠子，也能分出个好歹来?”

“切，眼珠子大有屁用！你眼珠子大，你就能看出好歹来?”

“那是当然!”

“吹吧你！那你给我说来听听。”

“说就说！看，他目光坚定，一看就是矢志不渝的好汉子；再看他这副身板，多健壮；还有，你看，他的面相多么英俊，与我们家小柯啊，那就是天造地设的一对金童玉女，再般配不过嘛!”

老野牛大令出口成章，说完这话他就发现，白乌鸦竟围着他绕起了圈子来，而且正用一种审视的眼光上下打量着他，就好像第一天认识他一般。

他被看得浑身不自在，不由得翻怪眼问道："干什么?"

"老野牛，你这个笨嘴牛什么时候口才变得这么好了?"

"嘿嘿……"

老野牛得意地笑了。他笑的时候，朴实、苍老的脸上变得生机勃勃，就好像能开出花儿来一般。

不过，下一刻，那张似乎能开出花儿来的脸一下子就黑了下来，笑容也不见了。

因为白乌鸦说了这么一句话——"你是不是不小心吃错什么药了?"

"你才吃错药呢!"

"哈哈哈……呱呱呱……咳咳咳……"

看到老野牛大令这个样子，白乌鸦二令一下子老开心了，笑得直咳嗽。

唐三目瞪口呆，他现在知道，这二位简直就是一对活宝，与二师公唐童有得一拼。

"三哥，你不要见怪，他俩就是这样，没有一天消停的。"

小柯见怪不怪。

"二老这是心态年轻。"

"这话我爱听。"

白乌鸦二令和老野牛大令不约而同地说道，都对唐三竖起了大拇指。

唐三讷讷干笑。

"咦，这不是库多尼吗?怎么回事?"

唐三这时留意到瘫坐在老野牛大令身边的库多尼，好奇地问道。

"哦，三哥，此事与你有莫大的关系。二令，赶紧将'映象之珠'拿给三哥看吧。"

白乌鸦二令立即将"映象之珠"递到了唐三面前："唐三，这库多尼可不是什么好鸟，我们小柯之前为了保护你，险些死在他手上。这叫'映象之珠'，里面复制有库多尼的记忆，你只要将真气注入其中，就可以观看到其中的记忆影像了。他的记忆影像中有一个天大的秘密，准保会让你大吃一惊……”

“秘密可不只一个！还有一个与你有着莫大关系呢！”

老野牛大令抢着说道。

“臭老牛，有话我不会说吗？用得着你来插嘴补充？滚一边儿去！”

白乌鸦二令骂道。

“好了，你们俩就别再闹腾了！三哥，你自己看看就会明白了。”

小柯打断了大令和二令，催唐三赶紧看。

唐三接过“映象之珠”，按白乌鸦二令教的方法，将之握在手心里灌入真气。

霎时，影像浮翩，在他面前呈现出诸多流转的光影来。那些光影中，天都法王、马奎等人的谈话句句惊心，字字动魄，饶是唐三的定力极好，脸色都连变了几次。

“三哥，那圣战天使之血是怎么回事？”

小柯对这个最感兴趣。

唐三摇头，一脸的沉重——

“我也不知道。不过，现在这不是最重要的，最重要的是，我们现在必须马上通知楼兰城中的各派武林势力，让他们尽快离开楼兰城，不然，一旦堕入魔教的阴谋中，他们将万劫不复。”

“三哥，是不是只要通知与我们关系好的就可以？”

“不是。”

“为何？圣盟抓过你，可是我们的敌人。”

“小柯，魔教乃天下公敌，在这件事情上，一切门派之争都要先放下。”

“噢。那我们现在应当怎么办？”

“立即返回楼兰城，揭露魔教的阴谋！”

唐三目光望向楼兰城方向，眼里流露出前所未有的凝重之色。

他知道，他如果去揭露魔教的阴谋，阻止灾难发生，肯定会十分危险，甚至会有性命之忧，但他能不去吗？不能！人活在这个世界上，有所为有所不为，他如果这个时候拍拍屁股走人，那他就不是唐三了。

“唐三，你可得想好了！你这样做，必定会面临巨大危险，搞不好连小命都要断送掉。”

白乌鸦二令郑重提醒道。

“这种事情，没有什么好想的！”唐三望了望天，斩钉截铁道，“时间紧迫，我必须尽快赶回去！小柯，你和两位哥哥还是先留在这里吧！”

他心头虽不舍得与小柯分开，不过，他不能让小柯跟着他去涉险。

“不，三哥，我和你一起去。”

小柯生怕唐三坚持不让她一起去似的，走过去紧紧搂住唐三的手臂，看她坚定的样子就知道，不管天涯海角，不管刀山火海，她都跟定唐三了。

老野牛大令和白乌鸦二令一对眼，然后看向唐三说道：“小柯去哪儿，我们也去哪儿。”

“好。那这颗‘映象之珠’我就留着了，揭露魔教阴谋时要用。”唐三也不废话，把“映象之珠”收入“命运之戒”中，“我们现在就出发吧。走！”

四人飞身就向楼兰城方向掠去，大令肋下夹着那个库多尼。

唐三是急匆匆的，因为他挂心城里的人；而老野牛大令和白乌鸦二令对城里那些人的死活并不怎么在意，毕竟那些人与他们既没有交情又不是同类，所以显得不慌不忙，一路上不停地互相斗嘴寻乐。

荒凉的大漠，风沙寂静，黑夜像是一口埋葬死亡的巨坟，静穆得可怕。

远方的城隐没于黑夜之中，如沧海一粟，那么渺小。

唐三四人的速度快若疾风，很快，就飞掠到距离楼兰城不到五里路的地方。

就在这时，白乌鸦二令突然急叫一声：“停！”

她在叫出“停”字时，已经伸出双手同时搭在了唐三和小柯的肩上，使疾奔的他俩一下子就停了下来。

“起！”

白乌鸦二令一把提起唐三和小柯冲天飞起，速度快到了极点，在高空中划出一道长长的弧线，瞬间落身在数百丈之外。

与此同时，唐三和小柯都听到了脚下巨大的爆炸声，然后感到一股狂暴得可怕的力量一下子就冲了上来，险些将他们吞噬掉。

好在刚才白乌鸦二令动作够快！二人心里一阵后怕。

老野牛大令的速度也快，几乎就在白乌鸦二令冲天而起的同时，他也狂喝一声，夹着库多尼往后急退，迅若电光石火地退到了数百丈开外，和白乌鸦他们会合在一处。

等到白乌鸦二令落地站定时，唐三和小柯才看到发生了什么事情。

只见，在他们原先停身的地方，破开了好大一个洞。

巨洞中冲出一股狂暴得可怕的力量，卷起大量泥沙在空中翻腾、卷舞，变化出一条张牙舞爪的沙龙，对着唐三他们这边嘶吼了一声后，飞向正西方的沙丘地带，消失在沙丘线之后。

"那是什么？是敌袭吗？"

唐三看着消失的那条沙龙问道。

"是敌袭。"

老野牛大令声音凝重地回答道。

就在老野牛大令回答唐三的时候，在那沙龙消失的地方，出现了一顶轿子。

那顶轿子由八个白衣人抬着，与中土轿子不同的是，那顶轿子很长，大致有两三丈长，黑色，轿帘低垂，似乎与黑夜融为一体。

随着这顶轿子出现，那片沙丘的上空似乎变得更黑暗了。

"魔——"

白乌鸦二令盯着那顶轿子，突然间瞳孔收缩，嘴里叫出了一个"魔"字。

这个"魔"字被他叫出来时，其声波击杀向了远处的那顶轿子。

"妖——"

轿帘骤然间起了一阵波动，从轿子里也传出来了一个声音，其声波迎着白乌鸦二令的"魔"字音激射过来。

"轰！"

"妖"、"魔"两音在空中碰撞，发生爆炸，气浪震波朝着四面奔涌而出，卷起漫天沙尘。

爆炸发生的时候，唐三和小柯看到白乌鸦二令闷哼一声，身子连退了三步，在沙土上留下三个深印。

老野牛大令在那一刹施放了护体真罡，将小柯、唐三和库多尼三人护在其中，也是浑身一震，脸色一片凝重。

尘沙散去，轿子依旧，抬轿的八人半步未退。

“妖，把唐三和库多尼留下，你们可以离去。”

轿中传出冷森森的声音。

“如果我们不交呢?”

“死!”

“好大的口气！有种你就放马过来!”

老野牛大令最受不了别人用这种语气对他说话，虽然对方明显很强，而且强得有点可怕，不过他也不是吃素的。

“哼，不知死活，那就让你们知道知道本法王的手段！裂!”

声毕，一口石棺从轿子中冲了出来。

石棺上站着一位黄衣人。

不是别人，正是天都法王。

石棺划过天穹，挟带千钧之力，向唐三他们这边镇压下来。

整个空间都为之剧烈扭曲，就好像，空间是一个气球，而那石棺是球外之物一般，一旦彻底压下来，空间便要爆掉了。

唐三和小柯面色大变，禁不住嘶喊出声，因为他们在那一刻都感到自己的身体要被撕裂了一般。

“快闪!”

白乌鸦二令急声叫道，但他的叫声立马就被一阵爆裂声淹没了。

那是空间的爆裂声，整个空间真的爆裂开了，裂成了几片。

唐三、小柯、白乌鸦二令、老野牛大令、库多尼五人本来是簇在一起的，可是，那一瞬间，空间四裂，将他们带向不同的方向，他们一下子就被分开了。

在空间爆裂的刹那，天都法王双手一扬，打出两道爪影，一道抓向唐三，一道抓向库多尼。

很显然，他这一次出手，目的只在救人和抓人。

唐三和库多尼几乎同时被爪影摄住，拉了过去。

“三哥——”

小柯近在咫尺，见唐三被抓拉过去，不由得急叫。她伸出手去想拉住唐三，可是，空间的裂痕使她根本就够不到唐三。

“大道同游，斩！”

“凌霄一羽，斩！”

老野牛大令、白乌鸦二令两位妖王均大喝出声，同时施展出自己的绝技来。

老野牛大令鼻孔一张，哼哈连声，从鼻孔中喷出黑、黄两股大浓烟。

黑者，水元素；黄者，土元素。

两股浓烟喷出去，相遇凝结，硬生生将正自扩大的空间裂痕弥补，就好似在它们中间加了一块补丁一般。

“补丁”一成，本来破裂的两块空间被连接，老野牛大令一步迈向唐三，同时起手做刀状，一掌就向抓拉唐三的那道爪影斩去。

“哧！”

爪影被斩断，化为虚无。

唐三身子从半空中落下，被老野牛大令接住，化险为夷。

白乌鸦二令没有补空间裂痕的功夫，可他也不是好惹的，相比老野牛大令，他的出手更凌厉。

他手往身后一捞，便抓出一根长十数丈、宽丈余的大羽毛来。

这根大羽毛，白光夺目，活似一柄超级大刀。

白乌鸦二令双手紧执羽杆，怪叫一声，扬起手中的大羽毛就斩了出去。

“呼——”

带着“呼”的啸声，大羽毛一下子撕裂空间，超越空间裂痕，斩进库多尼处身的那块空间裂片中。

大羽毛过处，虽未斩中天都法王那道爪影，但却一下子斩断了库多尼的脖子。

库多尼连惨叫声都没发出，脑袋便已冲天飞起，被大羽毛带出的飓风刮向无尽远天。

他的头颅在空中飞行时，知觉还没有完全泯灭，最后一道意念从脑海中闪过——

“完了，我看不到圣教恢复荣光了……”

他的眼睛在那一瞬间看到：

荒芜大漠。

喷血尸身。

沙尘风暴。

星光稀疏的夜空。

远处熟悉而又陌生的楼兰城。

然后，他便什么都不知道了。

他死了。

“啊——你们竟杀了他！该死！”

天都法王暴怒起来，他狂喝一声，一脚用力踏在那口巨棺上，“轰——”，石棺巨震，从棺首处喷射出一股乌黑的能量。

这股能量喷射出来，直接将半里外的一座小山给洞穿。好在白乌鸦二令和老野牛大令反应快，分别抓住小柯和唐三腾身闪到空中，避过了这狂猛一击。

不过，饶是如此，他们俩被那股能量余波触及，仍感到一阵血气翻腾。

“老野牛，我们来拖住这天都法王，让小柯、唐三他们先走。”

“好。”

老野牛大令与白乌鸦一对视，一点头，同时将唐三和小柯扔向远处。

“大令！二令！”

小柯担心地大喊，因为她已经看出来了，就算大令二令联手，也很难战胜这个天都法王。

“小柯，不要担心我们，我们自有脱身之法，你们快走！”

老野牛大令喊罢，脑袋两侧迅速长出两只长角来。他一伸手，便将两只长角掰下来抄在手中，左右挥舞着向天都法王杀了过去。

白乌鸦二令狂叫着，双手还举着那根大羽毛，也向天都法王杀了过去。

小柯当然知道他们现在操在手中的都是本命法器，一上来就动用本命法器，那就说明，这个天都法王已对他们构成生命威胁了！

小柯心头更急了，当即取出自己的本命法器焦尾琴，想冲过去，与大令、二令他们并肩作战。

只是，唐三这个时候却一把捉住了小柯的手。

“小柯，两位哥哥的安排是对的！以我们的功力，留在这里于事无补，只会成为他们的累赘，咱们还是赶紧离开这里！一来可以不让他们因为我们分心，而且我们可以去楼兰城搬救兵。”

小柯这才从冲动中清醒过来，深深一点头——“嗯！”

当下，两人齐展轻功，绕开天都法王和两位妖王的战局，向楼兰城方向奔去。

“要走？想得美！”

天都法王手上不知何时已多出了一根法杖。

法杖巨大无比，挥舞起来风声呼啸，力量排山倒海。

他站在石棺上挥舞法杖，大战老野牛大令和白乌鸦二令，斗得飞沙走石，日月无光，丝毫不落下风。可怕的是，他竟还有余力“照顾”到唐三、小柯这边。

一看到唐三和小柯要走，他再次跺了脚下的石棺一下。

石棺发出“咚”的一声闷响，一半都沉入沙土中，整个地面都为之大震，震裂出无数条地缝来，地缝中冲出股股黑色的魔气。

那些魔气中，映现出种种邪灵恶魂的面孔，它们在魔气中嘶吼咆哮，场景非常吓人。

那些携带万千邪灵恶魂的魔气一冲出地面，便几股、十几股、几十股、上百股地交相汇聚在一起疯转起来，形成了无数个大小不一的魔气旋涡。

魔气旋涡席卷大地，霎时便要将小柯和唐三卷在其中。

“小柯，快走！”

唐三一看这情况，当即拉起小柯，脚下施展出“鬼影迷踪步”，以最快的速度，一边规避着那些席卷过来的魔气旋涡，一边寻隙逃出去。

“鬼影迷踪步”一旦展开，魔气旋涡间便冒出道道行路轨迹来。

这些行路轨迹一出现，魔气旋涡就会疯涌过来将之吞噬，很显然，这些魔气旋涡完全被天都法王所操控，他只要念头一动，便可以驱使那些魔气旋涡游移到任何一个位置去吞噬一切。

“咦？这是什么步法？竟能屡屡躲过我的旋涡追击！”

任凭天都法王见多识广，看到唐三施展的“鬼影迷踪步”，也不由得眉头大皱，眼里闪现出震惊的神色。

凭着“鬼影迷踪步”这诡异、奇绝的步法，唐三带着小柯一下子就冲出了旋涡魔域，登临一座高耸的沙丘。

在沙丘上向后看，一个个魔气旋涡如群蛇交缠游移，相当可怖；向前看，可以依稀看到远处的楼兰城。

一看清楼兰城所在，唐三二话不说，拉着小柯就纵下沙丘，向楼兰城奔去。

可是，他们才蹿出百来丈，就愕然地停了下来。

“咦？楼兰城呢？楼兰城怎么不见了？”

唐三一下就傻眼了，因为远处依稀可见的楼兰城突然间不见了，他一时之间不知道该怎么办。

“不好！三哥，极可能我们并没有逃出天都法王布下的魔域，刚才那楼兰城是假的。”

小柯惊愕之余，不由得大胆猜测道。

“小妮子说得没错！你们当然还没有逃出去，你们只是被误导，落入本法王的另一部分魔域陷阱中罢了。”

半空中传来天都法王的冷笑声。

随着这冷笑声响起，小柯、唐三他们四周的空间突然一阵扭曲，幻变出无数道魔气锁链。

这些魔气锁链，成千上万，呼啸着就向两人缠绕过来。

两人大骇，本能地抬掌，均发出了全力一击。

两人的掌风均有开碑裂石、震破钢板的威力，可是，击在那些魔气锁链上，也仅能将之震荡到一边去，并不能将之击碎，而且，反震之力居然还让他们俩身子都后退了一步。

很显然，他们要想凭着掌力冲出去，根本就不可能。

“锵！”

“铮！”

唐三拨出了宝剑。

小柯手指则落到了琴弦上。

——他俩动用看家兵器了。

剑光如电，剑气纵横，剑法如幕，剑影翩跹。

弦声如雨，弦意绵绝，弦波震荡，弦影如刀。

两人都施展出了最厉害的兵器绝技，这一拼命之下，确实有些效果，那些魔气锁链或被琴声震碎，或被剑气斩断，纷纷化成黑气消散了。

但是，杯水车薪，不足成事。

魔气锁链数量太多了，他们消灭了四五根，便有七八根补上来，他俩根本无法突破重围逃出去。

没办法，两人只能死守。

他们的活动圈子在不断被压缩，那些魔气锁链交织缠绕，结成了一个向内压缩的樊笼，简直就牢不可破。

他们开始还能斩灭那些魔气锁链，但随着那些魔气锁链交织缠绕得更加紧密，他们便再也斩不动了。

“小柯，我们逃不出去了。”

唐三和小柯背靠背，他一边舞剑格挡缠绕过来的魔气锁链，一边有些着急地说道。

“逃不出去就逃不出去呗！大不了咱们一起死在这里。”

小柯香汗淋漓，有些气喘地说道。

情况是糟糕的，但她的心情却前所未有地宁静！她并不是不怕死，但若能和心上人死在一起，她会视死如归。

“小柯，如果今日死了，来世你一定要做我的妻子。”

“好啊！三哥，来世，我等你来娶我。”

小柯幸福地笑了。

她在这一刻变得更美丽了。

恋爱中的女子，总是最美丽的，特别是因恋爱而幸福着的女人，绝丽无双。

“不，小柯，来世太长，我要从现在起就和你不离不弃、生死相依。小柯，再大的劫难，不过一死，你再也不要离开我了。”

“嗯！好！三哥，我再也不离开你！”

小柯更加幸福地笑了。

唐三狂喝一声，背后光圈一闪，无数个八卦绽现出来，密密麻麻的，飞将出去结合在一起，撑出一个护罩来，将他和小柯护在了里面。

他启动了领域。

他的智算领域并不以防护见长，不过，这是他现在能施展的最后手段了。

“小柯。”

“三哥。”

两人在这个时候都放下了手中的兵器，握着对方的手，脉脉相视，彼此眼中均只有对方的影子。

柔情似水。

慕恋如歌。

万千情丝，百转衷肠，尽在无言。

“小柯，我的爱人，你长得真好看，比那天上的仙女都要好看一百倍。我唐三这一世能遇到你，真是太幸运了。有你，此生足矣。”

“唐三，我的爱人，有你，比有别的什么都让我满足。我不只要这一世，我还要来世，还有以后的生生世世，我都要和你在一起。”

两人倾诉着心语，浑然将外面的危险忘得一干二净，世界好像只剩下了他们两个人。

“好啊！小柯，今生，来世，生生世世，我们都在一起。”

唐三温情地说着，手指轻轻地抬起了小柯的下巴。

小柯幸福地闭上了眼睛。

四片红唇印在了一起。

吻，轻怜蜜爱。

吻，缱绻缠绵。

吻，如胶似漆。

他们如痴如醉地亲吻着对方，紧紧相拥。

如果死亡这刻就会来临，那就来吧！死在浓情蜜意中，他们甘之若饴……

“砰！”“砰！”“砰！”……

唐三用领域散布出去的八卦图像一个个爆炸，每次爆炸，领域就会出现一个缺口，那些魔气锁链一下子就从缺口中激射进来，缠绕向唐三他们。

不过，那些魔气锁链再次遇到了阻碍。

因为小柯也启动了领域。

只一个意念，小柯的不可救赎之领域便迅速启动，以她的身体为核心，荡出一圆圈绿色光波。

光波所至之处，一片片茂密的森林陡然而生。

这些森林一遇着那些魔气锁链，也仅是稍微抵挡，就被魔气锁链绞成了虚无。

虽然森林衍生的速度很快，却明显没有被绞灭的速度快，所以，不难想见，半炷香时间过后，小柯的领域肯定会被全部破坏掉，届时，他们两人将失去所有防护。

他们依然在吻着，一任死亡接近。

“哧——”

一道魔气锁链绞毁一片大树，射进来，一下子就缠绕住了唐三和小柯。

有一就有二，有二就有三，有三，则一切就都不可收拾了。

不可救赎之领域和智算领域一样，一旦缺口被打开，整个领域便迅速崩溃。唐三和小柯全部的防护均已被破坏掉，两人完全陷入了魔气锁链的缠绕之中。

一时间，无数魔气锁链缠绕上来，将他们缠得像个粽子。

他们在魔气锁链的绕裹下，都嗅到了死亡的味道，那种味道令他们窒息，喘不过气来。

虽然生命已将终结，但他们依然在热烈地狂吻着……

他们像是掉到了岸上的两条鲤鱼，相濡以沫，共享最后一点生机。

据曾经有过类似死亡体验的人说，人在临死的那一瞬间，会看到一些奇特的东西。

有的人看到一束光，有的人看到恶魔，有的人看到天国。唐三和小柯他们呢？他们现在濒临死亡，他们看到了什么呢？

他们都看到了一扇大门。

那扇大门高大、雄伟，散发着神圣的光芒，悬浮在半空中。

虽然不知道那扇大门缘何而来，缘何而在，但他们的灵魂都感应到了一种召唤，那似乎是轮回、新生的召唤。

那种召唤从大门中传出来，引领着他们的灵魂向它飞过去。

灵魂出窍！

他们看到自己的灵魂从身体中走了出来，轻飘飘地，不由自主地就向那扇大门飞过去……

灵魂已经出窍，那么，唐三和小柯死了吗？

第九十八章 鸽子·还阳·末日埋葬

“好熟悉，好亲切，又好陌生……”

唐三望着那只鸽子，喃喃自语，一副困惑的样子。

“孩子。”

突然，那只鸽子开口说话了。

它的目光望着唐三，显然，是对唐三说的。

“母亲！”

唐三浑身一震，脱口叫了出来。

“三哥，那是通向哪里的大门?”

“不知道。”

“好向往。”

“是啊，好向往。”

两人的灵魂牵着手，像翩跹的蝴蝶一般比翼齐飞，只片刻，就接近了那扇大门。

“吱呀——”

两扇门缓缓向两边打开，门中透出亮得让人睁不开眼的白光，唐三和小柯的灵魂感应到的召唤愈加强烈，他们情不自禁地就要迈入那扇大门。

就在这时。

“咕咕——咕咕——咕咕——”

一阵鸣叫声传来，“扑楞”一阵扇翅声，一只浑身雪白、散发着圣洁光芒的鸽子从虚空中飞来，落在了大门的顶端。

正自打开的大门戛然而止。

“咕咕——咕咕——咕咕——”

鸽子鸣叫着，再次张开翅膀，从大门顶端飞下来，绕着唐三、小柯飞了几圈，然后扑飞向那扇大门。

它飞至大门前，停在空中，不停地扇动着翅膀。

翅膀扇动间，一道道圣洁的光辉落到大门上，本来已张开一线的大门缓缓闭合了。敢情，这只鸽子竟拥有让大门关闭的神力。

大门关闭后，鸽子翅膀还在不断扇动，圣洁光辉继续落下，足足在大门上覆盖了厚厚一层，它才身子腾空，再次落足在大门的顶端。

这时唐三和小柯才感应到，从大门里传出来的那股召唤之力没有了，似乎被隔绝了，两人的灵魂一下子就安定了下来。

“三哥，你怎么了？”

小柯的灵魂在安定下来之后，发现身边唐三的灵魂正怔怔地望着门顶的那只鸽子看，不由得奇怪地问道。

“好熟悉，好亲切，又好陌生……”

唐三望着那只鸽子，喃喃自语，一副困惑的样子。

“孩子。”

突然，那只鸽子开口说话了。

它的目光望着唐三，显然，是对唐三说的。

“母亲！”

唐三浑身一震，脱口叫了出来。

他打小就没有见过自己的母亲，可是现在，他却脱口叫了出来！只因为，他从那只鸽子身上，感应到了母亲的气息，那种气息那么亲切、那么慈祥、那么温暖人心，和他这么多年来所渴望得到的母爱完全契合。

“孩子，你现在叫什么名字？”

鸽子的双眼竟流下了两滴清泪，身子轻颤着。

“娘，我叫唐三。”

唐三的眼泪狂涌而出。

他不知道母亲为什么会变成一只鸽子出现在这里，他只知道那就是他的母亲。

而且，他在这一刻感受到了强烈的母爱，这让他那颗自小便缺失母爱的心一下就找到了寄托。

“噢，唐三……你爹终于还是把你送回唐门去了，他的心到底从未离开过唐门……小三，我的孩子，让我好好看看你，自你出生后，我陪你的时间太少太少了……”

鸽子哽咽着，飞了下来。

唐三激动地伸出手臂。

鸽子落在唐三的手臂上，眼珠转动，无比爱怜地上下打量着唐三，眼神中充满慈爱。

“娘，小三好想你……”

唐三跪到了地上，这个时候的他，就像一个还没有长大的孩子。

“小三，娘日思夜想，也一直念着你……好高兴……你都长这么大了……这些年，你过得好吗?”

鸽子伸出左翅，轻轻触碰唐三的脸颊，用羽毛拭去唐三腮边的泪水，动作无比轻柔。

母亲慈爱的抚摸让唐三的心感到无限慰藉，他泪如狂潮地哽咽道：“嗯，我过得很好……娘，你呢?”

“娘……娘过得还好，只是囿于樊笼，一直没法出来探望你……现在，因为你灵魂受轮回之门召唤，进入中天位面，娘感应到你的气息，这才得以降下一道意念，前来看你。”

原来，鸽子并非她的本尊，只是她一道意念的化身。

“啊！娘你被困住了？你被困在什么地方？小三去救你!”

唐三浑身一震，霍然眉头轻扬。

母亲这许多年来居然囿于樊笼，不得自由，这还得了？他心中不忿之念顿生，恨不得立马就飞到母亲的本尊身边去。

“小三，不用担心，娘虽被困住，但并没有生命危险……那个地方很遥远，隐于虚空乱流中，名叫‘迷之界’，是诸多玄界中的一个，其中危险重重，就算是‘道五’境界的人去了那里，也随时有身死道消的可能。所以，小三，在你修为达到‘道六’境界之前，千万不要来找我。”

“迷之界。”

唐三沉吟着，记牢了这个名字。

“娘，我一定会修炼到‘道六’境界，然后去找你！”

唐三眼中射出了坚毅无比的光芒，虽然他知道，要达到那个境界千难万难，他之前也从未想过自己有一天能达到那个境界，但是，从这一刻起，他坚定了一个信念，必须修炼到那个境界！

“嗯。孩子，知道吗？你这个样子很像你爹……哦，对了，你旁边这位是……”

鸽子眼睛一转，望向了小柯。

“娘，这是孩儿的心上人，小柯。”

“小柯拜见伯母。”

小柯乃冰雪聪明之人，听到唐三介绍自己，当即就乖巧地跪下去拜见唐三的母亲。

“好！好！好！”

鸽子激动地连声说好，飞落到小柯面前。

小柯也学唐三那样将手伸了出去。

鸽子落在小柯手上，伸出白色羽翅碰了碰小柯的头，嘴里道：“好俊俏的小姑娘！”

小柯俏脸一红：“伯母……”

“你是一只狐妖吧？”

小柯身子一震，脸色霎时黯了一下，浑身轻轻颤抖着。她在这个时候意识到了一个严重的问题，人妖相恋，那是要遭天谴的。唐三与她情根深种，可以不在乎这些，但唐三的母亲呢？她会认可自己与唐三的感情吗？

小柯心里十分忐忑、十分害怕。

唐三一看小柯的表情，就看出了微妙所在。他一把攥紧小柯的手，对鸽子道：“娘，小柯虽然是狐妖，但我爱她，我要和她生生世世都在一起。”

鸽子点点头，凝视着小柯道：“小柯，你也爱我儿子吗？”

“嗯。”

小柯心头有些惶恐，深深点头。

“那……你也和小三一样，叫我一声娘吧！”

鸽子的眼里充满了慈爱之色。

小柯浑身轻震，她霍然抬头，本来黯然的眼神一下子大亮起来，其中闪动的，都是惊喜。

她能不惊喜吗？

“娘——”

“咯咯咯……龙，你看到了吗？我们的儿媳多乖巧！”

鸽子开心地笑了。

“小柯，我们给娘磕三个头吧！”

“好。”

“娘，我们给你磕头。”

唐三和小柯齐声说着，然后倒头就磕。

鸽子则“扑楞”飞回门顶，正式接受了两人的跪拜。

“好！好！好！娘今天很高兴，真的很高兴……娘给你们每人一件礼物吧！”

鸽子热泪盈眶，它嘴一张，一颗丹药自嘴中射出，飞向唐三。唐三急忙伸手接过，见那颗丹药红彤彤的，十分可爱，还散发着极为刺鼻的药味。

“娘，这是什么丹药？”

“这是觉醒丹，用于觉醒你圣战天使血脉的，服下它，你的圣战天使血脉就会觉醒，你的战斗力至少可以提高十倍，而且，觉醒的圣战天使血脉会自动吞噬敌人的战斗意志，彼消此长，战斗中只要坚持下去，你的战斗意志将超越对方。”

鸽子给唐三解说着圣战天使血脉觉醒的种种好处。

唐三听得眼睛越来越亮，但待到鸽子解说完毕，他却叹息了一声——“娘，觉醒圣战天使血脉纵然有种种好处，只怕孩儿也用不上了。”

“为何？”

“孩儿这不是灵魂出窍已经死了嘛。”

“傻孩子，你们确实差点就死了！幸好娘及时赶至，施展神通关闭了轮回之门。只要你们没有踏入轮回之门，你们便还没死。”

“啊！真的吗？我们没有死？我们还活着？”

“当然。”

“娘，我还有好多疑惑不解的事情要问你，你能替我一一解答吗？”

鸽子摇摇头——

“小三，灵魂不能在中天位面待太久，待太久的话，肉身一旦彻底死亡，灵魂就回不去了！你们在现世的肉身已到了彻底崩溃的边缘，你们必须赶紧回去！”

鸽子说着，羽翅一挥，扇出一股和风，直接就将唐三的灵魂吹落到地面，回归肉身。与此同时，唐三肉身往后一倒，手中的那颗觉醒丹跳起，一下子就落入他的口中。

丹药入口即化，药力发挥，唐三浑身霎时就如着了火一般，红烫得可怕。

他体内的圣战天使血脉在不断觉醒，对唐三从精神到肉身不断地冲刷着、改善着。

唐三体内恒河沙数般的八卦小颗粒在这个时候都疯狂地旋转起来，两两相碰，立马融合，变成一个较大的八卦；较大的八卦两两相碰，又融合，形成一个大八卦；大八卦两两相碰，又融合为更大的八卦……如此这般，随着八卦不断地融合，唐三身体的能量在节节攀升……

这是真正的突飞猛进！唐三进入了忘我的修炼状态。

“小柯，为娘这一次出来，别无他物，就将这缕意念融入你身，让你学会一门武功吧！这门武功名叫‘羽化和谐”，重在心法的修养，一旦掌握，可以消解敌意，化干戈为玉帛，有不战而屈人之兵的奇效。”

鸽子说着，化成一道圣洁光辉，射入了小柯灵魂的眉心中。

小柯灵魂一震，落回地面，与肉身重合，浑身散发出圣洁得片尘不染的光辉，那些光辉照耀四方，万邪不侵，将她衬托得美丽而又高贵。

美丽、高贵中，还有一种神圣的味道，让人看了就会心生膜拜的冲动。

唐三和小柯虽然在中天位面待了好一阵子，但在现世中，时间只不过过去了几个瞬间。

在他们“死亡”的这几个瞬间里，他们的肉身已被老野牛大令和白乌鸦二令解救。

这两大妖王一看到唐三、小柯落难，立时奋尽全力，施展出各自的看家手段，戮力解救。

他们一个双角狂舞，一个大羽劈斩，咆哮斥喝着，一下子毁灭了数以万计的魔气旋涡和魔气锁链，冲到唐三和小柯身边，将他们两人的肉身解救了出来。

“小柯，醒醒，快醒醒！”

“唐三，不要死！快醒来！”

老野牛大令和白乌鸦二令分别抱着唐三和小柯绵软冰凉的身体，他们一边满头大汗地叫着，一边使劲往两人身体里灌注真气，想让唐三和小柯醒过来。

可是，很快，他们的心就沉了下去。

沉了个彻底！

因为他们在向唐三和小柯的身体灌注真气时，发现唐三和小柯的身体已经没有了半点生机！

“呜——小柯啊！我的小柯！你怎么就丢下老鸦子我呢！你就这么走了，叫我好心伤啊！呜——”

白乌鸦二令撕心裂肺地痛哭起来。

在他眼里，小柯与他亲妹子无异，现在亲妹子死了，他能不伤心吗？他痛心长哭，声音悲怆，令闻者落泪。

“哞——”

老野牛大令见小柯已死，白乌鸦二令又痛哭成这样，心头的悲痛瞬间化成了无边的愤怒。他站起来，对着远处的天都法王怒吼一声。

他要为小柯报仇！他要找天都法王拼命！

他的身子俯下去，变化出真身来——一头头角峥嵘、圆睛怒瞪、浑身黑毛、体形壮硕的野牛。

真身一现，威势陡增，它的形体还在不断地长大，长得比最大的巨象还要大四五倍。

——真正的庞然大物。

他疯狂地嘶叫着冲过来，抬起巨大的蹄子就去踩天都法王。

而天都法王呢?

其实，天都法王这个时候已经停手了，因为他没有想到他居然把唐三给弄死了。

按照本意，他只是想抓住唐三，但唐三和小柯的反抗能力实在强得让他有些着急了，毕竟那个时候他还应付着两大妖王呢，在分神收拾唐三的时候他一心速战速决，用力稍猛了一些，一失手，就弄死了唐三和小柯。

当他发现他居然弄死了唐三时，也非常后悔。因为唐三的圣战天使血脉对他们圣教具有很大的利用价值，就这样死了，实在是一大损失。

所以，他停手了。

但是现在，老野牛却要找他报仇!

老野牛大令的巨蹄踩下来，“轰”的一声，就将天都法王原先处身的那个地方踩出一个大坑来。

坑深数丈，如果天都法王还在那里的话，肯定会被踩扁。

不过，天都法王已经不在那里了，他一翻身，就冲天飞退。

俗话说，横的怕不要命的。面对老野牛大令愤怒的真身，他还真不敢直撄其锋。要知道，发疯的野公牛是连老虎也可以顶死的。

“哞——”

一看没踩中，老野牛大令大叫一声，头角向前一甩，巨大长角便挟带千钧之势向天都法王横扫过去。

天都法王看对方长角凶猛扫过来，要避，已来不及，忙举法杖一挡。

“砰——”

头角与法杖相撞，力量上的对比高下立见!

天都法王和他的法杖被撞得倒飞出十几丈，而老野牛大令咆哮着，继续一路猛冲过去，不死不休。

老野牛大令的蛮劲上来了。

“哼，只会拼蛮力的妖牛，不足为虑！人棺合一，缚困苍龙大道法！”

天都法王狂喝着，要施展更为厉害的绝技。他的身子向后一躺，便躺入那口石棺中，与石棺合二为一。

“轰！”

老野牛大令一脚又踩了过来，将石棺所在处踩塌了一大片。

不过，依然没有踩中，因为石棺已经钻入沙土中消失不见。

“哞——”

老野牛大令抬起蹄子来，发现没有踩中，又顾盼四周，也没找着敌人，愤怒地咆哮不止。

这时——

“砰！”“砰！”“砰！”……

一连串爆炸声在他四周响起，尘沙四溅，数以千计的魔气长藤冲出地面，一下子就将老野牛大令高大的身躯给缠住。

这些魔气长藤根根粗如象腿，而且上面还布满了锋利无比的倒刺，就和长戟、大锯一般。它们一缠住老野牛大令，立时向地下拉去。

老野牛大令咆哮挣扎着，想冲天飞去。可是那沙土地面显然被敌人动了手脚，一踩一深陷，根本就借不了力。而且，他在挣扎时，魔气长藤上的倒刺扎进他的皮肤里，直扎得他浑身皮开肉绽，鲜血淋漓，那情形，怎一个惨字了得？

随着鲜血的大量流失，他的力量开始衰弱下来，身体也在不断缩小。

但他依然在愤怒地嘶吼，在用力地挣扎，当他发现自己无法挣脱了，他的嘶吼声中已带着一种绝望的哀伤。

饶是他性格再倔，也不得不在心里承认这一次输了，输得很惨！

输的结果，很可能就是死。

“老野牛，挺住，我来救你！”

白乌鸦二令听到老野牛大令痛苦而绝望的嘶吼声，才从失去小柯的悲伤中清醒过来，看到老伙伴遭遇如此境况，他的眼睛一下子就红了。

白乌鸦放下小柯，腾空飞起，变化出了真身——一只白色的乌鸦。

它长鸣着，身子瞬间变得巨大无比，羽翅大张如垂天之云，巨爪当空抓下，一把就抓住了那些魔气长藤，将之一一扯断，替老野牛解困。

其实，老野牛的力量要比白乌鸦大许多，奈何他从里至外要同时面对千百条魔气长藤，而白乌鸦从外攻入，却可一一攻破，所以那些魔气长藤没有被老野牛扯断，但却被白乌鸦逐根给扯断了。

断掉的魔气长藤纷纷缩入沙土中，但很快就似乎在沙土中获得了某种力量的加持，一下子又纷纷蹿出沙土，向白乌鸦二令卷过来。

白乌鸦二令避之不及，爪子被一根魔气长藤缠住。

它尖鸣着，用力向天空中飞去，想扯断那根魔气长藤，可是，那根还未断，另外一根、两根、三根……无数根魔气长藤已纷纷激射过来。

饶是它躲避得快，也像老野牛一样，陷身在大量魔气长藤的缠绕和拉扯中，情况堪危。

“白乌鸦，坚持住！我们今日就算死了，也要拉这家伙垫背，替小柯报仇！”

“说得好！老野牛，不惜代价，报仇！”

他们嘶吼着，奋力挣扎。

魔气长藤断了又生，无穷无尽。

一场胶着的战斗，十分激烈地进行着。

天都法王虽然占尽上风，可心中却在叫苦不迭，因为两大妖王非常棘手，并不容易收拾。按眼下的情况发展下去，他知道，也许能够将这两大妖王弄死，可结局必然是“损敌一千，自损八百”，就算获胜，也是惨胜。甚至可能，弄死这两大妖王时，他自己也只剩半条命了。

骨头难啃。

但他现在势成骑虎，已不能不啃。

而且，看那两大妖王的架势，就算他现在想罢手，他们也未必答应呢！

所以，没办法，只能硬着头皮死啃。

就在两大妖王与天都法王斗得不可开交时，这边的两个“死人”——唐三和小柯——几乎同时还阳了。

唐三的圣战天使血脉在觉醒，身体里万千八卦小颗粒在融合，血气奔涌冲刷，散发出阵阵炽热气浪，就像烧得炽红又不断被锤炼的铁块，正渐渐向好钢转化。

小柯得授心法武功，还受唐三母亲叶红玉一丝意念之力的加持，浑身散发着圣洁的光辉，百邪莫侵，修为也在一路攀升。

“嗡——”

当体内万千八卦小颗粒彻底融合，变成一个大八卦时，唐三体内发出了一道希声之音，天地都为之共鸣。他睁开了眼睛，浑身上下流转着一种绿色的光辉。

那种绿色的光辉流转在他身周，让他感觉到随时都能吸取天地中的元气，无碍无阻，修为提升了好大一截不说，他的“半圣之体”也臻至圆满，成了真正的“至圣之体”，从此刀剑不伤、万毒不侵、肉身不毁。

“三哥，我们没有死！我们又活了！”

小柯很兴奋、很激动。

“是啊！多亏娘救了我们。小柯，我的圣战天使血脉觉醒了，我感觉我现在的力量比之前强了十倍都不止。”

“三哥，我又何尝不是呢！啊——不好！大令、二令他们遇险了，我们快过去帮忙！”

小柯看到白乌鸦二令和老野牛大令现在的情况，一下子就急了。

“走！”

唐三虎吼一声，“锵”的一声拔出宝剑，冲向战局。

小柯又岂会落后？她连人带剑射了出去。

“羽化和谐！”

她清斥一声，一剑斩落，施展的乃是得自唐三母亲叶红玉传承的武功。

那一招——玄。

行剑轨迹上，玄奇地出现了白色的鸽子，一只，两只，三只，四只……瞬息之间，数百只白鸽衍生出来，羽翅翩翩，飞落到剑锋所指之处。

白鸽是什么？

那是光明的使者，是和平的象征。

数百只白鸽随着她剑锋所指，纷纷飞落到那些魔气长藤上。

那些魔气长藤原本如凶蛟狂蟒，残忍绞缠，十分生猛；现在，群鸽落在它们上面，霎时，它们全都像被度化一般，原先的狂猛、凶残被洗刷，魔性降低，变得温和、柔软了起来。

最明显的表现就是，魔气长藤上那些可怖的倒刺竟纷纷回缩，消失不见。

“啪！”“啪！”“啪！”……

一些魔气长藤被“羽化和谐”这一招度化，威力大减，立时被白乌鸦二令扯断。白乌鸦二令很快就从密密麻麻的藤蔓中脱身出来，尖叫着冲到半空中。

当它看到出手助它脱困的居然是小柯，不由得狂喜。

“啊！小柯，你还活着啊！太好了……呜……我刚才还以为你死了，好高兴……呜……”

这时候，唐三一剑斩入战局中，狂喝出声——“天下独步！”

没错，他施展的正是唐晴教授的绝学“天下独步”。

这“天下独步”，力道刚猛、霸道非常，在唐三的手中施展出来，威力强悍，饶是那些魔气长藤坚韧异常，但遭遇他这一剑，其中两根还是一下子就被斩断了。

而且，这两根魔气长藤被斩断后，并未能像往常一样缩回地下，然后重新生长出来，而是受到在唐三身周流转的绿色光芒牵引，投射过来，落入那绿色光辉中，然后纷纷消失不见。它们消失不见的时候，唐三的气势竟瞬间暴涨。

那两根魔气长藤所拥有的战斗意志，竟然全部被唐三所吸收！

这，就是觉醒的圣战天使血脉所具有的特殊能力——能在战斗中不断吸取敌人的战斗意志。

“天下独步！”

“天下独步！”

“天下独步!”

……

唐三狂喝连声，竟一连发出了八次“天下独步”!

一连施展八次“天下独步”，这是什么概念？只怕唐晴现在看到也会下巴掉在地上，目瞪口呆不已！倒不是唐晴做不到，事实上，唐晴只要愿意，连续施展一百次“天下独步”也没问题。不过，唐晴在唐三这个年纪的时候，他是万万无法像唐三这样连续八次施展出这一招的。

要知道，“天下独步”这一招之所以威猛无匹，就因为它能够将人体全部的能量都凝到一个点上，然后全都发出去。如此全力一击，寻常人只施展一次，力量就会被掏空，需要休息一段时间才能恢复，而武功造诣高的人，能够连施三次就已十分了不起了。

当然，唐晴那种天纵奇才不包括在内，像他那种天纵奇才，数百年来都难得见到一个，不可以常理度之。

唐三能够如此之强，不用说，是圣战天使血脉觉醒所起的作用。

看来，她母亲说他的圣战天使血脉觉醒后战斗力至少可以提高十倍，绝非虚言。

一连八次施展“天下独步”这一招，他总共斩断了三十二根魔气长藤。第一次时，他只斩断两根；第二次时，他斩断三根；第三次时，他斩断了五根……越到后面，他斩断的根数越多，到第八次时，他竟一剑斩断了十一根！而且，收剑时，他除了气息微喘外，身上的真气依然处于一种澎湃的状态。

也就是说，只需要经过极短时间的休息，他就还能够继续施展这一招。

这，太骇人了!

圣战天使血脉觉醒后的唐三，绝对同阶无敌！越阶杀人都是分分钟的事!

当然，连续施展“天下独步”这么生猛霸道的招式，对身体的要求非常之高，若不是唐三已经成就刀兵不破的“至圣之体”，在一连施展八次后断不会仅仅是气息微喘、手酸体麻那么轻松。

“哞——”

得到唐三的助力，三十二根魔气长藤被斩断，老野牛大令压力大减，他奋力嘶吼一声，便震断了还缠缚在身上的魔气长藤，一下子就冲上来驮着唐三飞天而起，最后落身在几百丈之外。

当他落地时，已变回老汉的形态，遍体鳞伤，衣衫残破，上面血迹斑斑，模样极惨。

“唐三，你不是死了吗？怎么……”

老野牛大令疑惑不解地问道。

“此事说来话长！大令兄，你身上的伤……”

“都是些皮外伤，不要紧。”

老野牛大令嘴上虽这么说，但看他嘴角和眼角痛得直抽搐，以及满脸淌着的混着血色的汗珠，就知道他的伤肯定不止是简单的皮外伤。

“大令兄，我看，还是让我帮你包扎一下吧！”

“不用……”

“老野牛，你伤得怎么样？”

这时，白乌鸦二令带着小柯从天而降，落到老野牛大令身边，关切地问道。

“我没事……”

“血流了一地，连说话之后嘴都痛得直咧咧，还说没事？真是头倔牛！让老鸦子我用灵丹妙药替你一治吧！”

白乌鸦二令说着，从怀中掏出一包白色药粉，往老野牛大令身上一撒。

霎时间，药粉弥漫。

“咳咳……咳咳咳……老鸦子，你这是给我治伤吗？快把我呛死了……咳咳……”

老野牛大令咳嗽连声，他一手捏着鼻子，一手连在鼻子前挥舞着，用手风将呛鼻的药粉给挥开。

药粉落定，现出老野牛高大的身躯来。

他本来浑身黑皮肤，可是现在，却被药粉全身覆盖，浑身上下粉白一片，样子看起来颇为滑稽，小柯看到他这个样子，都不禁莞尔一笑。

不过，不得不说，这药粉确实非常管用——伤口一被药粉撒上，出血立止，并且迅速结疤，药效立竿见影。

“老鸦子，你这是什么药粉，好像挺管用的。”

老野牛大令看看身上的伤口，好奇地问道。

“这就是你缠了我好久我都没给你看过的治外伤灵药，名叫“二令白药”，怎么样，很棒吧？”

“去！还‘二令白药’！不过，还确实有那么两下子。可惜，只能治外伤……”

“治内伤的绝妙丹药我洞府中有啊。可我们这次出来得不是匆忙嘛，所以……”

白乌鸦二令赧然说道。

“算了吧，你哪会配制治疗内伤的丹药啊！配制治内伤的丹药分明就是我最在行嘛！接着，这是‘牛黄大还丹’，天下一流的治内伤圣药！”

老野牛大令说着，自怀中掏出一个小盒子来，丢给白乌鸦二令。

他看得出来，白乌鸦二令也受伤了。

之前白乌鸦二令为了救他，数次被魔气长藤抽中，内伤不轻，他心头十分感激，不过却不知道怎么表达，遂将自己精心配制并多年以来随身带着的“牛黄大还丹”扔给了白乌鸦二令。

“哇！老野牛，这丹药我以前千求万求，你连拿出来给我看看都不舍得，怎的今天这么大方？竟甩手就把它扔给了我！”

“你还是不一样！那‘二令白药’你以前不也藏得很紧，看都不给我看吗？”

……

两大妖王互相关心着，又互相拌着嘴，用着药，疗着伤，伤势很快大有好转。

而那边的沙漠中，哧哧连声，无论是断了还是没断的魔气长藤全都缩回沙土中，然后“轰”的一下，沙土塌陷，从中冲出一口巨大的石棺。

石棺落定，天都法王从棺中站起，跳出石棺站在石棺上。

用脚将石棺盖子挪动盖好，天都法王抬首望向唐三他们这边。

他现在有些气喘吁吁，脸上或许是因为大汗的缘故沾了很多黄沙，样子看起来颇有些狼狈。不过，他望着唐三的眼睛却异常发亮，好似看到了什么人间至宝一般。

“死而复生，而且圣战天使血脉还觉醒了，真的好神奇！以前我还担心他的圣战天使血脉什么时候才能够觉醒，现在好了。”

他的目标一下子就锁定了唐三。

“又来了！喂，天都魔头，你还有完没完了？”

一感到天都法王有进攻的意向，白乌鸦二令不禁怪叫起来。

“妖，把唐三给我，我可以不追究你们杀死库多尼的事情，如何？”

天都法王冷声说道。

声音虽冷，不过他的话中已带了一丝好商量的意味。毕竟刚才一番战斗后，他已深深体会到两大妖王的不好惹，所以，如果能够和平解决的话，自然是最好。

“天都法王，你就死了那条心吧！有我们在，你休想动唐三一根毫毛！”

老野牛大令斩钉截铁地说道。

别说唐三是小柯的心上人，就凭唐三刚才救过他，他就绝对不允许天都法王动唐三。

“没有商量的余地？”

“没有！”

“敬酒不吃喝罚酒，找死！”

天都法王的脸色一下子就沉了下去。

这个时候，黎明悄然而至，阳光将黑夜驱散，渐渐照亮了天地。

“末日埋葬！”

天都法王狂吼一声，一脚踢开那口石棺的盖子，拉开了新一轮战斗的序幕。

石棺一开，照耀在方圆半里范围内的阳光全部被吞噬。

这一招，不只吞噬阳光，还要埋葬老野牛大令、白乌鸦二令、小柯、唐三他们！

天地瞬间变得无比黑暗，空间在那一刻崩塌，被“末日风暴”狂卷着，拉向那口魔渊一般的棺材。

“不好，这是‘末日风暴’！老鸦子，咱俩要联手施展‘定鼎神功’才行了。”

“好，定鼎神功！”

白乌鸦二令飞身落到了老野牛大令的肩膀上，两人同时演武，口中念念有词，打出道道符诀。

符诀激射出去，流转交织，迅速形成了一尊巨鼎的形状。

鼎乃天下重器，镇压四方，一旦形成，立时稳住了塌陷的空间，并且将唐三和小柯也护在了其中。

唐三和小柯两人则是一脸的骇然之色，因为他们看到了那“末日风暴”的可怕——那“末日风暴”呼啸着席卷过来，所到之处，一切都被腐蚀、毁坏、吞灭。

“末日风暴”虽然还没有席卷到他们身上，但只观其威势，他们就明白，那种力量，不是他们当前境界所能应付得了的。

幸好大令、二令联手施展出“定鼎神功”，他们才能一时无虞。

那“末日风暴”席卷过来，遇到巨鼎，被阻隔住了。

不过，风暴围着巨鼎外壁不断吹刮，一层层地腐蚀、削剥，看得出来，只要时间一长，这巨鼎必定被削剥殆尽，彻底失去保护的作用。

好在，现在大令、二令还能不断地激射出符诀，增厚、加固鼎壁。

“老野牛，这样下去，情况不容乐观啊！”

“是啊，这‘末日风暴’的破坏力太大，我们现在只能硬撑，和那天都法王比功力和耐劲了。”

“他施展出这样的招式来，迫使我们与他比拼功力和耐劲，很显然是占了我们受伤的便宜。你我现在均已负伤，在他这种打法下，无法支持太长的时间！不行，我们不能死守，必须想办法突围出去才行！”

“想要突围，简直就是不可能的！我们两人在功力全盛的状态下联手都打不赢他，何况现在伤重。除非有救兵，不然……呃，我们虽不能突围出去，但是，要送一个人离开这里，还是有可能的……”

“老野牛，你的意思是……将小柯送出去？”

“嗯。”

两大妖王一边说着，一边将目光望向了小柯。

小柯对大令、二令说的话听得清楚，当即就摇摇头，大声说道——“大令、二令，我不会离开你们的，如果只能送一个人出去的话，就送三哥出去吧！”

“小柯，我是不会离开你的！”

唐三当即道。他怎么可能丢下小柯独自逃生？

“不，三哥，你出去，可以搬救兵来！可我出去，是搬不来救兵的！”

小柯这话，一下就点到了事情的关键上。

唐三怔住了，因为小柯说得有理，他如果能出去的话，没准儿还真能搬来救兵，那样大家就都能得救了。否则，大家可能都会死在这里。

“可是……”

“三哥，不要犹豫了，我在这里等你来救我。你一定会回来救我的，是吗？”

小柯说这话的时候，眼睛深情地看着唐三，脸上漾出甜美的微笑。

唐三略一沉吟，深深一点头——“我一定回来！”

老野牛大令、白乌鸦二令两人对眼间，交流了心意。

“小柯，你真决定把机会让给他吗？这也许是你能够活下来的唯一机会……”

白乌鸦二令用密语传音之术问小柯。

“大令、二令，无论如何，我小柯是不会在这种情况下离开你们的，我们生在一起，就算是死，也要在一起。更何况，送三哥出去的话，他还有可能搬来救兵，那时，我们也未必会死。”

小柯面现坚定之色，斩钉截铁地说道。

看得出来，她意已决。

两大妖王听得心头温暖无比。

“好！那我们就全力送唐三出去。”

他们说着，一下子就飞落到唐三身边。

“唐三，跟你说实话，我们对此事也仅有五成把握！一旦失败的话，你只怕立马就要落入敌手……”

“二位哥哥，别说只有五成把握，就算只有千分之一的机会，我也要争取，我决不会坐以待毙！”

“很好！唐三，现在听好了，送你出去的方法是这样的……”

经两大妖王一番讲解，唐三已明白个中关键所在，点点头。

“来吧。”

老野牛大令说着，头上立时冒出两只大长角来。

他一抄手，便将两只大长角掰下，拼接在一起，然后又从身体里抽出一根牛筋来绑在两个角尖上，做成一柄奇怪的大长弓。

长弓一成，他向白乌鸦二令一伸手。

白乌鸦二令往身后一抄，便抄出一根大羽毛来——就是之前斩断库多尼脖颈的那根大羽毛。

白乌鸦二令手掌在那根大羽毛上一抚，霎时，那根大羽毛便变成了一支碗口一般粗、四五丈长的长箭。

老野牛大令接过长箭，立时张弓搭箭。

“二位哥哥，你们一定要坚持住，我一定会搬救兵回来的。小柯，我们之前说好的，今生，生要同生，你一定要等我回来，如果我回来时你已不在，我会随你而去。”

唐三说着，走过去，一把抱住小柯。

“三哥，我一定会等你回来的。”

小柯热泪盈眶。

“我走了。”

唐三在小柯额上一吻，转身腾空跳起，落在那支长箭上，抱紧了箭杆。

“一！二！三！放！”

白乌鸦二令一挥手，老野牛大令霎时松弦，“嗖”的一声巨响，羽箭朝着巨鼎上方射去。

看着那支羽箭破开无边黑暗，冲入“末日风暴”中，并最终消失不见，白乌鸦二令眼里出现了一抹痛惜之色！

那根大羽毛，其实乃是他的本命法宝，就好比焦尾琴之于小柯一般。现在为了将唐三送出去，他这件本命法宝只怕要毁了，他能不痛惜吗?

眼现痛惜之色的，不只是白乌鸦二令，还有老野牛大令。

因为，老野牛大令手中的牛角弓在射出羽箭之后，牛筋弦震颤不休，然后竟“砰”的一声崩断，弓身也瞬间龟裂。这把弓，乃是牛角和牛筋所变，也是他的本命法宝，这下崩断、龟裂，他自然心痛。

相比于大令、二令，小柯眼中的不是痛惜，而是依依不舍。望着唐三远去，直到那支羽箭消失在“末日风暴”中，她依然没有收回目光，心中相当不舍。

毕竟，这一别，极有可能从此人鬼殊途。

“三哥，希望你能逃得出去！如果小柯我今日死了，求苍天保佑，你千万不要做傻事！你好好地活着，那才是我最希望的……”

清泪湿腮，人憔悴。

第九十九章 地道·占卜·阿凡提

“唐三，哪里走?”

身后传来一声大喝。

发出喝声的不是别人，正是天都法王。

随着这一声大喝，黑暗世界中伸出一道巨大的爪影，向唐三抓了过来。

唐三紧紧抱着箭杆，随着羽箭在黑暗与“末日风暴”中穿行。

因为空间被天都法王那招“末日埋葬”击塌，所以，在这片黑暗世界中形成了无数空间断层和空间乱流。

羽箭穿梭在空间断层和空间乱流中，发出“嚓嚓”的声响，爆出大串大串的火花，唐三只感觉自己的身体似要被撕裂了一般，痛得紧。

“啊——”

皮肤被空间之力撕扯得变形，差点就要裂开，唐三痛得狂叫起来。幸亏那支羽箭在飞行的时候一直散放着强烈的白光，勉强保护住他，不然，别说是在这“末日风暴”中穿行了，就是待上一瞬，身体都会被腐蚀、撕裂得半节骨头都不剩下。

他用力嘶叫着，眼睛已不能睁开。

“咻——”

一番穿梭，似乎只过去了一瞬，也似乎过去了百年，唐三骤觉身子一阵轻松，所有撕扯之力尽皆消散，只有“呼呼”风声在耳边响着，他睁眼一看，却是已经穿出了“末日风暴”与黑暗，所见之处一片光明。

羽箭一穿梭出来，立时一变，缩入唐三手中，变成一根小羽毛。

唐三沉身落地，向后一看，见身后还是一片黑暗，他知道，自己已经从天都法王那一招“末日埋葬”中脱身出来了。

没有多做犹豫，唐三一观看周边地势，认定楼兰城所在的方向后，立时飞掠而去。

“唐三，哪里走?”

身后传来一声大喝。

发出喝声的不是别人，正是天都法王。

随着这一声大喝，黑暗世界中伸出一道巨大的爪影，向唐三抓了过来。

唐三再次感到天地一暗，知道是敌人向他出手了，他也不回身，直接就将手中的羽毛向身后一甩。

——这一招，是白乌鸦二令事先交代他的，叫他遇险时就将羽毛扔过去。

“轰隆——”

羽毛与黑爪影碰撞在一起，引发了大爆炸。羽毛瞬间爆碎，黑爪影也爆为飞灰，爆炸激出强烈、凶猛的震波气浪。

唐三距离爆炸点近，一下子就被那股狂沛的气浪震飞到了数十丈外，摔落地面时，身子还在沙地上横翻出去七八丈远，直至撞着沙地上的一个胡杨树墩子，才停下来。

换了是一般高手的话，遭遇如此震波，不晕掉才怪。

好在，唐三已修成“至圣之体”，身体刀枪不入，抗击打能力非同凡响。不过，饶是如此，从地上站起身来时，他还是“哇”的一声呕出一口血来，显然是被震伤了，而且还伤得不轻。

忍着伤痛，唐三不敢停留，继续向前狂奔而去。

“居然没有抓住你！看我再次抓……混账妖孽，竟坏我好事！‘疾风八灵’，你们去抓他回来，我要活的！呀！”

天都法王嘶吼了起来，因为就在他想对唐三再次出手时，两大妖王向他发起了狂猛的攻击。

两大妖王这样做，自然是为了拖住天都法王，让他没办法分心去擒拿唐三。

事实上，在那根羽毛与黑色爪影相遇爆炸时，身在“末日风暴”里的白乌鸦二令便浑身一震，感应到了自己本命法宝的毁灭。

在感应到这些的同时，他心头明了，知道唐三已经逃了出去，只是在外面遇到了敌人的追拿。

“老野牛，唐三已成功逃出去，我们快替他断后！”

白乌鸦二令说着，爪爪击出。

老野牛大令也配合着拳拳擂出。

两大妖王发起猛烈的进攻，天都法王心头一紧，再顾不得出手抓唐三，只得将全身心都投入到“末日埋葬”这一招中，对大令、二令进行全面压制。

不过，他虽然无法分心捉拿唐三，却可以令手下出手。

这次跟他一起过来的手下，有八个人，就是那抬轿的八个人。这八人乃是一个组合，叫做“疾风八灵”，武功均已达到了“道一”境界。

虽然他们在“道一”境界高手中不是特别强的那种，但是，合八人之力，要打杀普通“道二”境界的高手，还是可以的。

天都法王觉得，派这八个人去追拿还未踏足大道境界的唐三，应该是毫无问题的。

可是，真是如此吗？

答案是否定的。

因为唐三可不是普通的“练虚合道”高手。

现在唐三的圣战天使血脉已经觉醒，“至圣之体”已经修成，而且还身怀“天下独步”、“轮回九剑”、“离魂剑法”、“御气蹈空诀”、“离合步”、“鬼影迷踪步”、“智算领域”等多种奇门绝技绝学。放眼同阶，他已无敌；就算越阶杀人，都不成问题。他一施展出绝技，立时令那“疾风八灵”傻了眼。

“疾风八灵”本来自恃武功境界比唐三高，以为一出马就可以手到擒来，不曾想，唐三一闪身，竟就从他们的合围中逃了出去，速度之快，简直令他们都来不及作出反应。

不用说，唐三这是施展出了“鬼影迷踪步”。

“废物，他若逃了，你们都提头来见我吧！”

天都法王身在黑暗中，一边全力施为对付两大妖王，一边瞥眼向唐三这边看来，看到“疾风八灵”竟没能一举擒拿唐三，当即就急眼，怒骂了起来。

“疾风八灵”被天都法王这么一骂，哪里还敢有半分轻敌和怠慢之心，全都虎吼着掣出兵器，向唐三追去。

八人迅速地再度追上了唐三。

唐三吃亏就吃亏在身体刚才受了伤，施展起轻功来真气不免有些迟滞，这就大大影响了他的速度。不然，这八个人还真追不上他。

现在，唐三再次被“疾风八灵”包围了。

没有办法，唐三只能拔出宝剑，一边与敌作战，一边凭借步法的诡奇不断创造奇迹，从“疾风八灵”合围的缝隙中突围出去。

他边打边逃。

被包围了，又突围！被包围了，又突围！被包围了，又突围……

就这样，唐三和“疾风八灵”的身影倏忽闪动，瞬间去远。

一路激战逃来，当唐三到达楼兰城外半里处时，已浑身浴血，身上多出不下三十道创口。若不是他已修成“至圣之体”，而还是原来的“半圣之体”的话，只怕已经被“疾风八灵”砍死了也说不定。

他能在受重伤的情况下，被八个“道一”境界高手围追堵截还逃出这么远，简直就是一个奇迹，传出去的话，不轰动武林才怪。

但那“疾风八灵”却郁闷得要死。

他们一路围追堵截，没能拿住唐三倒也罢了，居然还被唐三的屡屡反击给伤到。现在他们没有一人身上不挂彩的，虽然伤得不像唐三那么重，但就算是一点点皮外伤，那也是丢脸丢到家了。

“终于看到楼兰城了！但我该怎么进城？守城的是马奎的人，马奎又是魔教中人，我这样冲过去，无异于自投罗网！而且，以我现在的伤势，轻身功夫大打折扣，翻墙而入是做不到的了。怎么办？”

唐三看到远处楼兰城，突然间犯难起来。

“啊！”

就在他分神的时候，一道刀光闪过，斩中了他的腰眼，划出一道深深的创口来，鲜血溅射。

是“疾风八灵”中的一人再次伤到唐三了。

唐三吃痛，从沙丘上滚下，翻滚间只觉浑身都疼，疲累不堪。他伤得实在太重了，以致于感到有些脱力。

就在这时，蓦然听得前方传来一声大喝——

“什么人胆敢闯到这里来？这里乃是圣盟的行营，擅闯者，杀无赦！”

喊话的这人身体魁梧、满脸横肉，腰间别着一把蒲扇大的断头刀，居然是当日在玉门关上与唐三极不对眼的赵绝户。

看到这家伙，唐三一下子就想起来，圣盟的行营就在这附近。

“我伤势严重，无法入城，何不冲到圣盟的行营里去？一来，可以摆脱那八个高手的追击；二来，也可以借圣盟之手将魔教的阴谋公诸天下，让楼兰城里的武林人士免遭浩劫……”

一念及此，唐三再也顾不得许多，他奋力站起，向赵绝户那边跑过去。

“赵绝户，快，后边的是魔教高手，快截住他们！”

唐三大叫着狂奔，后面的“疾风八灵”则虎吼着狂追不舍。

“唐三！”

赵绝户看清了当先跑过来的人，居然是与他结有梁子的唐三，初时眉头大皱，随即就眉头大展，眼中闪过杀机，脸上泛起一丝邪恶无比的奸笑。

“唐三，当日在玉门关上，你居然敢威胁我……嘿嘿，今天，你自动送上门来，那就不要怪我心狠手辣了！”

赵绝户在玉门关上时就想杀唐三，奈何当时东方落雪和温凉玉都有意庇护唐三，他不敢下手，也没有下手的机会。

现在机会来了，他可不会放过。

恶向胆边生，他一挥手，对身后的众手下下了命令——

“敌袭！弓箭侍候！”

“放!”

霎时间，“嗖嗖”连声，数以千计的羽箭向唐三和“疾风八灵”这边劲射过来。

“丫的赵绝户，你够狠——”

唐三嘶吼着，将“鬼影迷踪步”施展到当前身体状况下的极致，在那数以千计的密集羽箭中穿梭，一眨眼冲到了众圣盟弟子的身后。

这一下爆发，让他体内又一阵气血翻腾，他“哇”的一声又呕出一口血来，身子半跪了下去。

好在，追在他身后的八个人被那数以千计的羽箭所阻，现在已经与赵绝户带队的圣盟弟子大战了起来。俗话说“蚁多咬死象”，上千名训练有素的圣盟弟子一拥而上，还真不好对付，八人一时之间是难以脱身冲过去抓唐三了。

但赵绝户却不会放过唐三。

“唐三，你逃不掉的，今天你死定了!”

赵绝户大喝着冲天飞起，越过众人头顶，向唐三飞扑过来。

心中暗骂一声“狗日的”，唐三将一口冲到喉咙的血生生咽下，捂着心口，再次施展“鬼影迷踪步”，冲向不远处的圣盟行营，一边向前跑还一边大声喊道——

“坎水护法，我是唐三，你快出来！我有关乎圣盟生死的重大情报!”

“坎水护法，我是唐三，你快出来！我有关乎圣盟生死的重大情报!”

……

他希望驻守圣盟行营的坎水护法能听到，出来阻止赵绝户这个家伙“公报私仇”。

然而，一直到他都冲到行营外了，除了行营外的十几名哨兵向他冲过来要阻截他外，行营中竟无一点动静!

这令唐三十分诧异——足足七万多人马，难道没有一个听到我的喊声吗?

唐三曾在这个行营中待过，知道营地的情况，他一闪身，避过当面之敌就冲进了行营，直奔营地的核心营房去。

可是，除了追在他身后的一众哨兵外，他没有看到一个圣盟弟子！

这是怎么回事？

“坎水护法！”

唐三大叫着推开了核心营房的大门，冲了进去。

他一冲进核心营房，顿时就愣住了——两眼看着营房的地上发愣。

他看到了什么？

他看到一个地道口。

地道口就在核心营房的正中央，其大小可容三四人并排通行。地道口的旁边堆着少量黄色新土，上面有着密密麻麻的足印。

唐三立即就明白了是怎么回事。

“难怪营地中一个人都没有……圣盟的手段太高明了，他们竟早早就挖好了入城的地道！”

“我看你还能往哪里逃！”

一道魁梧的人影飞了进来，不是别人，正是赵绝户。与此同时，外面一阵杂乱的脚步声传来，其他圣盟弟子也追过来了。

唐三闪身避过赵绝户的扑杀，右手一伸，做了一个制止的动作，开声说道——

“赵绝户，我这次来，是有关乎你们圣盟部队的存亡、关乎整个中土武林的大事，你想杀我，等此事了了，我随时恭候！但现在不行！否则，耽误了时间，你万死莫赎！”

但赵绝户会信唐三的话吗？

当然不会。他才不相信会有什么事情能够对他们圣盟部队构成威胁，他盯视唐三半晌，一声一声地恶笑起来——

“呵，呵，呵呵呵呵……唐三，你之前不是一直都表现得很有骨气吗？怎么，到了这会儿，为了保命也瞎编鬼话了？少废话，受死吧！”

他一刀向唐三斩了过去。

唐三一矮身，避过赵绝户的刀锋，然后纵身一跃，跳入了地道。

“哼，钻进地道你就更别想逃掉了！”

赵绝户一刀斩空，脸上恶笑依然，一纵身，也跳入了地道。

他们两人刚钻入地道，营房外面便传来了无数声惨叫。

——“疾风八灵”追过来了。

今天，是“佣兵之王”马奎迎娶唐门唐红袖的日子。

一大早，各派武林势力都在其头领的带领下，前往黄金大殿贺喜。

玛瑙公主和阿凡提、鸠摩鱼带着一众天山国高手，旌旗开道，浩浩荡荡向黄金大殿进发。

“阿凡提先生，你说，有多少人是真心去朝贺的？”

玛瑙公主骑着高头大马，向身边的阿凡提问道。

阿凡提完全一副盖世懒人的样子，他躺在黑毛驴阿毛背上，跷着二郎腿，懒懒地说了三个字——“天知道。”

“你不是号称‘塞外智师’吗？怎么能够不知道呢？”

玛瑙公主嗔道。

“我的大公主，这‘塞外智师’的称号是别人封给我的，我自己可没承认过。况且，就算我是智师，也是凡人一个，总不可能什么事情都知道吧？”

阿凡提翻翻怪眼，没好气地说道。

“没劲！”玛瑙公主不再理会没趣的阿凡提，转而向另一边的鸠摩鱼问道，“国师，你说呢？”

鸠摩鱼笑笑：“阿凡提先生都不知道的事情，我鸠摩鱼又怎么知道呢？”

“真是没趣！”玛瑙公主非常郁闷，随后又没话找话，“国师，你的徒弟湿奴魔呢？你平时不是去哪里都带着他吗？怎么今日不见他的影子呢？”

“呃，这个，公主你也知道，他昨天受了重伤，后来虽得阿凡提先生救治，伤势大为好转，但到底还没有痊愈。所以，我今天就让他留在馆里休息疗养……”

“噢。说起来，湿奴魔受伤还和我有点关系，如果昨天我不央求你去捉那匹大红马，他就不会受伤了。不过话说回来，国师，我昨天只要你去抓那匹大红马，可没叫你去惹圣盟那帮人啊！你去惹他们，那不是自找苦吃吗？还害得我和阿凡提先生替你担心着急，为提防圣盟人马来袭忙活了半个晚上呢，都没休息好。"

玛瑙公主越说越委屈。

她明明是这件事的始作俑者，现在却怪鸠摩鱼自作主张，这份刁蛮，还真不是一般人能够受得了的。

不过，鸠摩鱼在天山国当国师也不是一天两天了，当然知道这个玛瑙公主是什么秉性，所以也就见惯不怪地回答道——"是，是，是，千错万错，都是我鸠摩鱼的错，公主你大人大量，不要与我一般计较。"

"嘿嘿，知道就好。鸠摩鱼先生，你既然知错，可要接受惩罚噢！"

玛瑙公主一脸坏笑地说道。

"要接受什么样的惩罚，还请公主示下。"

鸠摩鱼双掌合十，一脸赤诚地说道。

"我就罚你告诉我，你昨晚到底都跑哪里去了！"

玛瑙公主娇笑起来。

鸠摩鱼为之一愣，强笑道："我昨天一直在房间里睡觉啊！"

"你还敢骗我！我昨天晚上去找你的时候，你的人拦着不让我进去；然后我去找湿奴魔，他的房间是空的！你们向来师不离徒、徒不离师，昨天晚上你们肯定出去了！快快如实交代！"

玛瑙公主说这话的时候脸上扮出一副凶相，好像很狰狞的样子。只是，她那张脸长得太好看了一些，所以，她扮的凶相一点都不吓人。

"公主，我昨晚真的是在房里，你不信我也没办法。"

鸠摩鱼说起谎来脸不红心不跳的，他的眼睛正视着玛瑙公主，装出一副诚惶诚恐的样子，眼尾的余光却瞥向阿凡提这边。

这些年，他在天山国拿国师身份作掩护，罗织魔教残余，暗地里犯下不少惊天动地的大案，他知道，朝中不少人早已对他生疑，阿凡提极有可能就是来调查他的，所以，他对阿凡提很忌惮。

当然，他忌惮阿凡提，还因为阿凡提的武功比他高。

不过，阿凡提就好像没有听到他与玛瑙公主的对话一样，躺在黑毛驴背上的姿势没有一点变化，脸上还是一片淡然之色，连呼吸的节奏都和之前一模一样。

“呵呵，国师，我怎么觉得你这话说得言不由衷呢?”

玛瑙公主倒不是真怀疑鸠摩鱼什么，她只是觉得路上无聊，能让鸠摩鱼发发窘也蛮好玩的。

“我……”

鸠摩鱼眼光游移，心中有些忐忑起来。虽然他打心底没把这个玛瑙公主当回事，可是，近段时间以来，玛瑙公主与阿凡提走得很近，这就让他不得不多留一个心眼了，因为玛瑙公主的那些追问说不定就是阿凡提暗中授意的。

正当鸠摩鱼还想强辩到底时，突然，空中“呼”的一声飞来一物。

居然是一颗头颅!

那颗头颅飞落下来，不偏不倚，正巧落在一杆旌旗的矛尖上，把整队天山国人马都惊了一大跳。

鸠摩鱼一眼看清那颗头颅的面容，脸色霎时大变，脱口叫了出来——“库多尼!”

没错，那正是库多尼的人头。

库多尼之前被斩，脑袋被白乌鸦二令的大羽毛刮飞，飞向无尽远天处，不曾想，竟落到了楼兰城里来，而且还落在了玛瑙公主他们这个队伍的旌旗上。

“晦气！去参加喜宴，居然遇到这种事，真是晦气!”

玛瑙公主不由得生气地大叫起来。

阿凡提这个时候已从毛驴背上坐起身来，一扫之前的懒散之态，凝视着穿在旌旗矛尖的那颗头颅，面现凝重之色。

“快把那杆旌旗扔了!”

玛瑙公主此时的心情很烦躁。

——任谁出门遇到这种倒霉事，都不会有好心情的。

举旗的那位兵士听得玛瑙公主下令，忙不迭跑到一边去，想连旌旗带头颅扔得远远的。

可是，就在这时，阿凡提突然说话了——“慢着!”

阿凡提到底是阿凡提，他的话比玛瑙公主更具威信。那名刚想扔掉旌旗的兵士硬生生顿住动作，回身望向阿凡提，等待这位“塞外智师”下一步的命令。

“阿凡提先生，怎么了？”

玛瑙公主皱眉问道。她不明白，这种事情，还有什么好“慢着”的？

阿凡提望着天空，显然在追寻那颗头颅之前飞过来的轨迹，然后喃喃说道——

“刚出门，便遇上这种事，此乃不祥之兆！我要占卜一下。公主，将王妃送你的星罗镜借我一用。”

“嗯？星罗镜能占卜？我以前怎么不知道。”

玛瑙公主睁大眼睛，难以置信。

她以前到如意王妃的厢房去玩，看到一面做工十分精美的镜子，心中爱煞，便向如意王妃索求。如意王妃将那面镜子送给了她，她一直将其随身携带，视若珍宝。

她以为，镜子嘛，就是拿来照的，从来没想过还会有什么别的用途。现在从阿凡提话中得知那面镜子竟还能用来占卜，不禁眼睛大亮，真有些喜出望外。

“给。”

玛瑙公主自怀中掏出星罗镜，递给了阿凡提。

镜子的确精美绝伦。它只有巴掌一般大，圆形，铜底箔面，边沿上雕着双鱼吞尾的图案；它的背面，绘有十二星宫图，星罗棋布，难怪会叫“星罗镜”。

阿凡提接过镜子，将之拿在左手掌心上，然后口中念念有词，右手连在镜面上比划了几下。

“星——”

阿凡提一指点在镜面上。

镜子一震，边沿上雕着的那两条鱼霎时间竟如活过来一般奔转游移起来。与此同时，镜子的四周氤氲出一股蒙蒙的混沌之气，完全将镜子包在其中。

“罗——”

阿凡提手掌在镜面上一抚。

平滑光亮的镜面里，白羊、金牛、双子、巨蟹、狮子、处女、天秤、天蝎、射手、摩羯、水瓶、双鱼等十二星宫图铺排陈列，运转周天，星光熠熠。

“占——”

阿凡提将左手掌摊开。

立时，镜子缓缓升了起来，然后停在半空中，镜面一侧照向库多尼的头颅，将库多尼头颅的影像摄入十二星宫图中，进行推演。

推演时，镜中影像斗转星移，光芒流转，奇炫无比。

阿凡提凝视着镜子中的星图变化，眼睛一眨不眨。

玛瑙公主在一旁看到星罗镜占卜时竟是那么的炫目，兴奋不已！她在心中这样忖道：这星罗镜占起卜来真是太炫目了！我一定要阿凡提教会我这个占卜术！

忽然，镜子里面的十二星宫图突然融合，变成了一个太阳。

那太阳起初极亮，但随后便被从旁边涌出的一股黑云所遮蔽，光亮全部消失，整个镜面里变得黑暗一片。

“啊！镜子里怎么突然间全变黑了？阿凡提先生，你占到什么没有？”

玛瑙公主猴急地问道。

“阴气侵阳，此乃日食之象，亦为大灾之象！今天午时会发生日食，日食发生时，会有大灾难降临……”

阿凡提喃喃着，一脸无比震惊的神色。

“什么？日食？会有大灾难降临？阿凡提先生，你确定没有占错吗？你看，这天，蔚蓝一片，万里无云，太阳挂在那里，会发生日食？今天是马奎娶新娘的大好日子，你却说会有大灾难降临，这……”

玛瑙公主皱着眉头质疑道。

而鸠摩鱼听到阿凡提那番话，浑身一震，心里大呼不妙。

“今日之事，只怕要横生枝节，难以顺利了……”

鸠摩鱼心里嘀咕，眼中浮现出担忧之色。今日之事，本来一切都安排妥当，理应不会出什么意外才对，可没想到，临了，还是发生了让人意想不到的事情——先是库多尼死了，紧接着，日食、灾难都被阿凡提占卜了出来，他实在不知道，接下来还有什么意外发生……

阿凡提没有理会玛瑙公主的质疑，也没有注意鸠摩鱼脸色的变化，他的眼睛依然一眨不眨地望着那面镜子，似乎在等待着什么。

“叮！”

一声响动，镜子里的漆黑世界中蓦然出现了一点亮光。亮光一出现便往南边方向射去，划出一道明亮的轨迹，然后消失不见。

“那又是什么？”

玛瑙公主好奇地问道。

“天地怀仁，死局中会暗藏生机，那点亮光，就是一道生机！生机在南方，也就是城门的方向。公主，我们应当改道往城门那边出发。”

阿凡提说完，伸手一抄，将半空中的镜子收到手里，还给玛瑙公主。

“阿凡提先生，要改道往城门那边去也可以，不过，你要先答应我一件事。”

“什么事？”

“我想学你刚才的占卜术，你要教我。”

“公主，你为什么想学？”

“因为很厉害啊！学会它，我就可以预测未来了，岂不是十分有趣？”

“公主，这占卜术可不好学。”

“我不管，你一定要教我！不然，我不让队伍去城门那边，也不准你去！”

玛瑙公主开始撒娇了。

“好好好，我答应你。不过现在咱们得先往城门那边去。”

阿凡提很无奈地点点头，神色有些着急地催道。

“这还差不多！咯咯……”

玛瑙公主开心得不得了，一想到学会占卜术后那炫目到不行的星罗镜，眼睛就闪闪发光。但她马上就感受到了阿凡提着急的眼神，忙道：“好了好了，我这就下令。全队人员听令，往城门方向进发！”

随着玛瑙公主一声令下，整队天山国人马改道，往城门方向而去。

阿凡提一边骑着毛驴走，一边眼观六路耳听八方，寻找星占中所预示的那一线生机所在。

鸠摩鱼却低着头，心事重重，目光闪烁，寻思着自己下一步应当怎么行动才能应对这突发的状况。

一行人走过几条长街，往城门方向行进了将近三刻钟，骤然听到前方传来斥喝、打斗的声音。

阿凡提心中一振，若有感应，疾声道——

“星占所预示的一线生机应当就在那里了。我们快赶过去！”

阿凡提当即驱赶毛驴，迅速向那打斗声传来的方向奔去。鸠摩鱼和玛瑙公主也急忙驾马赶上，全队人马都奔跑起来。

拐过一个路口，阿凡提他们便看到了这么一幕场景——

一个浑身浴血的年轻人正在大战八个人。

那个年轻人伤得非常重！他大吼的声音已经嘶哑；他的动作已经不连贯；他的眼睛被鲜血与汗水所迷糊，似乎已经看不清；他浑身上下伤痕密布；他的背上还插着一把巨大的削骨刀……受了这样重的伤，再顽强的人也早就应该倒下了！可他就是不倒，他仍和八人大战着，鲜血淌了一地！

显然，他已经和八个人大战了好一阵子。

但这还不是最让人震惊的。

最让人震惊，也是最让人难以置信、最让人觉得不可思议的是，他只是“练虚合道”境界，而那八个人，全是“道一”境界的高手！

一个“练虚合道”境界的，对战八个“道一”境界的，还对战了那么久，这要是对任何武林人士说起，不被骂成是得了臆想症才怪！

在九人对战的战局边上，还躺在一具尸体。那具尸体已经身首异处，如果东方落雪在这里的话，就会认得出来，死者正是他们圣盟法云地部的大堂主——赵绝户。

不用说，那个年轻人，就是唐三了。

唐三跳进地道后，一边在地道中奔行，一边与赵绝户战斗，在出得地道后——地道出口就在这附近的一间不小的民房里，也是圣盟在楼兰城内的秘密据点——唐三拼着挨对方一刀，终于将赵绝户干掉。

可是，他才干掉赵绝户，“疾风八灵”便从地道口追出来了。

他再次身陷重围。

“世上怎么会有意志这么顽强的人!”

玛瑙公主对此完全无法想象。

“以一敌八，还越阶战斗，当世武林后起之秀中，已无人能出其右了。”

阿凡提说着，伸手一摄，一道手影当空落下抓住唐三，一下子就将唐三从八人的包围中拉了出来。因为，他已看出来，唐三的身体现在已经到了濒临崩溃的边缘，如果再这样下去的话，唐三就算不因失血过多而亡，也会因体力的极度透支而一命呜呼的。

“什么人？敢在我们手中夺人，不想活了？把人给我们还来!”

“疾风八灵”一路围追堵截，辛辛苦苦好不容易追到这里，将唐三的体力耗得几尽精光，眼看就要抓到唐三了，谁曾想，现在却被人给抢了！他们能不怒吗？

“疾风八灵”大叫着向阿凡提冲了过来，要在阿凡提手上抢人。

“哼，不知死活。”

阿凡提冷哼一声，正要出手将“疾风八灵”擒拿。

就在这时，队伍中一道人影抢先冲出，迎上了“疾风八灵”。

“阿凡提，这八个人就交给我了。”

抢先出手的不是别人，正是鸠摩鱼。他认识“疾风八灵”，知道他们乃是天都法王的得力手下，岂能让他们落到阿凡提手里？

“啪”、“啪”、“啪”、“啪”、“啪”、“啪”、“啪”、“啪”!

鸠摩鱼连出八掌，将“疾风八灵”震得倒退出去。不过，他这八掌表面上看似凶猛，实则暗用柔劲，并没有对“疾风八灵”造成实质性伤害。

“疾风八灵”被震退时，心下均一愣，因为他们深切体会到了对手使的只是柔劲，显然是对他们手下留情了。但他们不明白与他们对掌之人为什么要对他们手下留情。

“呃……”

待到他们八人站稳，看清与他们对掌之人是谁时，心中顿时了然。因为他们认得鸠摩鱼，知道鸠摩鱼表面上虽是天山国的国师，但实际上也是他们圣教中人，而且地位比他们高。

当然，表面上还是要装出与鸠摩鱼不认识的样子。

鸠摩鱼背对阿凡提等人，以心灵感应之术传了一道意念给“疾风八灵”。

八人当即纷纷大喝：“不好，敌人强大，撤！”

他们一边大喝着，一边腾身飞退到附近的屋檐上，然后纵身飞跃，迅速离去。

“想逃，岂有那么容易的？”

鸠摩鱼佯装大喝道，然后腾身也跳上屋檐，追“疾风八灵”去了。

“算他们识相跑得快，不然，本公主亲自下场，定能配合国师将他们全都打趴在地上！”

有架，却未能打，这让玛瑙公主十分遗憾，她扼腕叹息道。

“只怕不是他们识相跑得快，而是有人故意放走他们……”

望着鸠摩鱼和那八个人在屋檐上迅速飞跃，直至消失，阿凡提眼中闪动智慧之光，若有所思地喃喃低语。

“阿凡提先生你说什么？”

玛瑙公主没有听清阿凡提低声喃喃，不禁好奇问道。

“没什么。”

阿凡提摇摇头，并没有多说什么，而是将目光看向了唐三。

“魔教……魔教……”

唐三艰难地呢喃着，想将魔教的阴谋告诉阿凡提，同时，他将右手放到左手中指上，想动真气和意念将那颗“映象之珠”从“命运之戒”中取出来。可是，一句话未能说完整，一股巨大的无力感传来，他只觉得一阵头昏目眩，然后两眼一黑，便什么都不知道了。

“魔教！”

阿凡提心头一震，大为动容。

他看了看晕倒在他怀里的唐三，若有所思，然后眼中闪过一抹决然之色，对玛瑙公主道——

“公主，我们即刻返回财丰馆，不去参加马奎的喜宴了。”

“为什么?”

“不要多问，听我的。所有人听令，立即返回财丰馆!”

“是!”

众人齐声应道。

“公主，我们先走。我们必须马上赶回去，用暖玉床替这位小兄弟疗伤，他能否尽快醒来，事关重大!”

阿凡提说着，一边将唐三夹在肋下，一边拉起玛瑙公主的手，腾身飞离驴背，跃上屋脊，向他们的驻地——财丰馆——迅速奔去。

“嗷呜——”

黑毛驴阿毛怪叫一声，往来路上奔去。

众天山国人马急忙跟上。

财丰馆。

在阿凡提的房间里，摆放着一张暖玉床。

暖玉床可是一个好宝贝。就算没练过武功的寻常人，长年躺在暖玉床上，也会身轻体健、延年益寿；练武之人若是坐在暖玉床上练功，会事半功倍，进步更快。

而暖玉床最神奇的功效，是疗伤，比一切神丹妙药都管用。

这不，阿凡提将唐三放在暖玉床上，然后掌按床头，灌注真气。

霎时，暖玉床升腾起蒙蒙的乳白色雾气。

这乳白色雾气名叫“补天精气”，具有神奇的疗伤效果。

“补天真气”包裹唐三全身，深入到他身上的每一个创口，在创口内聚集。与此同时，“补天精气”还从他的鼻孔中钻入，周流他体内五脏六腑，对他的伤势进行全面治疗。

“有‘补天精气’在，我就可以将你背上的削骨刀拔出来了。这刀插得实在太深，一般人只怕早就死了，真不知道你是怎么活下来的。”

阿凡提一边探手将那把削骨刀快速拔下来，一边由衷地惊叹。

削骨刀一拨出，唐三身体一震，“补天精气”立时涌入，将那巨大的创口填补，在里面氤氲着。

将削骨刀扔到一边，阿凡提坐到了暖玉床上，双掌抵在唐三身后，往其体内输送真气，以助唐三身体恢复。

唐三的头顶冒起了腾腾雾气……

将近一个时辰后，唐三身子一震，霍然睁开了眼睛，眼中神光暴射。

——他竟在这么短短的时间里恢复得差不多了！

“真是难以相信，你身体的恢复能力竟比寻常人强了十倍都不止！我原本以为，你能在五六个时辰内醒转过来就已经是奇迹了，没想到还不到一个时辰你就醒转了过来，而且伤势还恢复了七八成！啧啧，不得不说，老夫有些看不透你……”

阿凡提啧啧赞道，看向唐三的目光异彩连连。

唐三转过身，看到阿凡提，忆起前事，知道是阿凡提救了他，急忙站起来抱拳致谢：“阿凡提先生，多谢你的搭救之恩！”

“什么谢不谢你的，我救你，不过是缘分罢了！你晕倒之前似乎有什么事情想告诉我，现在可以一五一十地跟我说了吧？”

“是的。阿凡提先生，你一看这东西就知道了。”

唐三说着，右手往左手中指上一抹，将“映象之珠”从“命运之戒”中拿了出来，真气灌入其中，霎时，几个魔教高手在观星台上密商的画面纷纷显现。

阿凡提看着那纷呈转换的影像，脸色顿即变得无比凝重。

“好一个魔教，竟将我们所有前来参与夺宝的人都算计进去了！真是好大一个阴谋！鸠摩鱼，你竟也是魔教中人，真是让我好意外！好在我注意你已久，事先已有所准备……唐三，我们必须马上向各派武林人士公布这些影像，揭露魔教的阴谋！”

就在这时，阿凡提一直看着影像的目光又震了一震，因为影像里提到了圣战天使血脉的事情。

“圣战天使血脉！原来你竟拥有圣战天使的血脉！难怪你的身体恢复能力会这么强！看来，你的圣战天使血脉已经觉醒了。不过，你拥有圣战天使血脉这事一旦传扬出去，必定会给你惹来无尽的麻烦。唐三，把有关圣战天使血脉的这一节影像删了吧。”

唐三闻言，略略一想，觉得阿凡提说的很在理。

但他马上就面现难色：“可是，我不知道如何才可以抹掉其中的部分影像……”

“呃，那这‘映象之珠’你是怎么得到的?”

“这个，是我两位叫大令和二令的哥哥给我的。我们在楼兰城外遭遇了天都法王，身陷危境……他们戮力送我出来报信后，还在与天都法王大战呢……啊，他们现在很危险！阿凡提先生，我听说过你的仁名，请你速速赶去救救他们吧，他们就在城外往东五里！唐三求你了……”

唐三说着，就要给阿凡提跪下。

——只要能救小柯他们，他唐三愿意给任何人下跪。

阿凡提急忙伸手扶住唐三——

“此事好说！这样，我想，现在城内各路派人马的首领和精英都在黄金大殿参加马奎的喜宴，我先送你到那里，将魔教的阴谋公诸众人，然后再赶去城外，援救你那两位哥哥。”

“谢谢阿凡提先生！太感谢了!”

阿凡提打出几道真气，将“映象之珠”中提及圣战天使血脉的影像全部击碎，然后将“映象之珠”还给唐三收起，语气急促地说道：“现在距离日食发生的时间不远了，我们必须马上行动，不然就来不及了。走!”

可是，他们才出得房间，就看到财丰馆内外的天山国人马正在备战，一派如临大敌之态。玛瑙公主更是披坚执锐，骑着高头大马，一副准备大战一场的样子。

“公主，怎么了?”

“阿凡提先生，真是气死人了，马占刚居然带着一众人马将我们财丰馆团团围住了。”

“他们的动作还真够快的……”

阿凡提立即就想到，这多半是鸠摩鱼和那八个人将这边的情况告诉了马奎，马奎害怕阴谋被揭露，影响了魔教今天的行动，便令马占刚带了军队过来，将财丰馆团团围住。

他身子一纵，便飞身到了财丰馆的屋脊上，看到了外面密密麻麻的楼兰城军队。那些楼兰城军队箭戟森严，已将财丰馆围得水泄不通。

马占刚骑在高头大马上，正对着财丰馆高声喊话——

“财丰馆里的人听着，你们已经被包围了。只要你们在里面老实待着，不胡乱走动，我们不会为难你们。”

见情况与自己分析的差不多，阿凡提从屋脊上纵下，迅速将诸位干将召集过来，简单地交代一番后，便对玛瑙公主叮嘱道——

“公主，财丰馆这边就交给你了。千万谨记，一定要按照我的安排行事，不然后果不堪设想。”

“你放心吧，我会谨记你的交代的。”

玛瑙公主平时虽然顽劣，不过听阿凡提将事态讲得那么严重，态度也不禁端正起来。看来，她除了刁蛮一些外，关键时刻还是有一些大国公主气度的。

“唐三，我们走。”

阿凡提说着，手指在身前一划，虚空裂开。他拉着唐三，一步迈入虚空裂缝中。

虚空裂缝转眼消失，他们的身影也完全消失。

玛瑙公主和众天山国高手愣愣地望着阿凡提刚才消失的地方，都看傻了。他们虽然修为不算低，但还是第一次看到有人这么撕裂虚空，遁入其中消失不见的。

如此手段，对他们来说，当然是高山仰止。

第一百章 婚宴·混战·厉害的唐章

孙文超一看绿竹强势，当机立断纵身飞向两人，暴喝一声“金乌神击”，当空一拳就向绿竹击了过去。

“来得好！孙文超，就算你与唐阿酒两人联手，也不是我的对手！”

绿竹大喝着，真气暴走，长发狂舞，转头向孙文超“看”了过来。

楼兰城最核心的建筑，黄金大殿内。

婚宴，已变成了血肉战场。

这场婚宴，本来就是一个局，局中又有局。

第一个局，是唐门布下的。他们联合马奎、临时联盟，想合力干掉圣盟的人马。

第二个局，是魔教布下的。他们利用唐门布下的局，以婚宴的名义遍邀楼兰城内的各路势力和武林高手，将他们集中到实为“大祭台”的黄金大殿里一网打尽，然后进行血祭，召唤圣船出世。

现在，第一个局已经被引发了。

本来，引发第一个局的应当是唐门才对，毕竟这个局是唐门布下的。可事实上，引发这个局的人不是唐门，居然是马奎！

事情是这样的——

天刚亮。

以唐阿酒为首的唐门高手、以孙文超为首的临时联盟高手、以霍氏侠侣为首的祁连山高手、以“雪莲三英”为首的天山高手、以王屋洞周变神王和委羽洞幽灵神王为首的方外仙宗高手，还有“大漠飞狐”凌振宇、“狼毒花魁”龙四娘等大批域内域外的英雄豪杰，共计上万人，应马奎之邀，前往黄金大殿参加婚宴。

来参加婚宴的人，鱼龙混杂，各怀鬼胎，而且，他们来参加婚宴的目的也各有不同。

除了唐门和魔教外，有些人是被邀来助阵的，有些人是来寻求合作机会的，有些人是来打秋风的，而有些人则纯粹是来凑热闹的，等等，不一而足。

不过，他们有一点是相同的，那就是，他们都想看看圣盟对这场婚宴是什么态度。

因为这场婚宴很明显是在打圣盟的脸！

——原本与圣盟关系良好的“佣兵之王”马奎现在居然要娶唐门的人，这岂不意味着，唐门将有可能代替圣盟，接管丝绸之路上的生意？圣盟的脸面何在？

不仅要打圣盟的脸，还要考验圣盟的胆量！

——如果唐门与马奎结盟，圣盟还敢来参加这个婚宴吗？就不怕唐门和马奎在婚宴上对圣盟不利？

对于这些，圣盟将作何反应？这成了众人关注的焦点。

那么，圣盟的反应是什么呢？

圣盟的反应就是——应邀前来参加婚宴！

在众目睽睽之下，东方落雪带领绿竹、林空、“离火护法”卫菇彤、温凉玉等一众圣盟高手近百人，浩浩荡荡地进了黄金大殿，完全一副无所畏惧的样子，令很多人都不由得在心中对圣盟竖起大拇指。

毕竟，“明知山有虎，偏向虎山行”的勇气可不是谁都有的。

本来，按照唐门的计划，他们是想在婚宴上好好羞辱圣盟一番后，才联合马奎和临时联盟对圣盟大打出手的。可是，马奎的人在没有得到唐门的示意下，就提前对圣盟发动了攻击。

这是因为，鸠摩鱼和“疾风八灵”突然找到马奎，向他报告了关于库多尼、天都法王、阿凡提和唐三的情况。马奎感觉事态有变，他怕夜长梦多，所以就提前对圣盟发起了攻击。

圣盟的人刚进入黄金大殿，马奎便摔碎杯子，发出了动手的信号。

霎时，从大殿两侧冲出一千精英来，将圣盟的人团团围在中央。

这些精英，都是马奎从帐下精挑细选出来的，战斗力极强。

这样的精英马奎本可以再多派一些，但他只派出了一千，只因为他的目的就是要让圣盟一方和唐门一方激战起来，他们圣教才能“渔翁得利”。

“动手！”

马奎立时下令。

随着马奎一声令下，马奎座下那一千精英纷纷举弩射箭，“哧哧”连声，箭矢如雨。

“哈哈哈，唐阿酒，我本以为你会有风度一些，至少会等酒过三巡之后才开打，不曾想，你竟这么猴急！是我高看你了！哈哈哈……”

东方落雪高声笑了起来，声震大殿，回响不绝。

那近百个圣盟高手这个时候虎吼同声，动作整齐划一，纷纷扯开围裹在身体外面的篷衣，露出里面寒光灼灼的铠甲。

他们往身后一抄，都抄出了一面铁盾，霎时结成铁盾大阵，将那些劲射过来的羽箭全都挡在了外面。

不等那一千精英发射出第二轮射击，从铁盾大阵里扔出了上百颗霹雳弹。

这霹雳弹，唐三曾在一间破庙里被魔教之人袭击时用“控鹤擒龙手”赤手接过，乃是江南霹雳门制造出来的一种火器，只有拳头一般大，扔出去，撞着东西就会爆炸。一旦爆炸，弹片四射，横扫一片。

霹雳弹扔出来，或撞着地面，或撞着墙壁，或撞着人，纷纷爆炸，一时之间炸声连响，烟火弥漫，弹片横飞。

圣盟的人因为有铁盾大阵防护，不会受到任何伤害。

但马奎的那一千精英就遭殃了，他们连想找个掩体躲避都来不及，就被弹片击中，就算没死，也倒在地上狂呼痛叫不已，本来整齐的队列乱成一片。

周围那些前来参加婚宴的人也有被殃及到的，一时间也纷乱了起来。

“杀!”

趁着大乱之际，东方落雪高声喝道。

圣盟高手们如猛虎出笼，冲向敌人。

唐阿酒一看事情已到了这种地步，也没有时间去深究马奎为什么要提前发动攻击了，他起身摔杯，大喝下令，立时，四周的唐门弟子也纷纷掣出兵器，杀向圣盟之人。

那些被唐门或圣盟串通或买通的各派高手和散修一看这情况，也纷纷亮出兵器，大打出手。

以圣盟和唐门为首的两大阵营彻底打了起来，整个黄金大殿里乱成了一团，婚宴变成了战场!

一时之间，刀光剑影、血肉横飞，惨叫声、斥喝声、兵器交鸣声响成了一片。

局面一旦大乱，人与人之间的关系很快就变成了“不是友便是敌”的关系。所以，就算是那些本来与两大阵营都没有关系的人，现在也被卷入战斗中，根本无法置身事外。

但最强的战力，还是来自唐门、圣盟和临时联盟。

唐阿酒一冲入战局，便找上了绿竹。

“绿竹，昔日的恩怨，今日当有个了结!”

虎吼声中，“归墟剑洞”在他手中一阵变化，变化成了归墟长剑。他执剑斩落，剑锋所指，十几丈范围内的敌人都直接被蒸发掉，尸骨无存。

其势惊天，谁人能挡?

只有一人例外。

这个人，当然就是绿竹。

绿竹已修成了不破真罡体，任剑威降临，他兀自稳如泰山，百劫不磨，一动不动。

“哈哈哈，唐阿酒，来得好！我知道，昨天在斗兽场的时候你没有尽全力，那现在就让我们打个痛快，一了昔日恩怨吧!”

绿竹狂笑着，甩手将竹杖向唐阿酒掷了过去。

他竟一开打就将自己的兵器掷了出去！这打法，当真出人意表！

要知道，一旦失去本命兵器，战斗力通常都会降一个台阶的。他这样的打法，简直就是孤注一掷。

“轰——”

竹杖与归墟长剑相撞，瞬间爆炸。

竹杖爆炸的震浪气波将在四周战斗的人无管敌我全都掀飞，击杀了一大片。

归墟长剑被震碎了半截。碎掉的那半截被还原成无数长剑，有的被彻底震飞，有的则围着唐阿酒卷舞旋转，没有彻底失控，不过，大多都刃残锋折了。

唐阿酒被震得闷哼一声，倒飞出去，落地时蹭蹭蹭后退，身子好不容易才站稳，而他握剑的手虎口已被震裂流血，身上的衣服也被炸力撕裂，身上留下道道血痕。

——显然，他受了不轻的伤。

“嘿嘿，绿竹，你竹杖都爆了，看你还拿什么与我斗！”

唐阿酒嘴角流着血，望向绿竹的目光显得异常凶残，那样子，就像是一头受了伤的野狼。

野狼在什么时候最凶残、最可怕？

无疑，是在它受伤的时候，伤势会激发出它的凶性。

唐阿酒现在就这样，他不是变弱了，而是变得更凶狠了。

“唐阿酒，你居然抵住了我竹杖的爆炸，没有让我失望。不过，你若以为这样就能扳转败局，那就大错特错了。你当年挖掉我的双眼，但我却创出了厉害的瞳术，我将这门瞳术命名为‘复仇之瞳’，就是为了有一天向你讨回这笔账！这一天终于到来了！唐阿酒，受死吧！”

绿竹说着，一把扯去蒙着眼的黑丝布，露出了他的眼睛。

他那双眼睛，不是肉眼，而是法眼。

是法则凝就的眼睛。

那法眼里有数以千计的复瞳，那些复瞳在他揭去蒙眼黑布的时候，全都像光一样激射出来，罩向唐阿酒。

唐阿酒动作虽快，但再快也快不过光速。他还来不及走避，便已被那数以千计的复瞳团团围裹住。

一陷身那些复瞳的围裹中，唐阿酒顿时感觉自己与现实世界脱节了。

因为每一个复瞳都是一个拥有独立法则的世界！

诸般法则、众多世界包围了他，使他瞬间迷失，找不到回到现实世界的途径。而且，更可怕的是，每个世界中都走出一个绿竹向他激射而来，每一个绿竹都施展出不同的武功向他发起进攻。

而且那复瞳世界居然还在裂变！

一个变两个，两个变四个，四个变八个……

恐怖的裂变衍生出更多的世界、更多的法则和更多的绿竹。

“呀——”

唐阿酒仰天长啸起来，大杀四方。

貌似凶猛，但情况堪危，因为他这只不过是困兽之斗罢了。

“唐阿酒，你现在知道‘道二’境界与‘道三’境界的差异有多大了吧？‘道二’境界的永远无法理解‘道三’境界的一些事情，这注定你今天要殒命！”

绿竹狂声言道。

唐阿酒受到的压力越来越大，他咆哮着，与诸多绿竹不断战斗。但是，任他诸般办法想尽、诸般绝学用尽，也无法从这众多复瞳世界中突破出来，他知道，他这一回只怕真的要完蛋了。

“看来我还是低估了这个绿竹！唐章，这大局就只能靠你来守了……”

唐阿酒心念电转，狂啸着大打出手，只为能够拖住绿竹，不让他有机会分身去对付其他唐门中人。

“不好，那个绿竹的武功太强了，居然已经不在‘道二’境界中！唐阿酒只怕要被他打杀了。一旦唐门落败，相互制衡的局面被打破，我们临时联盟必然没有好果子吃。不行，得救唐阿酒。”

孙文超一看绿竹强势，当机立断纵身飞向两人，暴喝一声“金乌神击”，当空一拳就向绿竹击了过去。

“来得好！孙文超，就算你与唐阿酒两人联手，也不是我的对手！”

绿竹大喝着，真气暴走，长发狂舞，转头向孙文超“看”了过来。

孙文超一拳还没有完全打下，便觉空间一阵扭曲，自己陷身在了重重的复瞳世界中，与现实世界脱节，根本无法攻击到现实世界中的绿竹。而那复瞳世界中一个个绿竹衍生，全都向他激射过来。

他竟陷入了与唐阿酒同样的险境之中！

不过，他们两人到底都是‘道二’境界的巅峰高手，绿竹虽然能够同时困住他们，但要想灭杀他们，却是千难万难。

之前只对付唐阿酒一人时，绿竹或许还没那么吃力，现在要同时应对两人，他很快就脸色涨红，大汗如雨……

三位顶尖高手进入了凶险万分的胶着状态，其他高手也杀得异常激烈。

东方落雪甫一动手，就锁定了唐门的一个人，一个人还未踏足大道境界的“小人物”——唐飞扬。

她之所以会锁定唐飞扬，是因为在斗兽场中试手的时候她就看出来，这个唐飞扬手中肯定有一件十分厉害的暗器。她虽然不知道那件暗器是什么，但她敢肯定，那件暗器一旦出手，一定会给他们圣盟人马以重创。

所以，她一锁定唐飞扬便飞扑了过来，欲以最快的速度先解决掉这个危险的唐飞扬再说。

可是，唐门的人显然不是傻子，既然他们将这么重要的一件暗器交在唐飞扬手中，对唐飞扬的保护自然就十分严密。所以，东方落雪一扑过来，立时就有数位“道一”境界的唐门高手冲上去阻截。

东方落雪乃是同阶无敌、越阶杀人都没有问题的人物，她的速度岂是寻常“道一”高手所能比得上的？那数位“道一”境界的唐门高手还没有对她形成合围之势呢，她便抢先一步，从他们的阻截中冲飞出去，跃过他们头顶向唐飞扬扑落。

那数名“道一”境界的唐门高手没能阻截住东方落雪，东方落雪是不是就能立马抓住或打杀唐飞扬呢？

答案是：不能。

因为她才从数名唐门高手的阻截中冲出来，就又遇到了两个高手。

这两个高手，武功都是“道二”境界，他们不是唐门的人，但却被唐门买通，是唐门邀来助阵的外援。

他们是祁连山高手“霍氏侠侣”霍延真与霍玉莲。

两人是夫妻，他们的名号，早在很多年前就已在西域一带无人不知、无人不晓了。单就个人战斗力而言，他们在“道二”境界高手中只能算下游水平，但是，如果夫妻联手的话，绝对可以和“道二”境界后期的高手一较高下。

霍氏侠侣，双剑合璧，一下子就压落下来，要将东方落雪斩切。

“哼，找死!”

东方落雪冷哼一声，双手交叉，指缝间幻影变化，出现了一朵雪花和一朵白兰花。

“双领域?!”

霍氏侠侣一看到那朵雪花和白兰花，当即变了脸色，硬生生在半空中止住身形，要往后撤。

可是，东方落雪手指一弹，雪花和白兰花全都激射了出去，变化成两个领域，分别将霍氏侠侣包裹在了其中，任他们二人再厉害，一时之间也休想从她的领域中突围出来。

两人惊呼声未止，已坠身双领域中。

两个领域同施，东方落雪也感到一阵脱力，身子从半空中坠下。

不过，她身子虽坠下，但她对唐飞扬的攻击却没停下。

“哧——”

一声急响，自她袖子里射出一道剑光。

正是她的贴身兵器——天蚕丝剑。

天蚕丝剑如电火流光射了出去，刺向唐飞扬。

唐飞扬没有惊慌，从东方落雪的眼神锁定他的时候，他就知道东方落雪要对他出手了。可是，他只静静地看着东方落雪一路扑杀过来，一动都没有动。

他似乎在等待机会。

这一刻，他动了。

他不是格挡，也不是躲避，更不是逃。

而是扑向东方落雪！

这么大胆！

出乎所有人意料！

就连东方落雪也瞬间失色。因为唐飞扬扑过来的时候，正是她刚刚施放完双领域、最虚弱的时候。这虚弱只是一刹那的事情，可是，唐飞扬居然捕捉到了这个机会。

唐飞扬一捕捉到机会，立时就从一个被猎杀者变成了一个猎杀者。

他竟想趁此机会干掉东方落雪！

“佛道双极！”

唐飞扬大喝一声，双掌交错，掌心中霎时出现了一个太极图和一个卍字轮。

“佛道双极”这门武功他得授自唐严，无疑是他目前所掌握的武功中最厉害的。

“佛道双极”的太极图和卍字轮旋转交织着，激射出去，撞在天蚕丝剑上，发生爆炸。

天蚕丝剑完好无损，但是，准头已失。

天蚕丝剑一失准头，唐飞扬便长驱直入，一下就越过天蚕丝剑，冲到了只距东方落雪不足五丈处，然后袖子一翻，他的手上多了一件黑色的管状暗器。

他一举手，就将这管暗器对准了东方落雪。

东方落雪的瞳孔瞬间放大。

“我东方落雪竟要死在他的手上吗?”

念头电闪，饶是东方落雪以前再怎么自负，在这个时候心底里也不由得敲响了警钟。她上次在斗兽场的时候就十分高看这个唐飞扬了，可是，现在她才发现，她还是低估了。

唐飞扬现在竟威胁到了她的性命，而且还是面对面，没有使用半点阴谋诡计。

他对战机的把握，精准得可怕！

他面对强敌时的冷静和大胆，当世罕见！

他的一举一动都充分说明，唐门将这么重要的一件暗器交在他手中绝对是正确的。虽然这大殿中武功比他高的高手满地都是，可是，没有一个人能够比他更会捕捉机会和更能把握战机！

东方落雪出道这么多年，还是第一次感到死亡离自己那么近。

“砰——”

那管暗器被发动。

东方落雪只觉得前方的世界都被毁灭了，一股毁灭一切的力量向她奔涌过来，时空都为之崩陷，她来不及走避，也无法抵挡，在那股恐怖的力量面前，她的结果只能是死亡，没有半点悬念。

“干娘，叫你失望了！娜娜，圣盟未来的担子只能让你来挑了！”

东方落雪闭上了眼睛，放弃了无用的抵抗。

或许，人在死亡的前一刻思维都会十分敏捷，她在闭眼等待死亡降临的那一刻，脑海中前尘往事纷至沓来，最后定格在一个画面上。

那个画面，是她和唐三在罗布泊的那一次湿身对望。

那一次对望，大胆，热烈，赤裸裸，充满了原始欲望。

“为什么？为什么我生命弥留之际会想到了他？难道，不知不觉间我已爱上了他吗？或者，我的生命历程中，最遗憾的莫过于未能痛痛快快地谈过一次恋爱，而这情结，恰好落在他身上……”

东方落雪在内心中自省，叩问灵魂。

她突然间明白，自己对这个世界还是有留恋的，留恋的不是权力，不是财富，只是一场从未发生过的恋爱，而那场恋爱的对象，是唐三。

“罢了，一切都要结束了，还想这些做什么！”

她心里叹着，已做好了灵肉俱毁的准备。

眼看东方落雪就要死在那件恐怖的暗器之下，突然，她脚下的地面如波纹一般荡漾，一道人影冲了出来。

这道人影佝偻着，白发苍苍，是林空。

林空一冲出来，挡在东方落雪面前，狂声大喝，双掌上扬，卷起漫天石土，结出一堵又厚又硬的防护墙。

他用神功秘术结出的防护墙，绝对刀枪不入。

可是，却还是挡不住唐飞扬的那件暗器。

“轰隆——”

一声大爆炸，那堵防护墙被彻底摧毁，林空惨叫着口喷鲜血，身子撞上东方落雪，双双倒飞出去。

“林管家——”

东方落雪被撞得倒飞出去的时候，睁眼就看到了林空。

这个时候的林空全身脱力，身子如断线风筝一般在东方落雪前方的空中倒飞。

东方落雪急忙止住身形，一把把倒飞的林空抱住。

她因施放双领域而引起的虚弱到这时已经完全恢复。可是，她的心却如同被浇了一盆冰水般，凉了个彻底。

因为，她在抱住林空时就已经感觉到，林空的生命垂危了。

一落地，她便手抵林空后背输入真气，想将这位代他受劫的老人救回来。可是，真气一输入老人的体内，她立时就明白，已经回天无力，这位老人不可能被救回来了。

因为，他全身的经脉、骨骼、五脏六腑全都碎掉，揉在一起，分不清哪是哪了。

“林管家！”

东方落雪的眼一下子就红了，泪水不可控制地奔涌而出，她浑身禁不住微微颤抖起来。

林管家，于她而言，就是至亲的亲人啊！

她很小的时候，林管家就抱着她，带着她，教会她很多道理。

她人生的大半记忆都与这位老人有关，而这些记忆都是美好、温暖的。可是，现在这位老人为了救他，却要死了！

看着怀中生命垂危的老人，她的心，好痛好痛。

“阿雪……”

老人的脸上没有哀伤，没有痛苦，有的只是一抹慈祥。他看着东方落雪，就像在看着自己的宝贝孙女，眼神里充满了怜惜和慈爱。

他呢喃着，手指动了一动。或许是他想抬手替东方落雪拭去腮边的眼泪，可是，他连抬手的力气都没有了。

他在生命的最后一刻什么都做不了，只留下了脸上一抹慈祥的笑意，像是在给她安慰。

慈祥凝固了，眼神黯淡了，呼吸停止了，身体冰凉了，他的生机彻底消逝了。

“呜——林管家——”

东方落雪失声痛哭，泪水如断线的珍珠簌簌滚落。

圣盟众高手一看这情况，纷纷奔过来，将东方落雪护在了中间。

“唐门小子，还林管家命来!”

一声怒叫声响起，一道红色人影冲飞过来，抓向唐飞扬。

来者除了身着大红衣外，她的皮肤在动手的时候都是红的，而且背后腾起一道火焰光圈，看起来就像一个燃烧着火焰的人！她不是别人，乃是圣盟的离火护法——卫菇彤。

卫菇彤一爪抓下来，爪势未至，炎热的爪气已烤得人炙热难当。

这一刻，唐飞扬极想立时走避。

可是，他竟走不动!

因为他身周的空气好像被熔铸成了钢板，从四面八方向他挤压过来，令他无法动弹，连呼吸都越来越困难。

唐飞扬心想这一回自己只怕是要死了，他不由得仰天狂吼了起来——

“啊！红袖——”

有人说，人在临死之前那一刻，最想念的，一定是他最爱的人。唐飞扬在这一刻叫喊的，竟然是唐红袖的名字！莫非……他的爱，是唐红袖?

事实上，确实如此，他一直深爱着唐红袖。

他也曾对唐红袖表白过，可惜，唐红袖心中的如意郎君是唐云，她拒绝了他，他只能将那份爱深埋心底。

可是，他现在要死了，这也许是他生命的最后一次宣泄了，他要把他心中的爱大声喊出来!

炎热的爪气，将唐飞扬身周的虚空都要蒸发掉，唐飞扬的睫毛、眉毛、头发都卷曲了，他热得睁不开眼，只是奋力地大喊着唐红袖的名字，却不知道，他这喊叫声被唐红袖听到了。

唐红袖此刻并不在黄金大殿中。

她一身红装，正在黄金大殿后院的一间厢房里。

之前，听到黄金大殿那边传来混战打杀声，她并不诧异，知道一定是唐门之人已经与圣盟之人打起来了。她坐在梳妆台前，看着镜子里一身新娘装扮的自己，眼里一片凄然。

要嫁给一个百岁老头，任何一个妙龄女子都不会高兴得起来的。而且她还不能反抗，因为这是唐门高层的安排，身为唐门弟子，她只能服从，别无选择。

对于唐门，她已寒心。

她自伤自怜，什么也不愿去想，只想安静地待着。

可是，就在这时，她听到了唐飞扬撕心裂肺的吼叫声。

“是……是唐飞扬，他在叫我的名字……他遇险了！”

唐红袖骤一听到唐飞扬大喊她的名字，先是一愣，不自觉地就想起三年前的一件事。

那个时候，她才十五岁，正值情窦初开，唐门里有很多年轻人追求她，唐飞扬就是众多追慕者之一。

记不清是在怎样一个下午，唐飞扬向她表白了。

她拒绝了他。

从那以后，他和她便没有过什么交集了。直到昨天晚上，他因为听到动静闯进她房间，她才隐约感到，唐飞扬对她似乎很关心，可那种关心中却带着强烈的冷漠，她不明白这是为什么。

现在她明白了，原来唐飞扬竟还一直深爱着她！

因为深爱，所以会被伤得深。三年前她那不经意的拒绝一定深深伤了他的心。

现在，唐飞扬只怕要死了！

唐红袖突然间觉得，自己有必要赶去见他一面，她腾地站了起来，冲窗而出，向黄金大殿奔去。

那么，她能与唐飞扬见上最后一面吗？

唐飞扬死了吗？

唐飞扬没有死。

因为就在卫菇彤那一爪即将抓落到他头顶时，斜刺里一把藤椅踚了出来，藤椅上躺着一个人，那个人裹着厚厚的大氅，脸色苍白，居然还在咳嗽，活似一个痨病鬼。

不用说，是唐章。

唐章和他的藤椅一出现，唐飞扬就感到浑身一阵轻松，身周的压力、炙热全部消失不见。他感激地望了唐章一眼，闪身蹿了出去，避开了卫菇彤那一爪。

卫菇彤脸色大变，她一爪击空，想收回来，可是却收不回来。

因为躺在藤椅上的唐章霍然睁眼，伸手一抓，就稳稳地抓住了她那只手，任她怎么用力往回抽，都抽不出来。

“啊——火烙掌！”

卫菇彤一下子就狂吼起来，身周的火焰呼呼作响，蹿起老高，就像火堆里泼了油一般。

火势越旺，她的攻击就越凶猛。

她的另一只手竖掌就向唐章劈了过来。她的手掌红得就像在火里烧了三天的大烙铁，这一掌，就算打在钢板上，只怕都能烙出一个掌印来。

可是，唐章却无所惧！他一边咳嗽着，一边从藤椅上站起来，与卫菇彤连对了三掌。

三掌！

只三掌！

一掌比一掌狠！

以卫菇彤的强悍，居然被打得连在地上翻了好几个跟头，形容狼狈，一败涂地。

等她蓬头垢面从地上爬起时，唐章已“咳咳……咳……”地躺回到他的藤椅上，依然蜷着身子，一副病得不轻的样子。

“你……你到底是什么境界的高手？”

卫菇彤指着唐章，面现惊恐之色。

她第一次见到唐章的时候，是在斗兽场那里，当时他表现出来的实力还未踏足大道境界呢，只是他的毒太过厉害，才让她心头稍有忌惮。

但现在，她却看不透他。

他现在只凭掌力就轻而易举将她击败，这太让她难以置信了！她百分之百地肯定，唐章的武功一定已经踏足大道境界，而且还要比她高出许多。

“你一个将死之人……咳咳……还有必要知道吗……咳咳……”

唐章一边咳嗽一边说，望都不望卫菇彤一眼。

卫菇彤顿时感受到被无视的侮辱，正待有所发作，却骤然感到之前与唐章对掌的那只手刺痛无比，她低头一看，吓得面无人色。因为，不知何时，她的那只手居然变得乌黑一片。

不，不只是她的手，她的整个身体全都变得乌黑一片。

与此同时，钻心的刺痛从手掌迅速蔓延到全身，像是有无数蝼蚁在其全身上下啃咬一般。

“啊——”

卫菇彤惨叫起来，向后飞退，靠到了大殿的墙壁上，浑身火焰大长，面部极度扭曲。

最后“噗”的一下，她双眼中喷出火焰，惨叫声戛然而止。

她死了。

她一死，身周那些火焰一下子就钻入她体内，然后她的身子冒起浓浓黑烟，最后变成了一堆焦炭。

“玩火自焚……咳咳……诚之谓也。”

唐章懒懒说道，仿佛，就算没有睁开眼睛往卫菇彤那边看，他也能对那边发生的事情一清二楚。

“林管家，离火护法，你们安息吧！我东方落雪会为你们报仇的！”

随着这冷酷的声音响起，东方落雪从众圣盟高手的保护中走了出来，身边跟着一个长得十分文气的年轻男子。这个年轻男子不是别人，正是温凉玉。

悲伤过后，东方落雪迅速恢复冷静，这个时候的她心中一片杀意，眼睛里满是寒霜杀气。

“温师弟，助我。”

“嗯。”

温凉玉答应着，袖子一抖，一支翠杆玉笔落在手中，他凌虚点画一番，霎时便绘出一朵牡丹花来。

牡丹花成，富贵逼人。

“去！”

温凉玉笔尖一挥，那朵牡丹花激射出去，霎时演化成盛世领域，与东方落雪之前困住霍氏侠侣的双领域瞬间融合，连成一片。

“嗡——”

三大领域融合，引起天地共鸣，大音希声。

本来已经闭上眼睛的唐章忽然浑身一震，霍然坐了起来，睁眼望向东方落雪和温凉玉这边，瞳孔收缩，嘴里念出了五个字——“领域融合技。”

他竟一眼认出了东方落雪和温凉玉现在所施展的绝技。

一认出“领域融合技”，唐章双手立时搭在了藤椅的两个扶手上，“哧”的一声，两个扶手分别射出了一道藤蔓。

两道藤蔓电射入那片领域世界中，目的旨在救出陷身其中的霍氏侠侣。

“哼，想救人？妄想！”

东方落雪冷哼出声，和温凉玉一起纵身一跃，进入那片领域世界中。然后，领域世界中便传出一片爆炸声，爆炸声中还夹杂着两声惨叫。

惨叫声一起，唐章发出去的那两道藤蔓便一下子缩了回来。

空间一阵扭曲，那片领域世界凝缩、分离，还原成一朵雪花、一朵白兰花、一朵牡丹花，分别落到了东方落雪和温凉玉的手中。

在他们两人的前方，躺着两具尸体。

那是霍氏侠侣的尸体，他们死在了“领域融合技”下，均已身首异处。

东方落雪和温凉玉并肩站着，冷冷地望着十几丈外的唐章。

“不得不说，你们的‘领域融合技’确实高明，竟令我无功而返！很好！很好……咳咳……现在，你们真正有了向我叫板的资格……咳咳……来吧，将你们的‘领域融合技’施展到极致，让我看看它究竟能厉害到什么程度！”

唐章说这话的时候，已从藤椅上站了起来。

一起身，双手向后一招，刚缩回藤椅扶手中的两道藤蔓又射了出来，缠绕到他身上，将那个藤椅也拉了过来，捆到了他背上。

藤蔓一缠到他身上，立时开始生长出一片片巴掌大的叶子，那些叶子绿油油的，呈心形，生机盎然。

转眼之间，他的身体便爬满藤蔓，被诸多绿叶包裹，只露了一张脸在外面，样子看起来十分诡异。

看到唐章的这番“变化”，东方落雪和温凉玉双双瞳孔收缩，他们明白，接下来，那个唐章将会发出十分凶猛的攻击！他们虽然不知道那个唐章具体会发出什么样的招式，不过，直觉告诉了他们，唐章的武功会像他的毒一样厉害。

东方落雪和温凉玉对视一眼，心照不宣，手中的雪花、白兰花、牡丹花急速旋转起来……

他们的战斗，一触即发。

他们这一场战斗，必定非常激烈、非常残酷！

那么，他们的战斗，最终谁会胜出呢？